Life Upside Down

倒立生活

王威廉 著

北京出版集团公司
北京十月文艺出版社

目录

倒立生活

真的忘记了，从哪儿得到了这样的启示，这个启示像一颗青稞的种子，在我脑海里顽强地生长起来，我被它诱惑着，变得惶惶不可终日。我压抑着这个启示带来的热情，就像情人压抑着夜夜难眠的兴奋。然而，就在我遇见神女的那个晚上，那种热情像是压力超标的锅炉蒸汽，终于不可遏制地冒了出来，我想，我看起来应该像是一辆老式的蒸汽机车，笨拙和不耐烦地行进在被划定的轨道上，周身笼罩在一片白茫茫的雾气与嘈杂刺耳的汽笛声中。

神女的大名我早就听说过，一般来说，她是一个诗人，虽然她的诗我从没看过，但这并不妨碍她在我心目中的诗人形象，也许女诗人这个形象本身就索取着大量的想象力。不过，意想不到的是，那个晚上我见到她的时候，她却告诉我，她是个画家，喜欢画油画，她家已经差不多是个专业的画室了。这让我很迷惑，我想追问一下，却及时刹车了，因为我们并不熟悉，轮不着我多嘴多舌。一个陌生人咄咄逼人地要她承认她不是个画家而是个诗人是个傻到极点的事情。我沉默了，保持着礼节性的微笑。

沉默令人痛苦。神女大名鼎鼎，自然身边不乏谄媚者，其实我也渴望成为那样的谄媚者，但遗憾的是，自己的能力不够，在关键时刻我怕自己会变得张口结舌、毫无乐趣，因此，我有绝对的自知之明，我蛰伏在人群的一角，暗暗关注着神女，等待着突如其来的机会。是的，我像条阴险的蝮蛇。

机会总会赐予有准备的人，深夜的时候，机会出现了。那天吃完晚饭已经很晚了，但大家热情不减，面对着残羹冷炙还喝了许多酒下肚，直到饭店打烊，我们才被迫离开了“战场”，八九个人在大街上像酒鬼一样晃荡了很久，然后有人提议去唱卡拉OK，大家纷纷叫好，好像第一次知道有此等好事，实际上，昨晚很多人就是在KTV度过的，但他们太清楚灯红酒绿的城市实际上是非常贫瘠的，他们必须对有限的娱乐寄予深切的厚望。

大家保持着伪装出来的热情向KTV走去，但是在半路上，出现了状况。神女站住了，她转头对大家说：

“我就想在这里唱歌，这里多畅快啊！”

说着，她便坐下来了，她的身后便是经过园丁定期打理过的城市绿化带，一些整齐却低矮的灌木丛里黑黝黝的，特别适合野猫野狗寄宿。这一刻，我的心情是兴奋和复杂的，因为这落实了我对她的判断——她是一个诗人而不是一个画家，画家中自然也不乏自由率性之人，但这种情怀是诗人的专利，“诗人情怀”是一个组合起来的形容词。……至于说复杂，是因为我隐隐预感到有机会了，却还不知道这种机会的踪迹在哪里，又如何去把握。

“好啊，”我当机立断，也站住了，看着神女大声说，“这个提议太棒了，我非常赞同，太有创意了！”

她看了我一眼，很高兴有人响应她，让她对自己的影响力有了一个确证。我为自己第一个充当了这个确证而感到幸运。这时候人群开始骚动，看来并非所有人都喜欢这样率性而为，因为他们都不是神女这样的诗人。挣扎、辩论与协商的结果是，队伍分裂了，一部分人继续向 KTV 进发，他们执着地要在现代化设备下一展歌喉；另一部分人和我一样，选择了和神女待在一起，留在街边当流浪的吉卜赛人，为这个城市守夜。尽管，留下来的人还不少，但毕竟比刚才少多了，我数了一下，正好有五个人，这个数字很好，有人群的热闹，也有每个人都接触的机会，进可攻，退可守。甚好。

我紧挨着神女坐下来了，神女望着我露出调皮的笑意，她不但美丽还有种激情，像略微激动的春风。我知道她这是在鼓励我，我的胆子略略放大了些。说实话，直接坐在地面上的感觉并不好，但她的笑声比椅子还令人舒服。我坐在她的笑声上，对她笑着说："你再怎么伪装，诗人的本质还是露出来了。"她捋捋头发，笑着，不置可否，突然对我说："可惜这里没有酒，有酒的话就完美了，比 KTV 完美多了。"这话对我宛如懿旨，我马上义无反顾地说："这有什么，我马上就去买。"她撩了撩头发说："你一个人行不行？"我壮着胆子说："也许需要你的帮忙，要不我们一起去吧，主要的重活交给我就好了。"她吐了吐舌头，马上就站起来了，说："走！"其他人还没反应过来，有些张皇失措。

有人问："你们去哪儿？"

神女头也不回地说："都不许走，等着！"

我们走了几条街，才找到了一家快要关门的士多店，一路上我们所说的话并不多，都集中在如何才能买到酒这个话题上，不知道是不是因为尴尬导致的结果，我显得有些没话找话。她倒是一如既往的态度，率性地走在黑暗的街道上，一辆又一辆车稀稀拉拉地驶过，车灯一次次照亮了她，让她周身长满了光的绒毛。我在心中暗想，她担得起神女这个名字。

她要了一箱啤酒，我抢着付好账，然后抬起箱子就往回走，神女不能忍受被闲置的尴尬，她跑到我前面，打开箱子，从里面拿出两瓶啤酒来拎在手中，一手一瓶，像个战场上手持炸弹的敢死战士，我们相视了一眼，哈哈大笑起来。

我觉得手上的箱子再沉都是值得的。

鼓足勇气，我又和她谈起了画画的事情，我说："你真的画画吗？我非常好奇，很想看看。"她挥舞着酒瓶说："好的，没问题，以后有机会一定让你见识下，到时你别害怕就好。""害怕？为什么呢？难道你画的是灵异类的？"我诧异了。她说："反正你到时见了就知道了，哈哈。"她的自信状态让我暗自歆慕，她是一朵跳动的火苗，走到哪里，夜色就在哪里被劈开。她要进入一个人的内心，是多么轻而易举的事情啊。

那帮人看到我们抬着酒，欢呼了起来，他们早先都喝了酒，现在被夜风一吹，一撩拨，都有了比平时多一倍的热情，这时的状态是最好的，随意地聊天都能聊出深度，一不小心的真诚都能抵达骨头缝里。神女负责分发啤酒，把这种绿色的玻璃炮弹递给每个人，然后，大家又开始喝了，泛着白沫的液体拥挤在肠胃间，让坐着的腹部感到压迫。

神女举起瓶子，有点儿凶猛地喝了几大口，然后她提议大家讲故事，每个人都讲讲自己生命中的一个故事。……这样的游戏形式的确很老套，但不管神女说什么，我都会第一个响应，而且发自内心。在座的五个人，除去我和神女，还有两个男的和一个女的，那个女的很文静，一点也不像神女这样飞扬跋扈，因此她得到了另外两位哥们的格外关照。

看来，我是个很奇怪的人，我被神女的飞扬跋扈所吸引，也许，在他们眼里，我就像是一只愚蠢的飞蛾，是在自寻死路。

“要讲生命的故事？从谁开始？要不神女你先来吧！”大家听了她的提议，面露难色，尽管有夜色的掩护，隐私还是像缩头乌龟，畏首畏尾的。

神女的魅力就体现在这样的时刻，她坦率自然，一点都不像要刻意表现自己，她说：“好吧，我先说。”

她喝了一大口啤酒，静静呆想了一会儿，说：

“我生命中最核心的故事全部和一个人的死有关。”

那是四年前，神女怀孕了，当然，那时候她还没离婚，有个完整的家庭。那是她幸福的年头，她是一个好妈妈，而不再是一个好诗人，诗歌的细节成为日子中点点滴滴的琐屑。本来，这样过下去也是非常幸福的，但是有一天，她在下楼梯的时候，突然感到下腹一阵绞痛，她靠着墙，打电话给 120 急救，等到她被送到医院的时候，流产已经发生了，孩子没了。据说那是个男孩，只要再等上一个月就有活下来的可能，但是，现在没了，也许进了垃圾箱，因为神女都没见过他。神女的男人，一个在政府工作的公务员，匆匆赶到的时候，也没看到他，他被医院以最快的速度处理掉了，隔离开了。男人尽管只是个小职员，但所在的部门不错，收入还是比较高的，这给他们的日常生活提供了一种保证，但同时，男人的情怀也是小职员式的，他不能面对和接受这样的情况，他觉得自己各方面做得都接近完美了，包括连月嫂都请好了，但是现在孩子却说没就没了，而且还找不到什么原因——只不过是下楼梯嘛，怎么下楼梯也会流产呢？这个问题极大地困惑着男人。男人和医院的医生护士们较上劲了，非要问个一清二楚，他的头发几天没洗，变得油腻腻的，粘在额头上，任凭他的叫喊却纹丝不动，这让他的歇斯底里显得有些空洞。医生耐心地解答着他的困惑，告诉他这种事情是说不好的，各种因素都会导致这样的情况，况且，大人也没事，休整几个月过后就能重新要孩子了。

“但究竟是什么原因？如果我不知道，下次极有可能重蹈覆辙啊，这次我已经做得尽善尽美了。”男人不依不饶地追问着，他十足的认真中蕴含着一股按捺不住的急切。

“这个世界上没有什么尽善尽美的事情，尤其是从医学的角度来看，人的身体尤其如此。”医生说。

“这个，我当然明白，但是，凡事都有因有果，即使没有直接的原因，也会有间接的原因吧？间接的原因你也得告诉我啊。”一种绝望感从男人的胸间涌起，他看起来变得可怜兮兮的了。

“间接原因太多了，真的太多了，也许没休息好什么的，都有可能。”

“不可能！我问过她了，她说她休息得很好，这个，其实不用问她我也是知道的，因为我晚上都被她的呼噜声给吵醒了，早上我起床去上班的时候，她还在继续睡觉呢!”男人在说到呼噜声的时候，用了一种难以言喻的声调，混杂着兴奋、羞涩与气愤等多种情感，令躺在病床上的神女一阵战栗。

“所以说嘛，间接原因太多了！没休息好只是其中的一种假设……”医生越来越无奈，在男人穷凶极恶的追问下，他支支吾吾的态度反倒显得是在刻意遮掩似的，其实他什么也没遮掩，是真的不好说，也说不好。

神女看着这幕情景，她的心情是复杂的，刚开始她也很想知道原因究竟何在？一个诞生于自己内部的生命就这样去了，总是需要一种解释的，没有解释，她的心是非常不安的。一想到那个小身体待在带血的纱布与破碎的药瓶当中，她就感到自己要疯掉了，她有种强烈的负罪感，感到是自己没有照顾好他，是自己在哪个环节出了问题，她必须给他一个交代。……但是，男人歇斯底里的质问看起来很傻，医生的为难也是反映了这个世界在某种本质上的缺失。她边看边想，就像是看着一部电影，终于，她看清了一些事情，她想到也许不是所有的问题都有答案，也许不是所有的答案都是真实和存在的，答案也许可以是一句诗，一个词，或者是任何其他的什么东西。想到这里的时候，她突然间就脱口而出：

“重力!”

男人和医生停止了僵持的扯皮，回过头来不解地看着她。

她眨巴了几下好看的眼睛，面无表情地说：“都是因为重力。”

这句话让医生惊愕的脸部肌肉逐渐松弛了下来，他推了推沉重的黑框眼镜，喜笑颜开地说："是的，是的，没错，是因为重力，无处不在的重力，导致了这次的不幸。"

"重力?!"男人的脸上浮现了一层雾样的困惑。

"是的，重力!"神女和医生异口同声道。

男人走到病床边的椅子前坐了下去，陷入了某种沉思的状态中。医生不失时机地跟过来，说："你看，连你这样的正常人站久了都会觉得累，都要被重力拉扯着坐下来，那么女人的腹部要承受多大的力你知道吗？一不留神，孩子就会被重力给拉扯出来了。"

"胡扯!"

"你得相信科学啊，这是物理学，万有引力定律。"医生说。

"我觉得，还是胡扯!"男人很固执。

眼看快要解决的问题在男人这里遇到了阻碍，医生很着急，双手来回搓着，眼角的余光小心翼翼地窥伺着神女。

神女感觉到了那种窥伺，她叹口气，对男人说："你不觉得重力是最好的答案吗？只有它才可以解释这一切的悲剧。"

男人抬起头，看看神女，不再说话。

他们出院了，回到家门口的时候，男人盯着楼梯使劲看，说："难道真的是重力？楼梯放大了重力的作用……"神女没有理会他，任他自言自语。从此，他们的生活中有了一个缺席却存在的人，这个人不受重力的作用，从天上俯视着他们，令他们越来越难以忍受。每次下楼梯的时候，男人都会不自觉地叹口气，嘴里吐出一个词："重力。"神女也不得不更加小心翼翼地踩在楼梯上，每下一级台阶都变得举步维艰、如履薄冰。久而久之，神女的心中出现了一个巨大的滑坡，她和男人的生活在滑坡上孤零零的，没有任何羁绊，因此，那种生活便像小孩坐在滑梯上一样，滑了下来。——也许，这又是重力的作用。等到这种生活滑到底端的时候，他们便不得不离婚了。从这点上来说，重力也是神女为什么会离婚的原因，尽管这种解释比较缥缈，但是非常形象化，利于记忆。

重力是个完美的答案。

这件事情之后，神女就很少写诗了，她开始以画家自居，尽管见过她的画的人少之又少，但因为她的坚持，很多人开始迷惑了，进而，一些人就把她当作画家了，一个传说中的神秘画家。

神女的故事讲完了，大家鼓掌，有人吹起口哨，有人举起瓶子在空中碰碰，喝了起来。他们和我一样，摇晃着醉醺醺的脑袋，沉浸在对重力的想象之中。在我看来，重力是对生活的一种提醒，一种客观存在却无法理解的事物，我们应该对此保持足够的警惕，同时，我也感慨神女不愧是优秀的诗人，竟然有着这么锋利的思想直觉，她愈加吸引我了。

但是，别人也许不会想这么多，我看到那两个哥们在感慨一番后，便继续和文静女孩搭讪了，那个女孩很高兴会有两个男人对她感兴趣，她的矜持不见了，但她一时半会儿还适应不了这种局面，因此，她的脸蛋变得红扑扑的，惹人怜惜。神女喝了很多酒，瞥了他们一眼，扭头对我说："你不是老问我是个诗人还是个画家吗？现在你都清楚了吧？"

我说：“清楚了。”

“那我到底是诗人还是画家呢?”

“都不是，你是小说家。”

我的话让我俩哈哈大笑了起来，她说：“才不是呢，我不擅长虚构的，我说的都是真实，生活中最真实的东西。”

“如果你说的都是真实的，那么还是得承认你是个诗人，因为你对生活的理解落脚在一些细节与意象上面。”

“就意象这点而言，我想你说得还是有道理的，因此，我变成了画家，画家不表现意象，而是直接创造意象。”

我被她的话所折服，我说：“你越这样说，越勾起我的好奇心，我一定得看看你的画才行，只有看了你的画，我才能真正认为你是个画家，而不是一个虚构的身份。”

她突然趴在我的耳边说：“那我们现在就去吧。”

我扭头看到了她闪动着光彩的眼神，我抑制不住地笑着，点着头，没想到奇迹这么快就发生了，我该好好感恩一下。不过，我不知道该如何摆脱其他的三位朋友，尽管他们现在没有关注我们，但我们的离开对他们也是难以接受的事情。缺少了人群的遮掩，他们三个人或许会变得尴尬起来的。

神女比我聪明多了，她站起身来四处张望着，她的张望引起了另外三人的关注，他们问她要干什么，她说她想去厕所，有点怕，然后她就叫我的名字，叫我陪她去。我像个士兵听到命令一般，坚定地尾随在她的身后，向着某个莫须有的厕所走去。那三个人又低头喝酒了，我回头，看到中间的女孩子已经适应了局面，她能够左右逢源地应付着两个男人，她被两个伶牙俐齿的家伙逗得哈哈大笑，在夜色中这种欢乐显得很不真实，很没来头，却也格外诱人魂魄。

等我们拐过街角，神女就拦住了一辆出租车，她说了一个地方，我们便向那里驶去。我再次陷入了沉默，假如说之前我的聒噪只是为了引起神女的注意，那么现在我的目的已经基本达到了，她不但注意到了我，而且还和我组成了一个新的队伍，一同行进在夜色的战场上。这已经远远超出了我的预计。老实说，我沉默是因为我有些紧张，我不确定今晚会发生些什么，但我是渴望发生些什么的，我变得蠢蠢欲动，像其他的蠢男人一样。

下车，进小区，上楼，我想象着神女每天的路径，每天的心情，我觉得离她近了，走近一个人，就要走近她的全部岁月。然后，电梯停在了十六层，我们走出来，来到左边的那扇门，她开门邀请我进去。我有些紧张，站在门口，准备换鞋，可她一把把我拽了进去，说："不用那么麻烦，我这里崇尚自然，你就随遇而安吧。"我惊魂未定，看到了四面墙上的画，还有面前的落地窗，窗外灯火辉煌的城市夜景衬托着一个很大的画架，上面有一幅色彩绚烂的画，但我一时还看不清楚那到底是什么。待我走近细看，初以为是满天的太阳，后来才惊觉这是向日葵，长在天空中的黄金般的向日葵。

"你的向日葵怎么长在天上？"

神女说："因为它们不受重力的作用。"

我笑了起来，看到画的下面还有一行小字："每当我们看见不可描绘的形象和无以言表的凄凉——孤独、贫困和悲惨，万物的终结和极致，上帝进入一个人的心灵，这总是能撞击我，总是非常奇怪。”

“这是你写的吗?”

“不是。”

“能告诉我……”

“文森特·凡·高。”

对，凡·高，怎么可能不是凡·高呢，那些怒放的向日葵，那些在天上舞蹈的黄金。我深爱凡·高的画，在我心情最阴霾的时候，是凡·高的画给了我力量。那个赤贫的画家都有如此旺盛的生命与顽强的希冀，何况我呢?“看来你也喜欢凡·高……”我喃喃说道。神女说:“我怎么会不喜欢呢?他太明亮了，他能搅动一切。”我心弦一颤，知音的感觉吧。我们靠在她的大画架前，面对面看着彼此，我们还是第一次这样对视，她的美有些刺目，就像向日葵。突然，她抱住我，哭了起来。

我有些不知所措，有些紧张，在她耳边问:“怎么了?告诉我好吗?”

她不说话，只是哭着，我想，也许她只是想哭了，需要一个人安慰了，我便抱紧她，一动不动，她的身子抖动着，像只假寐的猫咪。难以相信的是，我的眼泪也流下来了。她的哭泣有种强大的蛊惑力量，让我生命中的破碎翻腾而起，化为泪水，在夜色中静静流淌。很久了，我都忘记了这样的滋味，而这样的滋味让我感到自己还活着。我们哭了很久，我觉得我的心脏开始隐隐作痛了，我便拍拍她的背，说:“我们不哭了。”

她伸出一只手在我前胸摩挲着，她说:“疼了吧?”

“是的。”我很奇怪她怎么会知道。

"因为太多碎片，所以我知道。"神女抬起泪眼望着我，我又流泪了，不过只是因为这一瞬她太美了，令人心碎。

哭过之后，我感到自己虚弱极了，然而同时也宁静极了，从没有过这样的宁静，此时再看那浮在天上的向日葵，我感到了一种冷冰冰的燃烧，一种没有灰烬的安静的燃烧。

"你看看我画的其他画吧。"她擦擦眼角，笑了，像个孩子。

"好啊，我喜欢你种在天空中的向日葵。"

她把满屋子的灯都打开了，眼睛感到了针刺的疼痛，不过等到适应这种强光的时候，我真的开始大饱眼福了。四面墙上挂满了她的画，那些画在颜色上都非常绚烂，尽管形态各异，都有一个共同的特征，那就是倒立，就像是那天上的向日葵一般，不过因为向日葵的对称性，倒立表现得并不明显，而现在，我面前画里的这把椅子就非常惹眼了，就像是倒立过来看椅子一般，椅子是悬挂在天花板上的。

"都是源自你的反重力情结？"我笑着问。

"是的，重力是我的悲伤之源。"

"今晚遇见你，激发了我蕴藏很久的一个启示。"我觉得到了必须要说出那个启示的地步了，而且，我觉得恰到时机。是的，真没想到，我和神女是如此相似的人，也许，正是这种相似令我对她一见倾心，令我用整整一个晚上来痴迷她。

"什么启示？"神女有些好奇了。

"我给你讲个小故事吧。"

"好的。"

我们俩并排坐在地板上，像两个精疲力竭的装修工人。我看着周围这些倒立过来的画面，有种超现实的感觉，这种感觉令我迷醉。我说：

“我小时候，每次和小朋友要告别的时候，总是舍不得，然后我们走几步，就会俯下身子，从裤裆的那个三角形里倒看这个世界，在裤裆里和对方招手作别，没有人能对裤裆下的笑脸无动于衷的，那一瞬间真的令人开心，那种开心遮盖了离别的伤心……啊，你知道吗？在这个世界上，对我来说，离别的伤心是最噬心的痛苦。”

“离别的伤心……”神女喃喃道。

“是的，万事万物最终都免不了离别，因为变化是如此地永恒，腐蚀着我们对永恒的渴望。”说完后，我觉得自己突然变成诗人了，竟然说出这样的话来，我兀自笑了笑。

神女把头靠在我的肩膀上，说：“你的故事讲完了吗？”

“哦，还没有，不过这个故事的跨度很大。自从我迷恋倒立着从裤裆里告别后，我就注意上了一种动物，那就是蝙蝠，这种古怪的玩意白天从不出现，隐藏在阴暗的洞穴里，倒挂在一些石缝底下睡觉。这种长着翅膀的老鼠本来就像是从魔幻世界里边飞出来的，然后它们还喜欢倒挂，这就让我非常迷惑了……你说它们为什么会倒挂着呢？你知道吗？”

“嘿，你还别说，我真不知道，这个现象和重力的关系太密切啦！”神女兴奋了起来，呵呵笑着，她心中柔软的部分正在显露出来。我越来越觉得自己和她是一路人，都喜欢为一些奇怪的事物倾心不已。

“说真的，这个问题困惑了我很久，基本上贯穿我的童年时代。那时候没有网络，知识的来源非常单一，我就去问我的自然课老师，她说蝙蝠倒挂在半空中睡觉是最安全的了，不怕别的动物袭击它，比如老鼠害怕猫，而长着翅膀的老鼠——蝙蝠，就可以高挂无忧了。”

“这的确算一种解释。”

“是的，但我并不满足，我跑去图书馆查资料，我都忘了我看了些什么书籍，反正我知道了蝙蝠的腿是毫无力气的，甚至连走路都举步维艰，更别说像鸟类一样靠着腿部蹬力腾空而起，没有最初的一跃，是不可能飞起来的，因此蝙蝠便倒挂在树上，待它想飞的时候，撒手就可以了，重力变成了它的动力……”

“这个解释不错，蝙蝠真聪明，懂得利用重力，我们的逆境是它的顺境。”神女若有所思，不知道这个解释是不是又拓展了她对重力的思考。

“蝙蝠肯定会喜欢你这些画的。”我看着她这些倒置的画哈哈大笑了起来，觉得它们好像是专门为蝙蝠而画的。

神女笑了笑，说：“你看到我的画，就应该明白我很想像蝙蝠那样活着，我做梦都梦见我是倒置的，我站在天花板上，那些家具的顶部向我的头顶涌来，我害怕极了，不过同时，我也觉得有趣极了。”

“哈哈，英雄所见略同，我的启示便是——”我卖个关子，停住了。

“你快说啊!”她急了，催我。

我说：“启示便是，倒立着生活应该是很有意思的一种方式，你想想看，你如果倒立着生活，孩子就不会掉出来了。”我半开玩笑半真诚地说道。

“是的，绝对是的！”没想到她认真了，沉浸在一种追忆带来的想象情景当中。她的样子令我伤心，我知道她的心情，一种迷惘与失落折磨着我，我做出了一个非常大胆的动作，完全出乎自己的预料——我伸出右手，放在了她的下腹，静静停在那里，似乎在召唤着什么意想不到的事物。她明白了我的意思，脸埋进了我的颈窝，悄无声息地哭着，我感到脖子湿湿的，痒痒的。神女的确是我梦寐以求的伴侣，我想和她生活在一起。我愿意分担她小腹传来的无尽虚空，只要她愿意，她愿意就好。

更晚的晚上，我住在神女那里了，她让我睡在客厅，她睡在卧室，我们之间的门开着，我抬头便可以看到她。她说能这样彼此看着都很好了，都能慰藉彼此的孤独了。我内心窃笑着说，那还不如睡在一张床上呢。她看了我一眼，似乎看穿了我的企图，她说：“今晚我们就睡在一起的话，那是最没有风景的事情了。”我点头称是，我躺在长满天空的向日葵下面，抬头望望神女蜷缩在被窝里的身影，心里暖乎乎的。她说的对，这样的感觉太微妙了，强大地慰藉了我的孤独，我的早已结冰的孤独。

第二天，我们哪里也没去，就待在她的家里兼画室里。我以为我们早上起来，看到彼此惺忪的睡眼会感到尴尬，但是没有，因为我早上醒来的时候，神女就睡在我的身边，像个小猫似的蜷缩成一小团，脸埋进被子里，发出均匀的呼吸。我抱紧她，几分钟后，她醒来了，冲着我笑，我说：“你装睡的吧？”她伸了个懒腰说：“你才装呢，哈哈。”我嘲笑着说：“没想到你也做了最没风景的事情。”她咧咧嘴角不屑地说：“我是今早才来的，又不是昨晚，我来的时候你正跟野猪一样打着呼噜呢！”我掐她的脖子，惊呼道：“什么？我是野猪?!”她说：“那你又不能像蝙蝠那样倒挂着睡觉。”

……没想到，她还惦记着蝙蝠呢。

我们同居了，这场同居快得令人难以置信，因为，我自从那天去她家后，就再也没出过门了。原本我干着的工作就是可有可无的，待遇相当可怜，神女知道后便劝我不要上班了，我也乐意从命，我们将身上全部的现金拿出来，居然还有千把块钱，足够我们在房间里好好住上一阵子了。

“让你住下来可是有目的的，”神女说，“你可知道原因吗?”

我挠挠脑袋，说：“总感到和重力有什么关系，你和重力较上劲了。”

“算你聪明!”她一巴掌拍在我的肩膀上，我趔趄了一下，怀疑她的身体里是不是居住着一个男人？不过，这股巨大的力量让我幸福。

她从床底下拖出一个墨绿色的工具箱，打开后，我看到了令人眼花缭乱的各种装修工具。她抚摸着一把榔头黑亮的身体说：“我当初就是被他的勤劳给迷住了，我觉得这样的好男人简直绝种了，你想象不到，每逢周末，他就搬出这个工具箱，按照自己的意愿来改造家居，当然，我有什么要求，他也会尽力满足。”

我想象着一个中规中矩的男人，穿着旧衣服，手持电钻，穿行在自己的房间里，是的，我甚至还有点儿羡慕，因为，他像是这片小天地的王者。

“你怎么放过了这样的男人?”我低声说，若无其事的样子。

“因为他是个一定要掌控秩序的人，对细节一丝不苟的人，你知道，我最怕的就是这个，没有了可能性，死亡便提早莅临了。”她抚摸着金黄色的门把手，我想，那一定是她那位一丝不苟先生安装上去的，看起来很好用。但是很遗憾，“很好用”在感情关系当中似乎并不好用。

“你现在要我怎么做? 不会想让我创造一个新秩序吧?”我看到榔头的反光，在室内显得很刺目，而且危险。

“我的本意是毁灭一种本质的秩序，但是反过来说似乎也可以，也是一种建造吧。”她站在画架前，只穿着黑色的文胸和黑色的三角底裤，显得像是若干年后和我熟悉到脚趾缝的妻子，她指着天花板说：

“我要你把上面变成下面，我们要倒立着生活了。”

我笑了起来，我知道她会这么干的，只不过没想到她如此的迫不及待。她一个箭步跳到我面前，我看到她胸前的白色起伏着，像是两个没有答案的谜语，令我略感迷惑。她俯身过来，抱住我，开始撒娇了，她说：“快点行动吧，我真的是迫不及待了。”

“好的，知道了，诗人同志!”我抚摸着她瓷器一般光洁的后背。

我脱掉衬衣，光着膀子行动起来了，我不知道我的形象在多大程度上可以唤醒神女对她前夫的怀念，我只知道自己被一种奇怪的想法所驱使，不仅仅是为了满足神女的奇思妙想，同时，也是为了我自己。我一直暗暗有种期待，觉得也许倒立着生活就能挽回我破败的生活，就像当年勾头从裤裆里告别伙伴一样，一切都变得那么荒诞和滑稽，一切都令人发笑，欢乐最终取代了悲伤，生活就改变了……啊啊啊啊啊，是的，说到底，生活说到底不就是一种情绪嘛，对个人来说，情绪就是生活的本质。

这个工具箱太强大了，里面居然应有尽有，我用螺丝和垫片先将一个椅子倒置在天花板上了，看上去诡异极了，就像神女的画变成了现实。神女的脸上荡漾着难以描述的微笑，像是嘲弄，又像是欣赏，她站在一把椅子上，伸出手臂抓住了头顶上那把椅子的椅背，狠狠往下拽了拽，结果那椅子纹丝不动。她大声惊叫道："真的这么结实啊?!"我仰视着她细长的双腿说："那当然啊，你坐上去都没问题的。"她鼓掌大笑说："太棒了，你加油啊，等你把主要的家具都倒置过来的时候，我们就可以住上去啦!"我摩拳擦掌道："行，没问题，你就等着吧!"

有了安装第一把椅子的经验，接下来的工作变得简单了。神女也发挥了很大的作用，她的力气真大，我再次怀疑她身体里居住着一个男人。她能一个人扛起桌子，让我可以心无旁骛地上紧螺丝，那一刻，我觉得她绝对可以媲美国家级的举重运动员。不过，尽管我知道了她的力气大，但她的力气之大还是超出了我的想象，那是在安装好桌子、柜子之后，我说："现在只剩下床了，只要装好床，一切就搞定了。"她面不改色地说："那就装啊。"我站在高处，俯视着她，无奈地说："我倒是想马上就动工，但床实在太大了，我想打电话找个朋友来帮忙。"她显出吃惊的样子，说："什么?!还要找人帮忙?不需要的，我可以的。"我的嘴巴张得大大的，说："你真的可以?"她使劲点着头："真的，可以，没问题。”

她认真的样子让人不容置疑，我无法抗拒，便说：“那好吧，那我们就开始装床。”说完，我看着她，有点儿置身事外的意思，成心想看她的笑话。她似乎没觉察到我那点儿玩笑式的恶意，她走到床边，把床垫卸了下来，然后把床板也卸了下来，现在就剩下一个骨架样的床架了，不过那玩意也够重的了，我看她怎么办。她迈步站在了床架的旁边，然后慢慢抬起床架的一侧，将床架翻转了过来，然后她站立了一会儿，深深呼吸着，突然，她伸手握住床架中间的横梁，大喊一声，竟然将床架举了起来，她抬脚站在了凳子上，让床脚顶在了天花板上，她闭着眼睛、声音颤抖地对我说：“好了，快点上垫片和螺丝!”我这才慌乱了起来，太可怕了，我紧张得双手颤抖，赶紧工作了起来，面对这个奇迹我已经没有时间去感慨了，我怕也许就在下一秒一切都会轰然落地。

但是，神女天生神力，她一直坚持到最后，直到我上完最后一颗螺丝钉，她还保持着举重冠军的标准姿势。我说：“好了!”她这才睁开眼睛，惊恐地望着上方，然后缓缓松手了。她望着这个不可思议的杰作，惊讶得说不出话来。我也很惊讶，但我还能说话，我说：“你不该当什么诗人，你应该去参加奥运会的举重比赛!”她这才回过神来，说：“我平时真的没有这么大力，今天只是梦想给我的力量，就像是以前看到过的一个报道，一个母亲为了救自己的孩子，把重达一吨的汽车给抬了起来。这就是意志的力量。”我说：“难道你的梦想有那么重要吗?”她看了我一眼，认真地说：“有的，真的很重要。”

就这样，我们把床也装在了天花板上，一切物质性的条件都已经具备了，现在就剩下我们两个主要人物如何倒立着去生活了。这是这一切的关键，就像是蟋蟀的眼睛，紧紧盯着希望的绿色草尖，期待着最后的拼命一跃……

“但是且慢，”神女突然想到了什么说，“我们忘记了一个很重要的装饰。”

“什么装饰？”

“你仔细想想呀。”

我上下左右看着，那些生长在天花板上的家具让我有种错觉，我觉得自己现在是站在天花板上的，这让我的身体有了种本能的恐慌，我说：“我一时半会儿还想不到，不过，亲爱的你有没有觉得我们现在像是站在天花板上？”

她也上下左右观看了一番，说：“有，我觉得自己好像在做梦。”

我说：“那我们就这样生活在房间的地板上，算不算倒立生活呢？”

她想了想，斩钉截铁地说：“不算！”

我吃了一惊，我没想到她会这么快地否定，我问：“为什么呢？”

“因为尽管形式上我们已经在倒立生活了，但实质上我们还是重力的俘虏，我们不能自欺欺人啊，你说对不对啊？”她用麋鹿一般明亮的眼眸盯着我看，我觉得她的灵魂也一定会是与众不同的，和这样的灵魂比邻而居是我的荣幸，我应当无条件服从她的话语。

于是，我也斩钉截铁地说："对！"

她笑了，就像那晚在人群中的扬扬自得，她恢复了女王的信心与尊贵。

"但是……但是你说还缺什么装饰呢？"我小心翼翼地问道。

"笨呀你，假如我们要和重力做斗争的话，我们还缺少一个蓝色的星空。"

"星空自然不错，可出现在哪里呢？"

"这个还用问呀，就是我们脚下啊，你想想，地板成了星空的时候，你现在站在这里是什么感觉？"

我想了想说："我会觉得我站在宇宙中，地球悬浮在我的头顶上。"

她说："你会不会有一种压迫感，觉得地球就要掉下来压碎你了？"

我又想了想，说："嗯，好像是的。"

"那你再想想，同样地板还是星空，但我们站在天花板上的时候，那是一种什么样的感觉？"

我闭上眼睛想象了那个场景，然后大吃一惊，说："恐怖极了，我觉得我要掉进无边的宇宙当中了。"

她却露出了幸福的微笑，说：

"那种感觉美妙极了，那不正是我们梦寐以求的感觉吗？"

那是我梦寐以求的感觉吗？我不知道，或说我无法确定，当一件事情被置于反思的境地时，它的意义就会面临着消解的危险。我惧怕那样的危险，我曾像兔子一样跳跃着，逃避着那样的危险，现在我可不想再自讨苦吃。因此，我可以负责任地说：那就是我梦寐以求的感觉。

星空的制作相当容易，找来蓝色的颜料，将地板整个涂抹了一遍。星星呢？用黄色的颜料勾画吗？就在我思考的时候，神女拿了一串彩灯过来，说："这个就是亮闪闪的星星。"啊，我得承认，她太有创意了，没有什么比这些小灯泡更适合扮演星星了。

现在真的就剩最后的一步了，住到上面去，这实在太难了，人不是物体，不能靠垫片和螺丝来固定，那该怎么办呢？难道浑身粘满吸盘，像章鱼一样吸附在上面吗？

我思来想去，发现我们只能采用最原始的办法，那就是绳索，神女说："那我们岂不是成了蜘蛛侠了？"我摇着头说："不，我们比他笨拙多了。"

尽管笨拙，却也不是一件简单的事情。我第一次发现我是个极具物理学天分的人，我居然用有限的材料制作了滑轮升降装置，有两个摇把，一个在地板上，一个在天花板上。操作的方法非常简单，一个人先钻进"升降机"中（补充一下，那原本是一个插花的巨大竹篮，放上沙发垫之后非常舒服），然后另外一个人摇动地面上的摇把，"升降机"便徐徐上升，那个人随之到达了天花板，可以钻进特制的网状睡囊中，这时，到达天花板的人把篮子放下去，地面上的人坐进去，上面的人开始摇摇把手，"升降机"便再次升起了……我想，这幅图景应该是很好理解与想象的，我之所以详细描述这个过程只是为了一种讲解员式的热情，那让我感到愉快。

我在床上、椅子上都安装了结实的皮带扣，这样我们就可以

“仰卧”在床上，或是“坐”在椅子上看书了。不过，那种感觉真是难受极了，全身的血都涌进了脑袋中，眼睛发胀，太阳穴的血管像个柴油机似的跳动着，要是神女坐在那里，显得更加可怕，以倒过来的视角看，她的长发完全站立了起来，像个通电的女巫。一次，我们并排“躺”在床上，她问我：“蝙蝠为什么倒着睡觉，就不怕血液涌入到脑袋里吗?”我说：“这个问题你真的难住我了，我们用百度搜搜吧。”打开电脑，输入问题后，出来了一大堆网页，我们点开了一个开始看，上面有众多网友留下的解答，第一个人说：蝙蝠终日在外活动，挂着睡有助于血液循环和恢复体力。第二个人说：蝙蝠的饮食习惯不好，容易呕吐，所以倒着睡觉时万一呕吐了才不会吐到自己身上。第三个人说：它要证明它与众不同。第四个人说：是因为蝙蝠的心脏太小了，害怕血液到不了大脑，才利用了地球的重力！第五个人说：因为它很懒，又不会做窝，倒挂在树上有极大的好处，一是不会被雨淋，二是能更好地隐蔽自己。第六个人……

神女已经笑得喘不过气来了，我也笑得不可遏制，倒立过来笑是件很危险的事情，弄不好就会被呛到，我小心翼翼捂住嘴巴，脸涨得通红。

最后，我们看到第十八个人的时候，才觉得他的答案勉强能说服我们。他说：“因为我们人类在站立的时候，下半身的血管紧缩，使下半身的血液不会聚积，蝙蝠刚好相反，它在倒挂的时候，头部的血管紧缩，使流到头部的血液不会太多，所以就不会脑充血。”也许它是对的，我们的判断标准是：因为它并不可笑。但仔细琢磨下，它还是似是而非的，真伪更是难以辨别，不知道有没有什么生物学与解剖学上的证据。

除却这种“血倒流”的不适，其余的一切都很新奇。看着下方的星空，那种宇航员独有的感受被我们领略了，她经常对我说：“我们就像是宇宙中的两个小陨石。”我说：“你也太高看自己了，在宇宙中，咱俩就是两粒微尘。”她说：“我就喜欢微尘的感觉，因为微尘即使有痛苦，也是微不足道的。”我点头说：“对极了，但我怕消失的感觉，微尘与消失只有一线之隔。”

“消失又怎么了？”

“我怕。”

“不用怕，怕也没用。”

“好的。”

神女握着我的手，我也握着她的手。

其实平时单纯“住”在上面还好，最大的困难来自于欲望，也就是我们的做爱，堪称充满想象力的高难度表演艺术。当然，这样做导致情趣与快乐也成倍递增。唯一的困难在于，当我“趴”在神女身上的时候，我总感到有只看不见的大手要把我拉下去，那种感觉实在太恐怖了，好像我们是在偷欢似的，这让我沮丧极了。我试图让她“趴”在我身上，结果发现这是根本不可能做到的事情，她的神力不知道去哪里了，竟然像一摊烂泥似的径直往下掉去，幸亏被我抱住了。她惊魂未定地喘着气，看着我的眼神像是翅膀淋湿的鸽子。

我沮丧地说：“我们要是像壁虎一样，能自由自在地飞檐走壁该多好呀！”她突然来劲了，也不害怕了，问我：“你知道壁虎为什么能那样吗？”

“是因为脚掌上有吸盘吗?”

“不是的。”

“不是的？那是什么，难道你知道?”

“是的，这个我恰好知道，我们也不用百度了。”

“说来听听。”

她扑哧一笑，说：“那你让我还是在下面吧。”

我重新“趴”在她的身上了，我感到腰部像吊了一桶水，倍感吃力，我喘着气说：“你快告诉我壁虎是怎么样的吧！我实在怕了蝙蝠的生活了。”

她喘着气，断断续续说着一些专业的术语，她说了很久，倒是让我暂时忘记了“偷欢”的难堪，有一阵子，我甚至觉得我们是在其他某个星球上做爱，也许已经不在银河系了。

她说：“壁虎的脚底并没有什么吸盘，而是长着数百万根极细极细的刚毛，每根刚毛末端又有更细的分支，其根部尺寸是微米级的，端部能达到纳米的大小。这种精细结构，使得刚毛与物体表面分子间的距离非常近，从而产生分子引力。虽然每根刚毛产生的力量微不足道，但累积起来就很可观，壁虎就是靠着这种分子力飞檐走壁的。”

这时，我们的做爱已经结束了，不过我还是惊奇了一把，我在一阵眩晕中感慨道：“真的太神奇了！完全颠覆了我的认知!”

“你知道自然界有四种本质的力吗？分子力本质上属于电磁力，它战胜了另一种本质的力，万有引力。”

“没想到你还这么精通物理学!”

“都是因为重力。”

我笑了，吻了吻她的眼睛，她无声地微笑了起来，她的笑容美极了。我看着她，我觉得一会儿是我俯视着她，一会儿又是她俯视着我，我感到越来越眩晕了，在这样的眩晕中我跌进了睡眠的涡流中，我似乎听到神女在叫我，但我实在太困了，因为倒立生活要付出比往常多几倍的体力，何况如此激烈地做爱，几乎已经耗尽了我的体能，我像只操劳过度的蝙蝠，看上去也许会有几丝古怪，不过，这不正是我期待的吗？

我很想对神女说出这些，但我的嘴巴无声地嗫嚅了几下便停住了，我听到她在我耳边一会儿粗暴一会儿温柔地呼喊我的名字，我却无能为力，不得已独自滑向睡眠的欢乐。我做了个梦，梦见我和神女身上长满了细细的绒毛，这些绒毛让我们能像壁虎那样随心所欲地吸附在天花板上，我感到我全部的恐惧、绝望与不幸都向头顶那个星空倾泻而去，一股如星云般壮丽的宁静诞生在我的心间。

也许，这是我第一次感觉到：存在还真有可能是一种幸福。

辞职

“你知道吗？我从工作的第一天开始就想着要辞职了，并不是对我目前的这份工作不满，实际上这份工作还不错，假如我现在不干了，肯定会有大把人来抢这个位子的，那我为什么还要辞职呢？因为我就是觉得无法忍受，觉得毫无希望，而想到辞职我就感到生活很有盼头了。”

我常常想，我的精神上可能有问题了，上述的这些话是我每次相亲的时候一定要讲的，而且每次都滔滔不绝，仿佛有无尽的乐趣吸引着我，不断地将这个古怪的话题延续下去。女孩子们通常都会非常诧异，然后关切地问我，那辞职后你怎么办呀，在这个社会上没有钱是没法活下去的呀。

这个问题我从未想过怎么回答，我会看着坐在对面的女孩子的眼睛说：“反正我会辞职的，你相信吗？”

所以我的相亲从来没有成功过一次。那些女孩子即使没有把我当成一个精神病人，也会考虑到我会因为迟早辞职而丧失经济能力的问题吧。或许，她们在心里会把我归纳总结成一个不负责任的人，尽管她们对口中经常提到的“责任”究竟指的是什么也不甚了了。

鹳是我相亲的第六个女孩子。

她的外表看起来和我之前见过的五个女孩子也没什么不同，顺贴的头发，化淡淡的妆，浅色的衬衣与裙子，还有一双鱼骨架样的白色凉鞋。要说最大的不同就是她的名字很奇怪，让我想起一种鸟类的名字，或许那是一种美丽的鸟类吧，这样想来这个名字还是不错的。

我们先自我介绍了一下，然后随便说了一些客套话，紧接着就进入到了熟悉的冷场局面。条件反射似的，我就开始说我要辞职的话了，我滔滔不绝说了好久，像是有一肚子的牢骚终于找到了发泄的地方。鹳却只是安静地听着，没有任何的诧异，一点点喝着面前的一杯橙汁。我说完了，盯着她看，她说：

“我也一直想辞职呢。”

这下轮到我诧异了。我居然像以前遇到的那些女孩子一样傻傻地问：“为什么呢？不喜欢现在的工作吗？”

“不是不喜欢现在的工作，也挺好的，就是总想着辞职。”她说。

这不是我要说的话嘛，怎么被她给学了去呢。我突然想到，莫非她是以前某位和我相过亲的女孩子的朋友，来试探我，甚至来调侃我的？

我问：“那你辞职后怎么办呢？没有了钱一个人该怎么生活下去呢。”

她捋了捋右侧的几缕染成褐红色的头发，说：“这就是为什么我现在还没有辞职的原因啊。”

这个回答比我逃避问题装无赖的回答不知道要强了多少倍，我不由得倾向于相信她说的话了。

“觉得工作很乏味，很无趣的吧?”我问。

“也没那么糟糕，但的确也不怎么有趣就是了。”她淡淡地说。

“就跟人生一个样子吗?”我有些暗含挑衅地问。

“人生是这个样子的吗?”她反问。

我们笑了，然后一起继续聊了一会儿辞职的话题，后来时间也不早了，便散了。我一个人回到家里，才突然想到我是去找她相亲的，但是相亲的话却一句也没说，说的全是些辞职的事情，好像辞职是一件很有意思的事情似的。晚上睡觉前，我闭上眼睛，还想了想鹳的样子，以及她说话的腔调，等等，这对我来说有种古怪的新鲜感受。因为前五个女孩子我已经连一点儿印象都没有了，似乎从来都没有过那些见面的事情。

不过，也就仅此而已，我第二天起床后就忘了鹳这个人和这回事了。

我在感情方面的确是存在障碍的，朋友们这样说我的时候，我是很认真地点头的，诚惶诚恐，好像自己犯下了滔天大罪。朋友们就会怜悯我，给我介绍各种各样的女孩子，让我去相亲，毕竟我的年龄早都越过了二十五岁的界限，独身一人出现在成双成对的朋友中间，怎么看都显得像是一种有意的冒犯。

要解释我的问题，其实也没那么难。主要是我二十岁那年谈了一次可怕的恋爱，让我不但受到了很大的伤害，而且不自觉地传染了她的许多缺点。她表面上活泼开朗，落落大方，也正是这些因素让我成为她最激动的追求者。经过六十五天的感情鏖战后，她应允了我，然后她告诉我：

“其实我是个很厌世的人呢，你要做好心理准备。”

我挠着头发说：“怎么可能，你一直都是同学中间最快乐的人啊。”

她直视我的眼睛，说：“这些都是伪装，你会接受一个真实的我吗？”

我看着眼前这个可爱的人儿，毫不犹豫地说：“当然。”

后来的事情证明我太浅薄和草率了。每当她有了任何的挫折，任何的不快，都会找到我，向我进行山崩地裂般的发泄：“我想要退学了！”

“为了这点小事，不值得啊。”我小心翼翼地回应。

“小事？这怎么能叫小事呢？我真的想要退学了，没意思透了。”她脸蛋绯红，胸脯有力起伏着，似乎做好了和我背水一战的准备。

“现在退学的话，你想去做什么呢？怎么向你的父母亲交代呢？”我提出一些实际的问题。

“哼，你不要小看我，我迟早会退学的，会证明给你看的！”她红嘟嘟的嘴唇吐出的话语向我砸过来，我迎难而上，用一种难以描述的尴尬微笑回应着她。

她依然气咻咻地看着我，许久都没再说话。

她终于也没有退学，而是以优异的成绩和我这个成绩平平的学生一起毕业了。有一家北京的外企要走了她，她去了北京后，还会经常写信给我，她写道：“北京是个大而无当的城市，也是个压扁人和疏离人的城市，我迟早会离开这里的。”我还以为她是在给我希望呢，以为她迟早会回到我们的城市，回到我身边呢。但是，她后来的确是离开了北京，却没有回来，更没有回到我身边，而是出国了，不知道是加拿大还是美国，她只告诉别人说：

“我去北美了。”

北美，那真是一片很大的陆地，印象中就像是中亚、东亚一样大。从此，我再也没有了她的一丝消息。

关于她的记忆在我脑海中遗失得差不多了，但鬼使神差的是，她那种谈论事物与人生的腔调传染病似的寄居在了我的体内。

我工作的第一天回到住处后，就对和我一起租房的室友说：“工作太无聊了，我迟早要辞职的。”我室友那时还在忙着找工作呢，很不解地问我：“怎么了，不大适应吗？”我说：“也不是不适应，要适应也是可以的，但是我想我不可能一辈子在那里工作的，我迟早会辞职的。”我室友说：“没看出来你还有点儿野心啊，以后想自己出来闯天下，不错！”我看他不明白我的意思，便摇摇头，笑笑，不说话了。

后来我第一次相亲的时候，我们谈论了天气作息购物电影，甚至还谈论了让我恶心的股市，结果时间才过了半小时。我沉默着坐了一小会儿，突然毫无预感地就开始谈论辞职的事情了，话一出口，思绪翻涌，就像是沉思良久早有预谋似的。果然，我一说辞职，女孩子马上就很有兴趣了，她整个人都变得格外关切了，不像刚才那样总是一副置身事外的态度。不过，当她得知我没有什么具体的原因，只是想着要辞职的时候，她变得很不能理解。

我问："你从来都没想过辞职吗？"

她缓缓摇头，说："现在工作很难找，我不想冒险，除非有更好的机会等着我。"

我说："你先不要考虑那么多，你甚至连辞职的冲动也从来没有过吗？"

她突然笑了，有些难为情地说："假如结婚了会有吧，那样我会有更多的时间来照料家里。"

我觉得我再说下去，就真的像个精神病患者了，我匆匆结束了谈话，落荒而逃。

那个女孩子后来对我的朋友说："那真是一个奇怪的人，是不是在单位混得不怎么样呀？一副失败者的样子。"

我朋友专门打电话来骂我："你疯了吗？见面就说自己想辞职，是一种什么变态心理啊？就算你看不上人家也不能这样说话，人家会嘀咕，我给人家介绍的是什么人嘛！"

我唯唯诺诺，说："我没有看不上她，也没有敷衍她，就是不知道该聊些什么才好。"

"聊什么都好，就是不要聊辞职！"朋友挂了电话。

我下了决心，以后不再聊这个话题了。但是我越是控制，在相亲的时候，那种要诉说的欲望就越强烈，我的那副尊容看起来应当和新手演讲前的手足无措一模一样。别人看到我欲言又止，紧紧张张的样子，一定会变得很好奇，就会一个劲地来鼓励我，说吧说吧，有什么不好说的呢，吞吞吐吐让人看着难受死了。

于是我便说了，说了之后气氛会变得很热闹，这个话题似乎很适合去争论去辩驳，不会再有冷场的可能。但是，相亲的根本目的就被弃置到一边去了。但每次结束了我都会后悔，尤其是和第三个还是第四个女孩子（记不清了）那次最让我后悔。那是一个很漂亮的女孩子，我按捺着内心的激动，琢磨着该如何去讨好她，但是我变得更紧张，冷场的时间也越来越频繁和漫长。我就终于忍不住说了辞职的事情。

她好看的眉眼马上瞪大了，几乎忍不住笑了起来，问："为什么？他们跟我介绍你的时候，说你的工作不忙，待遇也不错啊。"

看来她对我的客观情况是了如指掌了才来的。我只好按部就班地回答了起来，就像是一个机器人，在执行着被事先输入好的指令。

然后她说了一句令我暗自惊心的话："你是个厌世者吗？"

我赶紧摇头，说："不不不，应该说是正好相反的，你不妨认为我是太热爱生活了，才厌倦着工作，想着去辞职……"

她说："没有了工作，生活本身还能剩下什么呢？只有一个无聊的空壳子了吧。"

我这才记起来她是一家企业的中层主管，正处在一个上升时期的临界点上，对她来说，工作就是人生的事业，怎么可能理解辞职对我的巨大诱惑和魅力呢？

好在我对相亲并不是太过认真，仅仅后悔了半个晚上，就叫了一个朋友，去附近的一家餐厅里吃了烧烤，喝了很多啤酒，完全把后悔赶到天涯海角去了。

尤其是那位朋友听了我刚刚发生的事，说："女强人都有一副中性化的面孔，越漂亮的女强人越是这样，她的脸到了最后完全成了工作游戏中的伪装物。"

我喝了整整一杯啤酒表示赞同，并且引申道："每个人都会有部分的脸会成为工作游戏中的伪装物。"

他也表示同意。这个话题也就到此终止了。这样重新看来，似乎也没有什么可以后悔的地方。

所以，我已经完全适应了这样的生活，满怀着期待去享受相亲本身的乐趣，而从不考虑日后的发展。那就像是走进了黑灯瞎火的电影院，只有观看的乐趣，至于我的表演部分，我不觉得会有什么乐趣，因为我的表演实在太拙劣了，我宁可我的躯体内装着另外一个人，由他来表演，我只是静静观看就足够了。

和鹳见完面后，我又按部就班地上了一周的班，和以前没有一点儿差别。事情的改变出乎我的意料。我是在周五下班回家的途中接到鹳的电话的，她的语气很放松，说：

"下班了吧，有空一起吃个饭好了。"

我不相信是鹳打来的，因为相亲过后，没有一个女人会再打电话给我。我满脑子空白，嘴舌笨拙地问："还有谁去呢，是大家一起的活动吗？"

她笑了，说："你这个人好奇怪，就是找你吃个饭，有空吧？"

我连连说有空，便约了见面的时间地点，还是和上次一样，是那家叫作东方料理的餐馆，地方不大，人也不多，座位与座位的间隔较宽，很适合聊天。

鹳居然比我早到了，因为我接到电话之后赶紧下车，发现自己置身在一个很难转车和打车的地方。等我好不容易赶到的时候，比预定的时间迟了半个小时，但我发现，鹳没有那种等待者的焦虑，见到我的出现更没有那种等待者的解脱，她淡淡微笑着示意我赶紧坐下，然后从她墨绿色的提包里拿出一封信递给我。我接过来的瞬间，一眼就看到了"辞职信"三个字，心中一惊，难以置信地盯着她说："你要马上付诸行动了？也太快了点儿！"

"也不是要马上付诸行动了，但起码是又朝那个边界走近了一步吧，体验到了一些不同的感觉。"鹳慢慢说道，一点点地喝着她面前的一杯橙汁，和第一次见面时一样。她的姿势让我想起了她的名字，那种美丽的鸟类。

"你体验到的不同的感觉是怎么样的？"我问。

"如果你某个地方很痒，你使劲去挠了一下，或许会有些舒服的。"鹳品咂着唇边的橙汁说。

我笑了，有些半开玩笑地说："你仅仅只是写了它，如果你把它交上去，你会感到疼的。"

她没有接我的话茬，而是用一种探询的眼光打量着我，那样的打量对我这个常年单身的男人来说极其难以承受，我有些很不自然的尴尬了，为了打破僵局，我说："我可以拆开你的信看看吗？"

"当然，就是给你看的啊。"她笑着说。

我便拆开看了，看着看着竟然笑了起来，看完后我晃着信，摇着头说："我从来没有见过这样的辞职理由。"说着，我念了起来："因为在这份工作中我找不到人存在的踏实感，平时感到的都是些毫无意义的忙碌以及浪费生命的虚无感……"

“我写的都是心中所想啊。”她只是微微笑了一下。

“你们领导会大跌眼镜的吧！你真的会把这封信交上去吗?”我问。

“还没考虑清楚，也许会吧，我不愿意欺骗别人。”她真诚地说。

她的话让我停止了笑意，我难以判断她所说的这些话，这些很真实又很荒诞的话，就跟她的辞职信一样，既是真理，又是笑话。

“你不想试试吗?”她直视我的眼睛，说，“你不是说了很久辞职的事情了吗？干吗不像我一样往前走几步，体验一下。”

她这么说，我的心里还真的动了一下，写封辞职信又能怎么样呢，就像我每次喜欢和人谈论辞职一样，谈论归谈论，生活还得继续。我便点头了：“好吧，我也写一封辞职信，下次给你看看。”她说：“很好。而且你很聪明，已经预定了下次的会面。”我故作羞涩地笑了起来，实际上，我还真没意识到这一层。

这天晚上我开始写一封辞职信。尽管我口头上喊了好久，但现在要形诸文字还是需要动些脑筋的，符合逻辑与真情实感的句子原来不是那么容易找到的。我感到才思枯竭，只能慢慢糊涂乱写着，在迷迷糊糊的状态下写完了信的第一遍草稿。我把自己当成领导，拿起信来从头到尾看了一遍，越看越觉得古怪。一封辞职信这么读下来丝毫不令人觉得这是和辞职有关的一封信，反而通篇是些感谢的话语：感谢领导的栽培，感谢同事的帮助与体谅，写到后来甚至感谢单位提供了这么一份职位给我，让我能在其中工作了这么些年，可以自食其力，经济上勉强独立。然后有关辞职只有简单的一句话：“辞职完全是因为我个人的原因，与其他任何的人和事无关。”

这么一封辞职信真是有些莫名其妙，我在想，或许我真的是个怯懦的人呢，连自己的真实想法都这么躲躲藏藏，遮遮掩掩，真不知道我的想法究竟还有几分是真诚的，还有几分是真的属于自己的。可以这样说吗？我甚至对自己都无法真诚起来。

想起鹳的那封辞职信，我越琢磨就越觉得她的真诚是无可比拟的。于是我撕碎揉烂了这封不痛不痒的辞职信，打算重新写一封。但我理屈词穷，不知该如何下笔。这种无法描述自己内心与状态的焦虑让我整夜辗转反侧，不能成眠，第二天早上起床竟然就拿起电话打给鹳了，我说：

“我写了辞职信了，但撕掉了。”

鹳居然笑了起来：“为什么要撕掉呢，可以拿给我看看嘛。”

我说：“我写不出辞职的理由来，甚至连你那种精神上的理由都写不出。”

鹳说：“那是因为你压根儿就不想辞职。”

我说：“想的，要不然我不会尝试着去写辞职信。”

鹳沉吟了下，说：“那我们今晚继续一起吃饭吧，到时再聊聊。”又说，“把撕碎的信也请带上。”

这天晚上，我和鹳在餐馆昏暗的灯光下一起拼凑出了那封被撕毁的信。鹳看了一遍后，哈哈大笑了起来，她说：“你应该把这封信交上去，因为这是一封感谢信，领导会赏识你的。”

我不自然地笑了笑，说：“让我想辞职的东西，我能感觉到，但却表达不出来。”

鹳犹疑思索了一下说："你试过自己的整个生活悬浮在一种真空当中吗？"

我摇摇头。我从小到大按部就班，完全根据社会的要求来调整自己生活的节奏。

鹳接着说："悬浮在真空中的感觉，那才是生命最本原的东西。而工作，尽管占据了你每天的三分之一，但无非是一个最大的虚假填充物而已。"

我似懂非懂地点着头，好像鹳说的话很有几分引人入胜的道理。

鹳喝完了杯中的最后一点橙汁说："要不等会儿去我那里坐坐吧，我一个人回去也挺无聊的。"

她这样快地邀请我，让我受宠若惊。

鹳和一个朋友合租了一套两间的房子，那位朋友现在回家探亲去了，据说那位朋友也一直有辞职的打算。我坐在一把淡蓝色的硬背靠椅上，问坐在对面床上的鹳："那么你这位朋友又是为什么想辞职呢？"鹳说："她很想去远方漫游，尤其是迷恋西藏和尼泊尔，她想去那边住上一段日子，而不是仅仅当一名游客。"我点头称赞，随口说你朋友也挺有个性的。没想到鹳冷笑了一下说："这哪里叫什么个性，无非是一种高级点的媚俗罢了。"我说："这样说不好吧？"鹳说："远方的诱惑，和工作带来的欺骗与麻木相比也是差不多的东西。"她的话让我有些沮丧，我忍不住问她：

"那你辞职了做什么呢？"

鹳两条消瘦的手臂交叉搭在膝盖上说："当然什么都不做，

进入真空状态啊。”

我连连啧啧称奇。

鹳说：“对了，你再重新写一封辞职信吧，可以从工作和劳动的区别来谈。”

“这两者之间有区别吗？”我第一次听到这样的说法。

“区别很大！”鹳叫喊着笑了起来，似乎在质疑我居然搞不清楚这样一些浅显不过的常识。

“好的，那你现在告诉我吧。”我坐起身子，像个虔诚的学生。

鹳起身去倒了两杯水，一杯递给我，一杯她静静拿在手上，说：“工作应该是有一种创造性的价值，而劳动是一种重复性的价值，前者是提升生命，后者只是谋生。”

我鼓掌赞叹，但不无疑惑地说：“这两者能这么清晰地分开吗？”

鹳说：“有个倾向性吧，工作中的重复是为了接近创造的一瞬，而劳动中的重复却是在损耗生活中本就不多的耐心。”

“你这样说我很赞同，也的确仅仅是因为一点点的不同而造成了本质上的不同。”我说。

鹳很高兴，对我突然间热情极了，她说：“看来我们的确是一类人，你很快就领悟我的意思了。”

我被一种奇异的言说快乐所诱惑，我说：“因为我们都是对生活格外认真的人，不想成为浮在水面上的一小块垃圾，而想成为一块生铁，沉到生活的下面去，才能看个清楚。”

鹳站起身来，轻轻走了几步，修长的腿在空气中随意划过，那姿势真像是一只美丽的鸟。她走到房间的某个角落，站定，若有所思地望着我。她右侧的墙面上挂着一幅中国地图，她看了那地图一眼，然后微微张开刚喝完水的嘴唇，向外吹着气，那嘴唇红润而鲜亮，让我几乎不敢多看。

就这么安静了一会儿，她突然笑了，说："你别紧张，我只是突然想到了我父亲的故事，刚在脑子里大致想了一遍，是想现在讲给你听的，你有兴趣吗？"

我高兴地说："非常有兴趣，他应该是对你影响很大的人吧？"

鹳噘起嘴唇，使劲点点头，说："是的，我父亲是一个非常热爱自由的人，只不过他热爱自由的方式非常特别而已。其实他的人生看起来也是很平淡的，早年他很想成为作家来着，努力写了好多小说和诗歌，但都不是很成功。他自己也并不介意，只是觉得写了之后不但心里能畅快些，而且会觉得自己拥有了与众不同的体验，活得像个有想法的人。有想法的人才有人格的尊严，这是他最常挂在嘴边的话。

"可他的职业你知道是什么吗？居然是个警察，而且还是个狱警，他和犯人的最大不同之处，就是可以回家吃饭，至于睡觉，都是经常要值班睡在里面的。他有时候会抱怨，尤其是喝醉酒的时候，会说自己才是被判了无期徒刑的人。因为他经常还会和一些本质并不坏的犯人交朋友，所以他的很多犯人朋友们在刑满释放时都会亲切地对他说，我们出去了，自由了，您继续待着吧。我父亲听到这些话的时候从不气恼，他会理直气壮地对他们说，我也有我的自由啊。犯人们不解。我父亲说，我的自由就是看到更多的人失去自由，所以我的自由比你们的实在。犯人们还是不解。我父亲解释说，你们出去了，你们的自由只是恢复到和其他人的自由一样大，失而复得的自由毫无意义，只是一种恩赐；而我看着你们进来，你们的自由变得像一个巴掌样大，我才会发现我的自由像是大海，所以我的自由比你们的自由实在多了。

“我父亲这番话说完，犯人都会叹服，他们那种出狱前的兴奋感都会降低许多，而我父亲将会为这些话高兴上好多天，甚至数个月。我想，没有这番对话的较量，父亲会更早更快地垮掉吧。因为每年都有数次这样的对话，让父亲一直像其他狱警一样，坚持到了退休的时刻。而父亲和其他狱警的不同之处在于，其他狱警大部分是在憎恶中度过了他们的职业生涯，而父亲则是在一种满足中度过了他的一生。我现在还记得父亲退休回来的样子，整个人失魂落魄，完全不像是一个回家来安度晚年的人。

“对了，我忘了告诉你，我的父母很早就离婚了，我父亲是在他三十五岁那年才经人介绍认识了我母亲，然后他们组成了一个家庭，有了我。在我六岁大的时候，我的父母就离婚了，外人看起来似乎是母亲难以忍受父亲的职业，但我知道，母亲更受不了的是父亲对那份职业的迷恋，他经常在家的时候心不在焉，而在监狱里就生龙活虎，仿佛那里比家更让他舒适。但离婚的事情却是父亲先提出来的。那晚他们留我在床上睡觉，而他们在客厅里窃窃私语了一个晚上，第二天早上就去办理了离婚的手续。我归我父亲，因为我母亲那时还很年轻，应该去找到更好的新生活。别人都觉得我父亲是个很和善的人，不想拖累我母亲了，才提出的离婚，但我想只有我能理解我父亲的内心。我父亲在我母亲面前有着极度的自卑感，这是因为他相对于我母亲来说，就像犯人们相对于他，有着自由之间的不平等，这是让他最难忍受的地方——时刻意识到自己的半囚禁状态，而只有离开了我母亲，他才能在监狱中获得他那份实在的自由。这一点，我想母亲是至今也不会明白的。”

鹳说到这里停了下来，似乎一口气说了这么多也让她自己吃惊不已。她端起水杯来，很大口地喝了起来。然后靠在墙角喘息，目光尽管看着我，却像是从我身上穿了过去，停留在某个很远的地方。

我吐了一口气，小心翼翼地说：“你的故事应该还没讲完吧？我觉得你这个故事最关键的部分应该是在你父亲退休之后，对吗？”

鹳的目光这时是在盯着我看了，她的身体有些剧烈地起伏起来，她走到床边的柜子旁边拿出一瓶红酒来，说：“我们喝点酒吧，你勾起了我最惨烈的回忆。”

她平时是很少喝酒的，我们一时找不到合适的高脚杯，就倒在刚才的水杯里，这种透明的玻璃杯让暗红色的液体在灯光下呈现出丰富多彩的光泽，我喝了下去，淡淡的酸涩感像是为鹳接下来要讲的东西先在我体内作一下铺垫似的。

我邀请鹳坐在我身边，和我碰杯共饮，她同意了，坐在紧挨着我的椅子上。我们一点一点喝着，并不说话，我知道鹳应该是沉溺在回忆中。就这样，我们居然不知不觉间将这瓶酒给喝完了。

鹳的脸颊泛起了淡淡的桃红色，眼神不再像是锋利的钢针，而是变成了柔软的丝巾，看在我身上的时候，我觉得皮肤似乎在被一种奇异的痒痒感所唤醒。我催促鹳继续讲完那个故事吧，那个我迫不及待要听完的故事。鹳站起来看了我一眼，又坐在了床上，然后上身向右边倒去，侧卧在了那里，她的眼睛被几缕滑下来的头发遮住了，她说：

“你不介意我躺下讲吧？”

我说当然可以啊，这样的姿势或许才是最恰当的。

鹳开始讲述了，或许是酒精的作用，我一下子就沉浸在她的回忆当中了。我看到她的父亲，一个头发花白，身材壮硕的前警察，一个不算老的老头，在退休后的日子里百无聊赖，借酒度日。他喝醉酒后最大的娱乐活动便是跑到监狱周围溜达，由于他资历太老了，他总能靠着熟人的宽容而溜进去。他满含着慈祥的微笑，站在监狱的高墙上，居高临下俯视着出来放风的犯人，呆呆地看很久很久。每次天都黑了，他还待在那高墙上，不知疲倦地观看着里面亮起的各种灯光。

鹳的嗓音低沉，略带沙哑：“看到他那样，人们都说他是太寂寞了，太怀旧了，说他宁可把自己囚禁起来，才能好受一点。但这些都与我父亲的内心想法相差很远，他只是去享受那种实实在在的自由的，那种感觉才是他迫切需要的，比酒精的麻醉更管用。这种独特的需要，最终要了他的命。那是个很简单的事故，那天，有几名犯人借着外出做工的机会居然巧妙地越狱了，因为时间紧迫，来不及召集更多的警察，就叫上了我父亲一起参与追捕行动。我父亲那时正在高墙上享受着观看，当他知道这个消息时，流露出了一个非常古怪的笑容，因为在他漫长的狱警生涯中居然都没撞见过这样的事情，所以，他甚至都觉得这种事情根本没有什么可能性，起码在他的这所监狱不可能。现在不可能的事情就这么发生了，我想他的某些世界观也有了一定的变化吧，但他来不及去想，只是反应成了一种生理上的笑容。笑完后，他那种警察的猎人心理就开始蠢蠢欲动了，继而，他应该想到犯人如果出逃成功的话，那么犯人所获得的自由将是他的两倍，一份常人的自由再加上一份逃脱了惩罚的自由。我父亲对这点难以容忍，他很生气。因此他是如此积极，在追捕的过程中，他一直是一马当先，比年轻人还卖力。在一家废弃的砖瓦厂的拐角处，他追上了某个犯人，然后他们搏斗纠缠在了一起，我父亲把一生的愤怒都发泄在了这名犯人身上，而这名犯人强大的求生欲也带来了疯狂的无畏反抗，所以他们俩是死掐。没有人知道他们俩互相折磨了多久，当他们俩被发现的时候，都只剩下最后一点儿气了。在去医院的路上，两个人就都死了。那犯人五十五岁，判刑二十五年，所以他死了是对刑罚的嘲弄。而我父亲的死，只是证明了一点，就是巴掌大的自由和大海样的自由在终点的判定上是平等的。但我父亲在外人眼里死得很光荣，得到了他无法看到的银质奖章，和他的骨灰安葬在一块。这就是我父亲的故事。”

我长长舒了一口气，窗外时而有汽车飞驰而过的声音，像是路面上有一层什么东西被撕扯开来了。夜已经很深了。

鹳坐起身来，撩开眼前的头发，说：“很奇怪，我现在和你说这些的时候，我并不特别悲伤，因为我想不到假如父亲现在还活着会是什么样子，或许会死于酒精中毒之类的，那更糟吧。”

“也许是的。”我表示同意。

她父亲的故事就这样结束了，我们又断断续续聊了些其他的事情，但是没有什么话能够抵消掉她父亲的形象在我心中的反复闪现，那个站在高墙上俯视的形象折磨得我不敢闭上眼睛。

后来她说累了，睡觉吧。我们就一起挤在了她的床上，没有任何的尴尬与不适，似乎早都安排好了似的。她背对着我，我伸出左手拥抱着她，然后我们就像雕像似的一动不动。时间一久，我被压抑的感觉就开始慢慢苏醒了，她的女人体味顺着我的嗅觉神经一路爬行，终于爬到了我的心间，我不禁全身都不自在了起来。下面自然而然也有了反应，顶在了她的大腿某处。

她说："抱紧我。"

这话像是一句最高律令，让我紧紧抱住了她。这时她说："就仅仅是抱着，好吗?"我这才明白她需要的只是慰藉，她父亲的故事还是伤到她了，我便什么也不说只是默默抱住她。她突然笑道："要不下次，等你或我辞职了的时候?"我说："很好的想法。"

美好的一夜，在温情的拥抱中结束了。在接下来的数个星期里，有关那天晚上的记忆总是会频繁出现，然后折磨我。但我和鹳除了打打电话之外，没有碰面，因为暂时没有什么更激动人心的东西会超过那晚所带来的，而刻意的重逢只会加大那种落差，所以我忍着，她或许也是的吧。而接下来发生的事情让我始料未及。

那天我走进办公室，所有人都用异样的眼光看着我，包括我很少搭理的几个喜欢装腔作势的同事都一反常态地打量着我，似乎我穿了女人的衣服来上班。我坐在自己的位置上还没一会儿，领导就叫我过去谈话。这是很罕见的事情，一般没什么事情，我是难得见上领导一面的，而这次还是单独会见。我心中忐忑不已。

领导先说了一番社会形势，然后再说了一番单位的发展与困境，最后才从抽屉里掏出了一封信放在桌面上，说："年轻人，思想深刻，志存高远是好的，希望你以后不会后悔今天的决定和选择，希望你的明天会有更大的发展。"

我把那封信拿过来，满脸诧异。领导看我这副表情，补充道："你不是要辞职吗？我同意了。"

"啊?!"我惊叫了，连连说搞错了吧。领导不屑地静静望着我。我打开信看了起来，是我的笔迹，但那内容与意思和鹳上次给我看的那封辞职信如出一辙，是鹳那个家伙的恶作剧！我赶紧向领导申辩了起来，说是有人和我开玩笑呢，这封信并不是我写的。领导说："但那是你的笔迹啊。"我说："笔迹是可以模仿的。"领导说："年轻人要有勇气，敢做敢当。"我说："这信真的不是我写的。"领导这时清了清嗓子，说："你的情况我早都了解了，你辞职的想法又不是一天两天了，你经常有事没事就说你想辞职，这给我们单位造成了多大的不良影响你知道吗？你看，外边人听你这么说会想我们单位是不是有猫腻，会想我这个领导是不是不够尽心尽责；内部人，也就是同事们听你这么说会想咱们单位是不是不值得去努力奉献呢？要是在战争年代，你这是扰乱军心嘛，要拉出去斩了的！"

"斩——"一个意想不到的凶狠字眼，让我的后脖颈掠过了一阵冷风。

我有些怕了，我说：“您不能因为这么一封信就辞退我啊，我还是单位的业务骨干呢。”

领导说：“这个你就别担心了，人才多得是。”

我急了：“你违反《劳动法》，我要去告你！”

领导一把拿过我面前的辞职信，说：“你去告吧，单位一点责任都没有。”

就这样，我丢掉了这份原本很稳当的工作。我想，不管是主动还是被动，反正，我辞职了。

我打电话给鹳，满腔的怒火，准备好好责骂她一番。但鹳一接电话就说：“你终于辞职了？要恭喜和祝贺你的。”

这样的问候让我不知所措，我全部怒火的意义都被取消了，似乎有个声音在我耳边轻声说：你发什么火呢？这是一件好事啊。

我只好对鹳说：“你也太残酷了，算是在捉弄我吗？”

鹳笑了：“你不高兴吗？你想想，你终于解脱了。今晚你来找我好吗？”

我想起那晚鹳说过的话，像是对某种未知行为的许诺，我心头一热，想道，假如丢失了工作能和鹳在一起，获得早已被遗忘的爱情滋味，那么这次的辞职起码不能说是毫无意义的，至少对人生来说，普遍都会认为爱情的地位是要远远高于一份工作的。我的心情变得明朗如夏末的天空，我迫切地告诉鹳，今天晚上我一定会去找她。

晚上，我们和上次一样先吃饭，吃饭的时候，鹳问我：“你现在是什么样的感觉？可以告诉我吗？”

我想了想说："暂时觉得很迷茫，觉得明天变得很不确定。"

鹳说："你整个人变得更轻了还是更重了？"

我说："身子变重了，走路的时候感到每迈出一步都需要付出平时的两倍力气。但心变轻了，像是浮在什么液体上，动荡不宁，突然多出来的自由，让我无所适从。"

鹳笑了起来。也仅仅是笑了起来，没有对我的沮丧或是迷茫给予任何的安慰，而这一切本来就是她造成的嘛！我想到这些心里很不舒服，但是又必须压抑着自己的感受，因为我怕鹳看出我的怯懦，从而失掉在她心目中的分量。

吃完饭，我们回到她的住处，我拥抱了她，她没有拒绝。然后我们并排坐在她的床上，我把手搭在她瘦弱的肩膀上。过了一会儿，她问我："那你打算以后怎么办？现在经济危机，高学历人才超多，失业率更是奇高，工作挺不好找的。"我说："我刚辞职，那就先体会下这种真空状态吧，至于以后，以后再说好了。"她说："你辞职了，你父母肯定会难过的，而且你的事业又得重新来过，以前的心血也枉费了。"她说的这些话，让我越来越难以忍受，心里像被烧红的银针连续刺扎着一样。我用受伤野兽的粗声粗气问她：

"你现在说这些是什么意思呢？刺激我和折磨我吗？为什么你早先不是这样说的呢？"

鹳说："你总想着辞职，你难道没有想到这些问题吗？这些实实在在、不可回避的问题。"

我说："我的确没想过，假如辞职是一堵墙，我只是走到了这堵墙的边上，还没来得及去看看墙那边有些什么东西。"

鹳说："那你现在不是看到了吗，是什么呢？"

我说："什么也没有。"

鹳说："我告诉过你，这就是生命的本来状态。"

我说："那我应该很高兴是吗？因为我找到了生命的本质。"

鹳沉默了一瞬，说："我们躺下吧。"我们就躺下了，我继续抱着她，但我发现，抱这个动作比她这个人更能让我感到慰藉，真是一种奇怪的感受。鹳转过身来朝向我，也把胳膊搭在了我的身上，她说："你肯定觉得自己一无所有了吧，但你其实还活得好好的啊，你看，你还存在，在这儿呢。"她微笑了一下，使劲抚摸了我的脊背。但我却觉得她的抚摸离我好遥远，我的身体离我好遥远，我说："突然我感到，我什么也不是，或者说，我是什么也无关紧要，我对眼下的这一切根本就无法理解。"鹳的身子紧贴了过来，她身体的每一个部分都对应着我身体的相应部分，然而我的下面很安静，没有像上次那样顶着她的大腿某处。那种欲望，不，很多种欲望，我都无法找到它们，不知道它们躲到我体内的什么地方去了。

我说："不如我们先睡觉吧，我真的很困，明天我应该会好很多。"

鹳说："好吧，只要你睡得着。"

她又说："你知道吗？很奇怪，你现在让我想到我的父亲。"

我紧闭双眼，不再说话，身体的各个系统都被我在意识中彻底封闭了，然后，我居然真的睡着了。我做了一个梦，我梦到鹳的父亲站在高墙上，俯视着我，仿佛我是一个出来放风的犯人。我感到无比绝望，我对他喊道：你走开！你不要这样看我！但他不听，他反而笑了起来，朝我挥挥手，更加肆无忌惮地俯视我，还把刚刚抽完的尚未熄灭的烟蒂扔下来。他竟然会有如此多的烟蒂，不停地扔下来，扔到我身上，我被烫得生疼，龇牙咧嘴喊了起来。

惊醒了。

我看到四周漆黑，比睡眠还黑。而鹳仍然安静地躺在我的身边，似乎也睡着了，我用手掌感知了一会儿她的身体，觉得这具身体本身带给我很多慰藉。我深深喘息着，眼睛又尝试着闭了起来。我对自己说：

“你辞职了，你的自由从此像大海一样多了。”

我的世界连通器

那天黄昏，我坐在庭院里看着天上几颗稀稀拉拉的星星，感慨着污染太严重了，我已经记不清璀璨星空的壮观景象了。这时，有人来敲我栅栏的铁门，那扇门一直上着锁，我很少从那里出去，因此，那门的响动着实吓了我一跳。我以为是什么野狗想要窜进来，这个小区里有不少流浪猫狗，但是定睛一看，才发现那里站着一个亭亭玉立的姑娘。我赶紧走了过去，询问她有什么事情。这样的时刻在我的生活中太久违了，我很久都没有结识什么新朋友了，更别说异性朋友了。

姑娘穿着粉红色的短袖衫，下面是条淡蓝色的牛仔裤，很休闲的打扮。她吐了吐舌头，捋了捋额前的头发，说："不好意思，我的网球掉进你的院子里了，你能不能拿给我？"

我说："我刚才一直坐在这里，没有听到任何的动静啊。"说完我就后悔了，我觉得自己像个木讷的和尚。

姑娘说："就几分钟前，你帮我找找好吗？谢谢。"

我点头说好，我打开了院子里的一盏灯，效果并不好，有阴影的地方更加黑暗了，我在有光的地方都找了一遍，没有找到，姑娘有些急了，她说：“你能让我进来下吗？我们一起找找。”我这才意识到我把人家还关在外边呢，太不懂礼貌了。我赶紧找到钥匙，打开铁门，那铁门发出了难听的吱呀声，姑娘说：“你这门多久没开了，都生锈了。”我说：“反正从来没开过。”姑娘说：“你真是个深锁庭院的人啊。”这句话让我回味良久。她来到院子里，掏出手机，用手机屏幕的那团光在阴影区照射着，我们的头挨在一起，找了半天，还是没有找到。我说：“算了吧，别找了，进来坐坐。”我这话说出口，连自己也感到惊讶，我怎么敢邀请姑娘进房间呢，那里面可是乱得一塌糊涂啊，我一周才洗一次衣服，那些臭袜子和内裤都明目张胆地堆在沙发上呢。可是话已出口，没法子了。

姑娘跟着我走进了房间，她的眼睛四处打量着，嘴角挂着淡淡的笑容，从容不迫，好像男人的房间就应该是这样的，没什么好大惊小怪的。在屋内的灯下，我才第一次看清楚姑娘的长相，这是个挺漂亮的女孩子，不过右脸颊上有颗明显的黑痣，让人有种擦去它的冲动，仿佛那是一块污渍。我讨厌我的这种心理。她没觉察到我对她的观察，或说她并不在乎，她走到书架前，被我的藏书吸引了，她说：

“我从没在人家里边看到过这么多的书。”

“其实也没多少书，就几千册，跟真正的藏书者不能比。”

我以为她接下来会问我都读过吗？我曾经常常会遭遇到这个问题，我痛恨这个问题，这样的问题只有不读书的人才会问的。所幸姑娘没有问这个问题，她只是问我：

“怎么同一家出版社的书收集了这么多，有些书也不见得怎么样。”

她这句话正中我的要害，让我内心尴尬不已，我支吾说：“因为便宜的缘故吧。”

姑娘说：“理解，可买可不买的书一旦太便宜了，就会诱惑着你去买，对吗？”

我说：“对，是这样的。”

她看了我一眼，说：“看来你还真是个特别爱书的人呢。”

姑娘看着我的书，一路来到了卧室，坐在了我的床沿上，她说她从小就梦想有这么一间书房，一直没有实现，没想到在我这里发现了自己的梦想。我说那你平时没事的时候就可以过来啊，一起看看书，聊聊天什么的。姑娘答应了，说明天就得来，因为网球还没找到呢。她说她把网球用一段弹力绳拴在网球拍上，自己在家练习，她就住在旁边，和我这里隔了一条不宽的路而已，刚租下来的。我之前可能过于关注自我了，竟然没有发现这个新邻居。简单地说了些彼此情况之后，气氛有点儿冷，因为我对这次意料外的会晤完全没有准备。

她突然问我：“你现在正在读什么书？”

我说：“库切的《夏日》。”

“讲什么的？”

“讲一个传记作家调查研究已故著名作家库切的中年生活的，他认为，库切正是从中年开始，才迈入了真正的作家生涯。”

“就是说，这个作家，库切，想象着自己死后别人怎么评价他？”

“嗯，确切地说，是他赶在别人前面先评价自己吧。”

姑娘笑了起来，话锋一转，问：“那你觉得中年是什么时段？”

“我以前觉得是三十岁到五十岁，现在觉得是四十岁到六十岁。”

“呵呵，你这么说，是因为你已经过了三十岁了，对吗？”

“不对。不过快了。”

“看来，你和那个作家很像，你也是赶在中年到来之前重新定义了自己。”

我笑了，我得佩服姑娘的口才，已经很久没人陪我这样聊天了。我突然很想说说话，随便什么都好。可是姑娘却站起身来说：

“挺晚了，我得回去了。”

我挽留了一下，说：“要不然再坐会儿，咱们继续聊聊中年的问题？”

“不了。”姑娘步伐轻巧地走到院子里，从栅栏门那儿一闪而过，“记得锁这个门。”她边走边说，身影消失在夜色中了。

我独自在姑娘坐过的床沿上坐了五分钟，脑子里呆呆的，什么也没想。等到上床睡觉的时候，我已经完全忘记了还有个姑娘来过我这里。

第二天很早，我刚睡醒，躺在床上听鸟叫的时候，就听到有人敲我的门。我睡眼惺忪地打开门，看到是昨晚的姑娘，我这才想起她说过她今天要来的。她朝气蓬勃的，穿一身紧绷绷的白色运动服，大腿和臀部像是气球表面那样有着光滑的弧度。我突然有了一种不自然的感觉，我似乎想逃避些什么，这样的焦虑让我不安。情急之下，我居然问：

“这么早有什么事吗？”

姑娘说：“你忘啦？我来找网球。”

对，找网球，我和她一起来到院子里，我们找了半天，还是没找到，她说：“算了吧，唉，再买一个就是了。你早上从来不运动的吗？”

我说：“我不喜欢跑步什么的，最多就是踢踢腿，扩扩胸。”

姑娘笑说：“你像个老人那样保养自己啊！那我们不跑步，我们就在你的院子里活动活动，对了，我跳健美操给你看，好吗？”说完后，她走到院子的中间做起了准备动作，就像是与我熟识的老友一般自然，让我暗自称奇。

这个陌生的姑娘浑身散发着自由的热情，让我这个长期独居者有了自卑。跳健美操给我看，我当然高兴了，这是做梦都梦不到的好事，不过那种要逃避的东西弄得我很不自在。原本我也想活动一下，做做广播体操什么的，但是我竟然像个老人一样深陷在庭院的那张椅子里，嘴里什么也不说，只是看着姑娘在那里跳操，紧张而羞怯，像是一个初次去剧院的观众。

很难说眼前的姑娘是身材非常好的那种，整个人看上去偏瘦了，让人不免怜惜，但是她的热情与自信让她把女人的气息扩张到了极致。她喘着气，脸蛋红扑扑的，时不时还对我抱歉地微笑一下，似乎在说她跳得不好，希望我包容一下。

安静地坐在那里，我想放松一下自己的身体，将后背完全瘫在椅背上，这时，我突然感到下面硬了起来，我挺直了身体，这才意识到我一直在逃避的东西是什么，就是让下面变硬的那种东西。我发现自己已经许久没有想过这回事了，这是很奇怪的事情，我曾是个欲望很强的人，曾经为这事深深苦恼过，可现在怎么会遗忘了呢，就连手淫都忘记了。自从我活在此时此刻的世界，这样的修炼让我的意识完全投射到了外界，让我完全把精力集中在生存本身上面了，比如呼吸，比如色泽，比如温度等直接作用于身体表面的事物。这样说来，欲望是和时间有关的东西吗？说不好，但情色却是和时间密切相关的，因为它需要积累。就像我现在，用目光中的无数指头抚摸着姑娘的身体，每抚摸一次，我都感到身体内部有种痒的东西在迅速增长，胸腔都遭到了一定程度的压迫，我变得气喘吁吁起来。

我要躲开这股欲望，我问她："你叫什么名字？"我一直没有问这个最基本的问题。

她暂时停下了运动，喘着气说："我叫颜如水。"

我笑了，说："听过颜如玉还没听过叫颜如水的。"

她说："那有什么奇怪的，我妈妈怀孕的时候，她梦见自己喝下了我爸爸递给她的一杯水，女人为阴，为水，那时候她就已经知道肚子里怀的是个女胎。待到她临产的前夜，她又梦见自己生下了一个孩子，孩子哭闹不堪，我爸爸来抱时，居然变回了水，成了我爸爸胸前湿淋淋的一摊水渍。因此，我妈妈就给我起名如水。"

"这也太神奇了，像是神话传说。"

"我也这么觉得，我妈妈是个文艺女青年，写过先锋小说，八成是她瞎编的。"

"极有可能。"

“但女人就是水做的，我也不例外。”

“当然，你温润如水。”

“老是说水，我嗓子冒烟，快渴死了。”

“哈哈，你也锻炼得差不多了，我们进房间喝水去，我这里还有好多吃的，我们一起吃早餐吧。”

早餐很简陋，说是好多吃的，其实只有两个奶油面包，我分了一个给她，她咬了一口说怎么有点奇怪的味道，是不是坏了，我说不会吧，我昨天刚买的，她把面包举过来说，不信你尝尝。我看到面包上有个很大的月牙形，这个形状让我觉得幽默，但同时也觉得有点儿恶心，真的，毕竟是陌生人的齿印，但是，我的心里却有种相反的推力让我对准月牙咬了一大口，形成了一个更大的月牙，她笑了起来，那种感觉很亲切。我觉得我吃到的不是面包，而是某种情欲的想象，我和她之间很明显有了暧昧的感觉。不过，由于我单身过久，对于引诱这件事情变得笨拙，就在我吃下这口面包，有点儿不知所措的时候，她说：

“你看你吃得满嘴都是，连鼻尖上都是。”

我有些尴尬，手指笨拙地寻找着纸巾，她说别动，我以为她要来帮我擦，我就没动，没想到她俯身过来，用舌头把我鼻尖上的奶油舔掉了。绝对地出乎意料，我如果还木着不动，我还是个男人吗？我就动了，我抱住她，吻了起来，把奶油弄得她满脸都是，她笑了起来，声音很大。我把她抱在怀里，向卧室的方向挪了过去，然后我和她并排躺在床上，她的眼神蒙眬，脸蛋潮红，让我想起贵妃醉酒，我一边吻她，一边把她紧绷绷的运动装给脱了下来。她没有反抗，她还主动帮了我一把，她的样子好像我们是交往多年的情人似的。我们做爱了。

完了后，我抱着她，一个陌生的姑娘，有些迷茫起来，这一切发生得像是在梦中一般，可即使在梦中我也没有过这么激情的体验。她还闭着眼睛，喘着气，她的侧脸很美，线条明晰，像是素描出来的美人。忽然间，我开始担心起来，担心起今后的关系来，怎么发展，怎么相处，杂杂乱乱地想了好多。热情正在降温，她略微急促的气息声也平息下来了，她睁开眼睛，微笑着问我：

“你在想什么呢?”

“我在想我是不是在梦里，还没睡醒。”

“我昨晚就想这样了。”

“不会吧?! 真没想到。”我躺平了身体，笑了起来，的确非常出人意料。

“我是不是太不含蓄了?”她转过身来，把头埋进我的颈窝里呵呵笑了起来。

“坦率也是一种美德。”其实我心中并不确定我喜欢一个女性是“含蓄的”还是“坦率的”，或许这并不在我审美的范围内。

“你这样说的话，那我就对你坦率了，好不好?”

“好，有什么就说什么吧，那样我们就省去了猜谜的麻烦了。”

“嗯，我说了你或许会生气，但我不得不说，我不想骗你。其实，其实……我有男朋友的，不过他现在不在我身边，我们分开了大概有半年多了，很奇怪的是，我不是特别想念他，他这个人我总觉得很模糊，但是我特别想念他曾经带给我的快乐，包括身体的快乐，我是个特别不能忍受孤单的女人。我观察你挺久了，（不是昨天刚搬来的吗？）你专注而沉默的样子特别吸引我，我好几个晚上做梦都梦见你了，梦见和你有了很亲密的接触，然后鬼使神差的，网球就掉到你这边来了。”

我打断她说：“那网球是个想象中的东西吧？”

她说：“不，真的，那是个真实的东西，但奇怪的是，真的找不到了，当然，你可以把它当作虚构的事物。……你不相信吗？”

我说：“我相信。”

“那你会不高兴吗？”

“我为什么会不高兴？”

“因为我有男朋友了。”

我认真想了想，我对她说：“其实你出现在我的生活中太迅速了，我都没反应过来，你对我来说还是个抽象的女人，那么你的男朋友就更抽象了，我现在似乎没有任何的嫉妒或是别的感情，因为还来不及，像在梦里。”

“那就好，或许我也是这么想的，让我们变成抽象的男女，我们会舒服很多。”

抽象的男女，第一次听到这样的说法，但它作为一种特殊状态的描述又过于准确了，人类不仅能选择在不同的时态里生活，还能选择在不同的空间里生活，现实的、具体的、虚拟的、抽象的，真够神奇的。那我就同意她，选择抽象吧，眼前的她是一个抽象的女人，或许可以这样说，她既是她，又不是她，她可以是女性本身，也可以是某个女人。

我沉溺在思绪里，忘记了说话，她轻声问我："你明白我的意思吗？"

"是的，我明白。"我把她压在身下，吻了起来。

我们又做了一次。既然话都说到这个份儿上了，我就用不着克制自己了。这次我放松了不少，伸手去抚摸她的乳头，可是她却阻止了我，就在我受挫之际，她翻身而起，把我压在了下面，她让我伸开手掌，我便伸开了手掌，像在乞求什么东西似的，她把身子低了下来，把乳头放在了我手掌上。我说这有什么不同，她说不同，完全不同。她扭动着身子，在我手掌上写了一个字，"你写的是什么？""别说话。"我闭上眼睛，感受了一会儿，果然是不同的。这种不同我还真的说不出来，运动不是相对的吗？怎么在这里变成绝对的了。我想，或许是被动的状态让我变得敏感，让我成了触觉的收集器。

我说："被动真好。"

她不说话，禁止我的任何主动行为，继续让我沉浸在被动的状态之中。这次我们折腾了很久，快感的浪潮让我对眼前的女人不禁怀疑了起来，这是真实的吗？她那么陌生，又那么熟悉，这是怎么回事？随后，我被她征服了，一头跌进了不真实的虚空当中，抱紧了她，忘记了她。

我们躺在床上喘着气，我说："你刚才写的什么字？"

"我不会告诉你的。"

"以后再写给我。"

她笑了起来，说："你不要太贪了。"五分钟后，她起身准备回去了，我说："再留一会儿不行吗？急什么。"

她说：“还要赶着去上班呢，都迟到成什么样子了！”

我这才记得还有上班这档子事情，懒洋洋地爬起身来，想到仓库真是一个可怕的地方。我在一家出版社上班，半年前，新调来的领导因为我和他同名同姓而很不爽我，将我调到仓库工作了。我真的不明白，他又不是古代的帝王，难道还讲究什么名讳吗？这是我的错吗？我改个名字行不行？可是，他连改名字的时间都不给我，就把我弄到仓库里去了，他还语重心长地对我说：

“以后仓库那边肯定要独立成立一个科室的，你去了那边就是鹤立鸡群，你明白我的意思吧？”他语调中透露着为我贴心考虑的真诚，但在我听来，那是一个虚伪透顶的谎言。

没办法，我就去了仓库，和老人、老鼠以及灰尘待在一起。老人木讷，老鼠猖獗，我的到来倒成了一种不和谐的惊扰。好处倒也不是一点没有，书多，好多好多的书，像是砖头一样砌成了长城。多少年来卖不出去的书都积压在这里了，空气中弥漫着陈年纸张的霉味。爱书恰恰是我为数不多的兴趣，我在这里，想看什么就看什么，有时候还顺手牵羊，将喜欢的书提溜回家，反正也没人管我。这就是我的藏书为什么会遽然增多的原因，这也是为什么我的藏书大多都是来自于同一家出版社的原因。这点被敏锐的如水给发现了。

“喂！你发什么呆呢？”

我从自己的思绪中挣脱出来，说：“没什么，想了想工作上的事情。都怪你，说什么工作呢。”

她呵呵笑了起来，说：“你以为我想啊，没办法，我今天迟到了，这个月的全勤奖泡汤了。”

“没关系，我请你吃顿好吃的，安慰安慰你。”

“好，别忘啦!”

她穿戴整齐后，又走到我的书架前，她说：“我想从你这里带走两本书，算你送我的好吗?”

“为什么?”我有些犹疑。

“今后我们每做一次爱，我就带走一本书，作为纪念，好不好?”她坦率地说。

我惊讶地看着她，以为她在开玩笑，可她一脸的严肃认真，而且她的眼神里充满了期待与坚持。看她这样，尽管我不喜欢这种奇怪的交易，但也只能无可奈何地同意了。她很开心，像个小姑娘一样，满脸单纯的快乐。她站在书架前，没有怎么认真看，随便抽出了两本书带走了。

从这天起，我的生活起了变化，她会经常过来，过来的时候我们必定做爱，她追求的仅仅是身体的欢乐吗?我也不能肯定，似是而非。就像有一次她明明例假来了，还非要过来，还非要那样子做，实在是触目惊心得很。“你为什么非要这样?”“我也不知道，我就想这样子，你别多想。”“疯子。”我叫她疯子，她也不生气，一笑了之。有时候，她也会叫我过去，去她的房间，虽然她也是一个人住，但我从没在她那里碰过她，每次在她那里我都是个规规矩矩的客人，因为她在自己的房间里是个极其郑重其事的主人。我坐在沙发上看电视，她会倒茶给我喝，她问我要不要留下吃顿饭，我居然还客气着说：“不麻烦了吧。”这时候我们笑了起来，我们客气得过头了，显得太假了，假得可笑。我提出要帮她一起做饭，洗洗菜都好，她说：

“哪里有让客人做饭的，你坐着看电视去吧。”

她既然把我当客人，我还有什么好说的，我坐在沙发上，看到电视旁边的小书柜上摞着从我那里拿来的书。一本书代表一次性爱，那么多本书放在那里，让我觉得困惑，这么多次的重复，为什么还要去做。这个世界上，好像只有性爱能够在重复中超越重复。

后来，我还是吃了她做的饭菜，不能说很好吃，但起码能感觉到她是尽力的。

“假如，我说假如，我们生活在一起，天天吃我做的饭，你能习惯吗?”一次，她边盛饭给我边问，眼角隐藏着狡黠的笑意。

“你会天天做饭吗？我怎么觉得你不是那样的人。”

“是的，我承认，我不是贤妻良母，但我知道要管住一个男人，就要管住他的胃。”

“还要管住他的下面。”我坦诚地说。

“对这点我有信心。”

“是吗？我不相信，我想验证一下。”那是我在她房间里唯一的一次挑逗。

“快吃饭吧，菜都凉了呢。”她夹了一个鸡腿给我，我并不痛恨吃肉，但我痛恨这么大的一块肉，也不切开。我喜欢吃肉丁，让人的食肉属性降到最低。硕大的鸡腿油淋淋的，让我欲望全无。

吃完饭，我回到了我的房间，她竟然像只小狗一样尾随过来，我说：“你不洗碗什么的?”

她说：“洗什么碗呢，我想和你玩会儿。”

"玩什么?"

"你给我讲讲故事吧，就讲讲库切的《夏日》。"

说心里话，我并不想和她有什么亲密的精神交流，我不想付出感情，就像她，但是她是女人，总是索取得太多。对于我和她这样的畸形关系，任何的情感交流都显得奢侈，我应该像那个作家奈保尔一样，需要的时候就去找妓女，这没什么不好，这不妨碍他成为诺贝尔文学奖的得主。对我这个小人物来说，起码可以避免情感的伤害。

我说:"《夏日》里面有一个和你类似的女人，她为了报复老公的偷情，便和库切好上了，她和库切的关系很像你和我的关系，你应该看看。"

"我和你是什么关系?"她给我出难题。

我避而不答，我说:"你知道他们怎么分手的吗?"

"他们分手了? 快告诉我怎么回事。"

"有一次库切拿着舒伯特的唱片来找那女人，他对那女人说，他想听着舒伯特的音乐做爱，用舒伯特的节奏去行动，这样就可以体验到音乐当中暗藏的十九世纪的性感。你对此怎么看，我要是这样，你会生气吗?"

"你管我干什么，你继续说他们怎么样了。"

"女人很生气，觉得自己变成了工具，而且还是次一级的工具，就仿佛音乐大师在干库切，而库切在干她，但库切所追求的却是什么十九世纪的性感受。这已经不是做爱，孤僻的库切把做爱变成了一种奇怪的装置，书里就是这么说的，然后，女人勃然大怒，用一只漂亮的盘子砸向库切，盘子正中库切的脖子。他们就这样玩完了。”

“这个女人真古怪，体验下十九世纪的性感受也没什么不好吧，她太在乎自我了。”

我以为她会理解那个女人，起码把那件事当作一个笑话看也好，但她的想法却完全出乎我的意料，她居然对那个女人提出了批评，批评一个女人的自我，那不是女权主义者眼中来之不易的东西吗？她的立场在哪里？或许，在她那里，就连她的身体也已经完全沦落为她欲念的工具？这让我觉得悲哀。一个没有自我的女人，我可以这样评价她吗？

“那我们下次也体验下十九世纪的性感受吧？”我略带嘲讽地说。

“那算什么，下次我们听古琴，体验下九世纪的中国古典风韵，那时是晚唐吧？”

她一脸认真，我被逗笑了，可我讨厌这样的时刻，她把我带出了孤独的国度，让我有种不断聊天的冲动。鲁迅先生说，我将开口，同时感到空虚。这句话让我无比共鸣。我要提防这种冲动，免得在她的世界中走得太深了。

后来，她倒是真的在我们缠绵之际，放了舒伯特的音乐，好像是他的《小夜曲》，说实话，我没觉得有什么不同，我总是忘了我还在听音乐，要不然就是我忘了我还在与一个姑娘待在一起，做着最隐秘的事情。至于十九世纪的性感受，我想和两百年后的今天不会有太大的不同。

每做一次爱，她带走一本书，时间在流逝，我们的做爱在继续，我看到我的书架上开始出现了巨大的空洞，尽管我还购书，还从仓库找些不入流的书回来凑数，但也比不上书的外流速度了，这种感觉让我恐慌。我感到不只是书在流失，还有更多的东西离我而去，我想起宇宙中两颗靠得太近的恒星之间，那颗质量较小的恒星眼睁睁看着自己的物质流被另一颗恒星所吸走。这是最让我困惑的地方，一个人的时候是孤独的，却也是自足的，但她的到来，为何带来了这样的波动？她的到来，不应该是满足了情欲的需求与想象吗？那么失去的那些事物究竟是些什么呢？

我在她的面前依然一副老样子，似乎没有任何的变化，但我不知道自己还可以这样忍受多久。

她那边的变化倒是显而易见的。她比以前更喜欢和我说话，但我不大愿意谈论我们自己，以及我们的过去，这样我们就不是抽象的男女了。她同意我的意见，但她继续缠着我，让我说一些不着边际的话，比如小说和电影中的事与人都行。她说她自从上次听我说了库切的《夏日》之后，就对这个作家很有兴趣。我说你可以读读那本书，她摇头，不愿意读，她说：

“你念给我吧。”

念书是个好办法，可以避免深入地交流，又可以让两个人避免无言的尴尬。不过选择库切的那本《夏日》并不是什么好主意，它让我时时陷在尴尬当中。那或许是作家一生中最失意的一段时间，他从美国被迫返回南非，暂时没有像样的工作，却依然怀揣着一个作家梦。他和周围的现实格格不入，在对待生活和女人方面显得雄性激素特别匮乏。

那本书让我读了好久，真正意义上的读，朗读，我觉得自己的普通话正在接近播音员的水准。她倒是舒服，躺在那里，一动不动，好像睡着了，但我停下来的时候，她就会说："继续，继续，谢谢！"我只得继续了。有一天，读到书中一个女人对库切的嘲笑，嘲笑库切在生活中的无能，她第一次插话说：

"我觉得你和库切有点儿像，你们文人是不是都这样？"

"我怎么是文人了？"

"你有那么多藏书。"

"我就是喜欢看书，著书立说的想法倒是没有。"

"那你也是文人。"

"什么叫文人，外国有文人吗？"

"哪里都有文人，不搞文字的人中间也有文人。"

"那是一种什么样的人？"

"嗯，我想，是对日常生活有些障碍的人吧。"

"那你呢？"

"每个人身上多多少少都有，那种和生活无法和解的东西。"

"你讨厌这种障碍吗？"我问她。

"讨厌，"她说，"但是好像没有这种障碍的人，我也不喜欢，他们好像不大真实，或说太现实了。"

"真实和现实有什么不同吗？"

"一个是内心，一个是外界吧？"

"你喜欢为内心而活？"

"你不喜欢？"

我笑了起来，我说："我喜欢抽象地活着。"

她也笑了起来，说："其实抽象地活着是最理想的状态，要不是人必须要在现实里面摸爬滚打，我愿意一直这么活着。"

她的话打动了我，我抱紧了她，很久都没有说话，就那么安静地拥抱着。我感到心里面有块地方在融化。

这或许是我和她交流最深的一次，她用了一个词：障碍，我想她是非常准确的，我的确能感觉到那种障碍，我的一些朋友身上也有那样的障碍，这样的人怀旧，也重情，每次喝酒都会变得没有节制。那是梦想消失后遗留下来的伤疤吗？还是什么也不是，就是一种失败的表示？我没有问过她，我想她也搞不清楚，不过有一点我是很清楚的：我身上的障碍要比她的大多了，这种障碍也是我和她之间的障碍之一。她对此肯定是心知肚明的。

自从这次深入交流之后，她来我这里的次数开始逐渐减少了。不知道她是厌倦了，还是感到我们之间的丝线越来越紧了，这两种相反的情况却会有同样的表现：那就是逃避。我半开玩笑地问她："最近很忙啊？"她说："是的，最近很忙，不像你，总是很悠闲。"我猜测过她的工作，或许是企业白领，或许是政府公务员，这两者差别是蛮大的，可我忍不住那样去想，谁让她上班那么积极呢，她也说过，那是被迫的积极。被迫的，还要积极，那是什么单位？我在和她聊天的时候绕着弯子去试探过几次，都是徒劳无功。这点上我比她差远了，她居然嗅出了我身上的文人气息，对我来说，那可不是什么高贵的东西，那就是一股回荡在图书仓库里的积压书的没落气息。这种气息让我在面对她的时候，裹足不前，没有任何的进攻动力，我只是试图把关系稳定在一开始的位置上。

紧紧地拽住她，和她一起生活？这样的冲动不是没有过，尤其是做爱之前，但是等到激情过后，我似乎满是担心，我和她能有什么样的生活呢，我没有信心。但，问题是，难道我现在就没有和她生活在一起吗？我们是浮在半空中的吗？还有一个模式化的生活吗？这些问题时时折磨着我。我变成了一个问题丛生的人，问题像是沼泽地的气泡一样从心底不断升起，可我不能解决其中的任何一个，只能眼睁睁看着它们浮出水面，然后在阳光下遽然破裂，变幻出短暂而微小的彩虹。

她不再像以前那样活力充沛，她的步伐不再轻快，大清早她也赖着不起来，我很久没见她早上锻炼身体了。我知道，她有话想对我说，她心事重重的样子让我担忧，但我不会首先去挑明。

一天晚上，她来找我，好几天没见她了，我很高兴。不过，我们躺在一起说了些不着边际的话，这些话干巴巴的，像灰尘一样干燥，落进嘴里都涩涩的，让我们都没了搂抱在一起的欲望。后来，夜越来越深了，要在以往，她一定会回去的，她从不在我这里过夜，可是那天她说她好困，不想回去，就在这里睡了，“行不行?”她略带撒娇地问我，晃动着我的身子。我不知道这次的过夜会给大家带来什么预想不到的变化，尤其是早上睁开眼睛看到她，会让我爱上她，还是憎恶她呢？对她的爱和憎恶于我都是不能接受的东西，两个抽象的人之间即便有爱也是抽象的爱吧？那是一种什么样的爱？还是爱吗？但我更不希望憎恶她，她是和我同床共枕的女人……我思绪太多，显得有些犹豫，尽管很短暂，但她似乎已经捕捉到那种犹豫了，她是个很敏感的人，她随即说：“随便说说的，等会儿我就回去了。”

我语气和缓地说：“你住下来也没有关系的。”

她没吭声，不理会我的补救。过了一会儿，她忽然说：“我觉得我和我男友的关系越来越淡了，每次通电话都不知道该说些什么了，你有什么好建议?”

“聊聊每天的生活，还有你们的过去，怎么会没有话说呢?”她第一次对我提及他们的关系，我小心翼翼地回应着。

“他总是很累，每天干的事情也都差不多，过去的事情翻来覆去说下去，也快成香口胶了。”

“那我也不知道了。”

“你也是男人，你帮我想想啊，你们男人都喜欢听什么?”

“你觉得我喜欢听什么?”

“你? 我真的不知道，我觉得好像和你说什么，你都喜欢听的。”

“我就是这么一个呆瓜吗?! 你说什么我都爱听? 告诉你，你今天说的这些我一点儿兴趣都没有! 你和你男友关系不好了，关我什么事，还来找我出谋划策，是我的错吗?”

我发火了，我很少这样，我也弄不清自己的火气从何而来。她气得满脸通红，喊道：“难道不是你的错吗? 你就一点儿责任也没有?”

责任，她和我谈及责任。我不想就此发表任何看法。我说：“我不想和你吵。”

“是你先吵的!”她恶狠狠地说。

她在我身边又躺了一会儿，我没有说话，然后她穿上衣服准备回去了，我坐起身来，感到有点儿抱歉，含糊其词地说：“回去啦?”她“嗯”了一声，向外走去，我提醒她说：“你忘拿书了。”

她说："今天我们又没干什么，没书可拿。"

我想幽默一下，说："那我们干点什么你再走吧？"

她没回应这个幽默，认真地说："下次吧。"

那晚我很久才睡着，我和她居然吵架了，两个抽象的人居然也会吵架，太奇怪了。只能说，我们还不够抽象，我们还是血肉之躯，我们控制不了自己的情绪。

很明显，事情停在一个地方静止不动是不可能的，总会有变化，有发展，即使方向是错乱的，难以把握的，事情也会找到自己的命运。我违背了客观规律，结果让事情跃出了控制，我觉得，自己正在成为这件事情的俘虏。

那天吵架后，我们好几天没见面。我忍着没去找她，我感到精神上的疲惫，以往一个人的时候多么充实，我开始怀念起没人打扰的安静而自足的日子。那时候，我和世界的关系是平衡的，我就像是平静的湖水，可是如水的出现，让一切都改变了，我没有对她敞开过心扉，我自始至终控制着自己，但还是有一种东西被她牵扯到了。

我们有好几天没碰面，僵持着，我好几次想去找她，都忍住了。一周后的一个下午，我下班回家，在回小区的路上碰见了她，她站在绿色的灌木丛旁边，用手撕扯着树叶。她看见我，一脸惊喜，像是没发生过什么事似的，亲切地说："这么巧，下班啦？"我下班比她早，所以这样的碰见应该不是什么偶然，但是却又具备偶然的形式。她是个聪明的姑娘。

"嗯，去我那坐坐吧。"我主动邀请她。

我们并排走着，像一对情侣，这是我们第一次一起行走在光天化日之下。这样的感觉挺好，每天能这样和她一起散散步，散步的时候说些轻松的话题，那该多好。这样的情景诱惑着我。上次吵架的事，没有人再提，我们聊了聊别的，我说今年的诺贝尔文学奖被略萨拿到了。她问我略萨是谁，是个怎么样的作家。我开玩笑说：

“他是个比库切更善于写性的作家，比较适合你看。”

她笑了起来，说：“那我真得看看。”

我的心情愉悦了很多，她能笑，我们的氛围就变得融洽了。或许，经过上次的小风波，我们的关系会有某种进展了。

回到房间里，我抱住她，当她重新出现在我的面前时，我居然比她离开时更想念她。能感觉到，她也是，她的肩膀微微颤抖着，像是压抑着太多的情绪。天气好热，我和她的皮肤碰在一起，黏糊糊的，我提议我们一起洗澡，她拒绝了，她说：“你千万别误会，我没和任何男人共浴过，我真的不习惯，我想给自己留点什么。”我理解，她就是这样的，对自己保留的空间太大，以至于随时都可以从这个世界中逃跑，躲在自己的空间里偏安一隅。于是我先去洗了，我动作很快，五分钟搞定，然后躺在床上等她。她洗了很久，出来的时候身上还裹着浴巾。她走过来，站在我面前，然后由我打开了浴巾，脸上却毫无羞赧之色。她洗澡的时候在干些什么，不禁令人好奇万分，甚至有种偷窥的念头。

我们在床上云雨过后，我抱着她的肩膀，沉浸在死亡样的黑暗中。她也喘着气，好像很累的样子。没有任何预兆，她突然对我说：

“我要走了。”

“急什么，才几点，一会儿我们一起吃饭。”我笑了起来，她那么气喘吁吁的，还急着回去，笑死人了。

“我是说，我要搬走了。”

这句话让脑海中那股慵懒的黑暗炸开了，我翻身而起，难以置信地望着她，她看着我，眼神里满是哀伤与坦诚。她没有骗我，她是说真的。我知道会有这么一天的，没想到，这一天终于来临了，令人猝不及防。我抬头看，书柜里已经空了一大半了。我坐在床上，脑海里思绪纷飞，不知道自己应该怎么做，我想了半天，还是不知道应该怎么办，但此时此刻，我必须要说点什么才行，我只好收敛了笑容，低声说：

“那你走吧。”

没想到的是，她竟然哭了起来，真的，她哭了，这是我没有想到的。我以为她在我这里寻找的只是身体的慰藉，正如我时时提醒自己的那样。但她哭了，让我有些不知所措，好像我对我和她的关系判断出了故障似的。

她用手捂着眼睛，眼泪从指缝渗了出来，她说：“我好像有些离不开你了。”

我把自己的忧虑放到一边去，安慰她说：“你在我这里找到的，你男朋友到时候都会给你的。”

她的声音陡然提高了，她喊道：“不一样的！我承认我以前说谎了，你们是完全不同的两个人，我觉得自己越来越倾向于你这边。”

“倾向是什么意思，是爱吗？”

“我不知道，”她停顿了一下，说，“或许是的。”

她这么说我突然感到了一阵寂寞，我看了看空荡荡的书架，就像看了看自己的心情一般，是的，心里的某些类似书的东西，也差不多被她拿了大半了，我该怎么办？需不需要冒一次险？我鼓足了勇气，说出了一句让我后悔莫及的话：

“要是这样的话，你留下来吧，别走了。”

这句话让我把心里所剩不多的书一起交了出去，底牌没有了，我有些坐不住了。我靠在冰凉的墙上，望着她，她不看我，眼皮耷拉着，泪水从那里静静流下。

她说：“我不是没考虑过，但是我不能，我得走。”

“为什么？”我感到自己坐在天平的一端，而另一端的砝码突然消失了。眩晕。

“为什么？非要问为什么吗？那好，我这么跟你说，因为我不想当包法利夫人，隔三岔五溜出家门，偷偷去会情人，然后放纵上一整天，觉得那就是世上的极乐。”

没想到她会这么说，这样的说法令人感到恶心，我们之间的美好原来只是这样的东西，一种无节制的放纵。我狠了狠心，说：“你已经是包法利夫人了。”

“是的，在你面前是的，永远都会是可怜的包法利夫人，所以我不会留下的，我要回到包法利身边去。”

她的话让我有些气急败坏，我克制着自己，不想吵架。但是我能理解她的意思，她的感受。包法利夫人，一个叫爱玛的小妇人，聚集了万千女性的欲望与现实。读书不多的她偏偏记得这个人物，而她们之间的确是相似的，尤其是行为上，这是没法否认的。不过，假如她非要把自己和包法利夫人捆绑在一起，那我算什么呢，是罗道耳弗还是赖昂？两个小丑。但我从某种意义上说，难道不是他们中的一员吗？或许我有我自己的原则，但我没有给予她更多的情感，因为我不具备更多的情感。甚至，我都不能给她一些虚假却夸张的激情，就像爱玛所追求的，尽管那么庸俗，为我所不齿，但爱玛毕竟觉得自己是玩命地爱过了；而对如水来说，和我的抽象关系，也只是标准的出轨吧。这让我非常沮丧，也格外生她的气，我喘了口气，稍微平静了下来，我调侃地说：

“对，你应该回去。”我故意笑了笑，说：“然后，你再一次又一次地回来。那样，会更有感觉。”

她气得浑身发抖，她的声音都变得嘶哑了，她说：

“好，那你就等着吧。”

她不再开口，穿好衣服准备离开，我不知道该说些什么了，我知道她也是。还说什么呢？既然这是注定的结果，多一句话只会多一次痛，那不妨让伤口就那么敞开着，血自然会流尽的。

到这样的时刻了，她临走还不忘拿这次的书，这次我们做了一次。她站在书架前，仔细挑了一本书，这是她唯一一次挑选书，我本来不知道她会选什么书，但遗憾的是，我还是看到了，就是库切的《夏日》，这本书带给我们不少的乐趣。这本书的作者可以想象他死后的世界，她也可以想象我和她某种关系终结后的世界。

她走了，我们没再说一句话。她走到门外的时候，忍不住回头看了我一眼，她看到我在看她，又迅速把头转正，急匆匆地走了，手里拎着那本书，像是个逃学的大学生。

我们不知道彼此的职业与电话号码，我们之前的联系是前现代的，用句玩笑话说，我们的联系基本靠吼，我们的交通基本靠走，是那种不借助任何技术的原始方式。这样很安全，尤其对她来说，永远也不用担心和男朋友做爱的时候，接到我不合时宜的电话。

她走的当天晚上我就失眠了，突然之间，我就变成了活在过去的人。过去有多疯狂，现在就有多失落。我的生活被彻底搅乱了，她把我的生活变成了波澜万丈的潮水，可这潮水汹汹，却没有方向。我试着起身独自坐在庭院里，但马上想起她在我面前跳健美操的样子，我想用意志力压制记忆，可是此起彼伏，就像是打田鼠的游戏，她不停地从另外的地方冒出来，让我措手不及。我赶紧站起身来，跑到了屋外去，我一直走，走到了小区的游泳池边才放松下来。颜如水，如水，如水，我喊她的名字，她就像她母亲梦中的水一样，成了我胸前的一团水渍，我没有哭，可是眼泪一直在流，泪水掉在我灰白色的短袖衫胸前形成水渍，这是我心中的如水变的。我把手伸到池水里去，好像那水也是如水变的，我摸到了她的另一种形态。我趴在那里，洗了一把脸，就像把头埋进了如水的怀里。水渗进了我的嘴里，我竟然忘记了脏污，舔了舔嘴唇，我记起了如水的味道。她对我是一个抽象的人吗？我现在怎么记得的都是无数个具体的细节？她对我来说恰恰是太不抽象了，太具体了，具体到了琐碎的地步。我有点儿懊恼，但我不想后悔。

我每天早上洗脸照镜子，看到黑眼圈让我像个抑郁的熊猫。幸运的是，仓库的光线总是很暗淡，没有同事看到我的变化，他们身处暮年，在他们眼里我是一个未老先衰的家伙。是的，这里的一切都是老气横秋的，仿佛时间都拥挤在这里，走不动了。但奇怪的是，如水的离去让我觉得仓库也变得陌生了，像是第一天来这里上班似的，很不适应。人心塌陷了，就连一成不变的仓库也使劲展现出自身的荒废。

夏日和如水一起逝去了，秋天来了，秋雨绵绵，但气温还是很高，所谓的秋老虎吧，尤其是下雨前的闷热让我难受，像被闷在塑料雨衣里边一样。我打开客厅的立柜空调，可是没有动静，或许是坏了吧，没办法，我只好打开了卧室的窗体空调。我基本没用过这东西，它发出了巨大的轰鸣声，像是拖拉机头似的。这是以前房主留下的老掉牙的玩意儿，我本想扔掉的，但一直嫌麻烦，因为这个玩意儿要是被扔掉了，墙上就会平白无故多出来一个大窟窿，我还得找人把这个洞给填上。反正睡不着，那种老式机车样的轰鸣声反而像是一条忠实的狗，可以坚定不移地陪着我。那种一成不变的声音让我陷入了迷糊当中，还做了一些支离破碎的梦，好像还梦到如水了，但我们没做爱，也没说话，就那么站在一起，相顾无言。梦中的我在心底对她默默说：如水，我是不是应该和你好好聊聊，抛除那些所谓的什么禁忌，向你的世界真挚地探索一番，包括你的过去，你的童年，你的初恋，你现在的男友，对了，他是干什么的？他爱你吗？最重要的是，你爱他吗？我怕触及你的过去，可是现在你却已经成了新的过去。假如一切都要逝去，我们当初的交往是不是显得太拘谨了，从而失去了存在下去的必要？……

大约是凌晨时分，我突然被一股浓烟呛醒了，哪里失火了？

我赶紧打开灯，原来是空调烧掉了，黑色的浓烟从冷气口源源不断地吹进来。我赶紧拔断电源线，提了一桶水泼了上去。我跑到院子里，清冽的气息扑面而来，我这才感到自己已是泪流满面，那不只是被浓烟呛的。大半夜的，我一个人这么狼狈，没有人笑话我，也没有人同情我，我是个孤独的人，孤独的人是可耻的。我进房间，把烂空调拆了下来，从那洞里吹来凉爽的风，舒服极了。我躺在床上，望着那洞口，洞口把外面的幽光传送进来，让我好像能望到很远的地方，能抵达世界上的每一个角落。如水和她的男朋友正搂在一起熟睡呢吧？我并不嫉妒，能想到她也在这个世界上的某处，而且能够被我感知到，我踏实了很多。这么想着，过了一会儿，我竟然睡着了，很久没这么熟睡了，就连梦都像是掉进了黑油漆里边，彻底被遮盖了。

第二天起床，我感到精神好了许多，早餐都多吃了一个鸡蛋。不过到了晚上，我又失眠了，我躺在床上辗转反侧，心里憋闷难当，前尘往事历历浮现，像顽石压胸，喘不过气来，我叹口气，无意中又向那洞口望去，洞口安静地敞开在那里，通过它我居然还看到了几颗星星。我看着星星，想着自己在宇宙中的渺小，想着自己只不过是一粒尘埃样的东西，这样想着，想着，竟然也平静了不少，睡着了。这个洞口的确有种神秘的魔力，像是世界连通器一般，只要我看着它，外面大千世界的气息便会扑面而来，好像我并没有被封闭在一个偏僻的角落，还是和世界紧密相连的。我感激那个洞口。

一个星期过去了，那洞口让我夜夜平静入眠。我感到内心的伤痛正在逐渐恢复，想起如水的时候，也能保持平和了。

更神奇的是，那洞口赠予我的并不局限于夜晚。每天清晨的时候，我能在洞口的光线中看到灰尘的缓慢舞蹈，知道世界上还有另一种时间，在那种时间里，蚂蚁要度过漫长的一生，就连蜉蝣也有余暇享受生命的全过程。我沉迷于那样的时间。我陡然间发现日子变慢了好多，但并不是度日如年，而是感到时间不像以前那样跳过我，而是紧紧贴着我，从我身边荡漾着缓缓流走。我的生活起了变化，很多时候，我早早就从仓库跑回家，然后搬张椅子坐在院子里，看着天光一点点地暗淡下去，看着周围的事物变得比夜空更加黑暗，而天空成了夜晚最为明亮的部分。这个世界远比我们印象中的神奇。在那样的时刻我才缓缓起身，去厨房为自己弄点儿吃的。我吃得很简单，面条，鸡蛋，番茄，以及一些水果。这样的生活比较不合常理，但是我却享受到了难以言喻的宁静。以前的很多时候，我要么活在过去的某些时刻，深陷在回忆中不能自拔，被已经逝去的开心事与痛苦事左右心情；要么我活在未来的焦虑之中，无数遍地用想象力规划着未来的生活，我应该怎么发展，怎么攒钱，怎么获得更高的社会地位。在过去和未来之间，今天缺席了。只有现在，我才意识到了，我要在完全的意义上活在现在。这样说起来有些古怪，但事实就是这样的，而且我坚信，这个世上活在此时此刻的人并不多，人类真是奇怪的生物，他们发明了时间，精准到了亿万分之一秒的时间刻度，但是他们并不真的遵循时间，他们在上帝眼中估计只是一群在时空中迷惘的云雾般的梦游者吧，眼前的世界他们视而不见，直到多年以后，眼前的世界或许才在模糊的记忆中灵光乍现。我是坐在黄昏的庭院里想到这些的，这些想法让我回归到了时间本身，我跟着时间的步伐同行。天亮的时候我的世界就是亮的，天黑的时候我的世界就是黑的，好像我是一株草，太阳也运转在我的小宇宙里边。我逐渐变得无欲无求，和庭院中的那些花草生长在一起，只要有阳光、空气、水与养料，我就可以满足地活着。这种生命的富足感让我不论是待在灰暗的仓库里，还是孤独的房间里，我都甘之如饴。

从此，那个洞就一直敞在那里，奇怪的是，没有任何蚊虫从那里钻进来。以前我只要打开窗户，蚊子便会大举进犯，让我浑身瘙痒难耐。可是，那个洞就不会，它开在窗户的侧上方，只有风从那里进出，像是房间的鼻孔。当然，下雨的时候，那里也会飞进来一些水珠，落在墙上、桌上，然后再溅起来，形成细密的雨雾，落在我的皮肤上，凉凉的，很舒服。我想，那一定是如水想我了，她来看我了。她应该还会重读那本《夏日》的吧？她会想象出我现在的生活吗？依靠一个洞口活着？她一定会哈哈大笑起来的。

我想念如水，但我和她再也没有联系。

铁皮小屋

我记得很清楚，我是在上大学的第七天才读到海子的诗歌的，这时距离海子离开人世已经过了十一年了。

这十一年，正好是我漫长的初等教育阶段，从小学到中学，我的阅读量逐年增多，但很奇怪，某一天我的头脑中突然长出了一只饥饿的胃，感觉奇特极了，我经常能感到它强有力的蠕动，并且它越长越大，索取的也越来越多，我快要不堪重负了。这只胃硬是把我的阅读变成了一只母鸡的觅食，左边的芝麻和右边的谷粒都要尝一尝，尝完了还要跑到前边去啄啄烂菜叶子。

于是这只胃品尝到了各种各样的食物，从四大名著到评书演义，从鲁迅、郁达夫到地摊文学，然后它告诉我，它最喜欢的食物居然是诗歌，就是海子写的那类东西，这是我始料未及的。

就在这十一年中的某日，我去街角一间简陋的铁皮租书屋里面转悠，看到了一本可怜的书——《中国现代诗选》，只露出黑乎乎的破损的书脊，被一大排的金庸和一大排的古龙夹在中间，仿佛它的存在就是为了避免这两者的争斗似的。不过后来我才知道，这书待在那里没有丝毫的偶然性，而就是书屋主人的固有想法，他拿了一本几乎没人会租的书（就像拿了一块木板），塞在金庸和古龙之间，让金庸和古龙各安其位，不要被毛毛躁躁的读者给弄乱了。

那本诗选本身并不特别吸引我，但它的位置的确太奇特了，对我构成了很大的诱惑，我便伸手去抽取它。它被夹得紧紧的，像是被镶嵌在了书架上，我用了挺大的力道才把它抠了出来，它刚一离开，金庸和古龙就立即碰面了，这两位大侠的会面也很平淡无奇。

书屋主人那个时候就窝在角落里看书呢，四十来岁，络腮胡子，外表粗犷，像是暂时在休息的登山运动员。可他看书却看得那么投入，不但无视我的闯入，还相当神经质地自顾自笑了起来。这些都让我觉得他是个很有趣的家伙，他开书屋的目的，居然首先是满足他个人的阅读欲望。

我捧起那本诗选随意翻阅了几页，看到了一些奇怪而动人的句子，和我以前看到的东西完全不同，我决定带回家去好好研究一番。我走到书屋主人面前站了一会儿，想用一种最自然和平静的方式来完成这笔交易，但他却毫无觉察，还沉浸在一本不知名的书里，我忍不住了，只好打断他的阅读，说：

“哎，老板，我要租这本书。”

那时“老板”这个称谓才刚刚流行，简直就像是“企业家”的别称似的，深得小商贩们的热爱。他或许是被这个词给逗弄了一下，才停止了阅读，用突如其来的微笑跟我打着招呼，表示着歉意，不过当他看到我要租的书名时，他不笑了，呆愣了半晌才说：

“如果我没记错的话，你是租这本书的第二个人。”

我早已忘记了我是怎么回答的，要不是后来发生的事情，这段记忆就和南极洲某块永远沉寂的土地一样难以寻觅了。我之所以现在还记得，还记得如电影细节般的清晰，只是因为我在上大学的第七天不但第一次读到了海子的诗歌，而且还遇到了租那本诗选的第一个人。当然，归根结底，这两件事都是同一个人带来的，那个人就是对我影响至深的孔用老师。遇到他，我那十一年的个人历史里，好多记忆突然间就被激活了。

上大学的第七天，其实才是军训开始的第一天，之前的六天都是在各种奇怪的动员大会中度过的，那种感觉仿佛真的是要马上赶赴前线了似的。我那时年少气盛，只用了两天就适应了新环境，然后就对这种空洞的生活深觉无聊。同学们也都刚刚认识，不大熟悉，晚上的空余时间都是各自活动，我每晚便拿出那本破旧的《中国现代诗选》读。不要觉得奇怪，我不但是这本书的第二个租客，而且也是最后一个，我在租来的一周后花了五块钱从书屋主人那里买断了它。那个络腮胡的汉子特别高兴，他比我更清楚，那本书靠出租永远也挣不来五块钱，所以他听说我要买的时候，简直要感激涕零了。从此，这本书就成了我的私人藏品，我对它的阅读频率要远远高于任何一册语文课本。

孔用老师就是在我看这本诗选的时候来学生宿舍做例行访问的。

孔用老师喜欢白色，常年只穿白色的短袖衫和发白的牛仔裤，皮肤也是白白净净的，就连眼镜的边框也是白色的，一副典型的大学教师的斯文模样。他发表的文章不算多，却有一定的影响力，所以三十一岁就评上副教授了。他和其他老师的关系一直处在马马虎虎的状态中，而和学生之间却有着天然的亲密，很少有学生会不喜欢他的。据说曾有女生为了他而辍学，只是为了忘记他……尽管这只是传闻，但我却坚信不疑，因为他绝对有那么大的魅力，一点儿也不夸张。所以系里每年都派他做老师代表去慰问新生，他自然很乐意，还很重视，没有一点视察的架势，反而显得太亲切了，让人家误以为他只是高年级的师兄。

“你也喜欢现代诗？”这是他对我说的第一句话。

我抬起头来，看到他，并不认识，但他的亲切让我顿生好感，便半开玩笑说：“你肯定喜欢现代诗，因为你说‘也’字了。”

他听了哈哈大笑起来，并不住地点头，说：“其实别看我们是中文系，但等到毕业的时候，想找个文学爱好者都变成了一件挺难的事情。”

“怎么会这样呢？我要是不爱好文学，我才不上中文系呢。”我直率地说。我这样的态度和一个中学生毫无二致。

他听了又笑了起来，连连说好，然后问了我的名字，又介绍了他是谁。我这才知道他是我的老师，我马上有些紧张了起来，他很自然地拍拍我的肩膀说：“没事，咱们就和朋友似的，好吗？”

我受宠若惊地点了点头，曾经对我最好的中学老师也没对我说过这样的话，可他一个大学教授居然说我们是朋友，这太吸引我了。

“你最喜欢这本诗选里的哪一首？我应该看过这本书的。”他继续和善地问我。

要是刚才我不知道他是老师，我应该会放开随便说说，但此刻在教授面前我怎敢轻易开口？我就把主动权踢回给他了，说：“老师您既然看过，您最喜欢哪一首呢，给我讲讲好吗？”

“别叫您，叫你。”说完，他伸手接过我的书翻看着，似乎想要找出他最喜欢的诗来，不过他却摇着头说，“戴望舒，何其芳，都挺好的，可选的太少，臧克家又太多了。最遗憾的是，这些全是主流诗人，连穆旦都没选。”

我当时对文学史还一无所知呢，但对他的评价却无比认同，那就是我的阅读感受，只是我还无法总结出来。我鼓起勇气说：“我喜欢戴望舒，比起《雨巷》，我更喜欢他的《我用残损的手掌》。”

“英雄所见略同哇。”他看了我一眼，笑了起来。他把书翻到了那首诗上面，他念了两句后，突然就像失控般地大叫了起来，像是被电击中了一般，我的舍友们以为发生什么事情了，都紧张地围拢了过来。我看到他拿着书的双手居然在颤抖，我也被吓到了，赶紧问：“老师你怎么了？”他激动地说：“我看过这本书！”我不解地说：“刚才你已经告诉过我了，你当然看过。”他指着我大笑了起来，整个脸都变通红了，用无奈的语气说：“唉，我还真有点说不清楚了！”

接下来通过他慢慢地解释，我们才明白。在实体意义上，他看过的那本书就是他拿在手上的这本，他指着书中一些铅笔的眉批说：“看到没，都是我的字迹，我至今还记得当时的感觉呢！”我也激动了起来，说：“老师，你也是在一间铁皮租书屋里租来看的吗?”他的眼睛瞪得更大了，连连说是的是的，然后问我是哪里人，我说了之后，我们才知道，我们是地地道道的老乡，来自同一座小城，而他，确确实实就是租那本书的第一个人。

“真没想到那个络腮胡至今还开着书屋呢，那时我们都觉得他很有男人味，还有女学生喜欢他呢。”孔用老师说，感慨万千。

“我见过他女儿，很漂亮。”我不知道为什么要提起这个。

他没有理会我的话，依然沉湎在回忆中，他说：“那个络腮胡，他是我见过的最纯粹的读者，他从不挑剔，只要他书屋里有的书他都会拿过来，从第一页看下去，不管懂不懂，每个字都会看一看的，经常还会开心地笑起来。”

我使劲点头说：“没错，他现在还是那个样子的。”

“是吗，这么多年了他还那样?”孔用老师显得有些难以置信。

“是的，大家都说他是小城读书最多的人。”

“这我相信。”他低头看了一眼那本诗选，突然说话的语气里充满了焦躁，“可我们的读书都太功利啦，我现在居然都不能从读书中获取任何快乐了，真的没有一丝阅读本身的快乐啦，真怀念在那铁皮小屋里租书来读的时光啊!”

“您读了那么多书，早都享受够了吧，您现在应该是享受写书的快乐了。”我的舍友倒是伶牙俐齿，不动声色地讨好着他。

“写书更没有快乐，你们不懂啦!”他挥挥手，笑着说道。只有这个时候，他的姿态才像是个学富五车的大学者。

是的，他的话让作为学生的我们根本无法理解，我和舍友面面相觑，不知该说些什么。直到很多年后，我突然才意识到，我不仅仅是理解他的话了，而且已经实实在在地掉进他所说的困境深处了，我头脑中那只饥饿的胃也早已萎缩和沉寂，对任何的新口味都丧失了兴趣。

可在那上大学的第七天，谁会在乎他那深层的悲哀。

我的舍友跑了出去，告诉同学们这里有了一场“桃花扇”式的奇遇，结果听闻者无一例外竟都激动了起来，就这么一传十十传百，以至前来围观的人越来越多，让我们的宿舍变得水泄不通，而那本书则被争相传阅，好像是突然发现的稀世文物。现在想来，那场面就像是上演着一场打破演员与观众界限的先锋话剧似的。

孔用老师刚才涌上来的悲哀被我们的热情给覆盖了，他踩着我椅子侧面的横档，起身坐在了我的桌面上，这样他就获取了制高点，并成为名副其实的核心人物。他看着大家，大家也望着他，好像此时特别需要有一种活动的形式来填充这种状态，但是在这一时半会儿之间难以找到。还是几个年龄稍大的同学有经验，他们溜了出去，等他们回来的时候，竟然抬了整整一箱啤酒回来。孔用老师见了酒，竟也激动了起来，不过他的嘴上却说：

“你们这帮毛孩子，到底行不行啊？”

“行不行，喝起来不就知道了？！”

大家开始起哄。其实在我们中间，很多人在此之前真是滴酒不沾，因为毕竟从中学时代就开始酗酒的家伙还是没多少的，所以这场酒简直像是某种仪式一般了，让很多人通过酒见识了成年后的生活。

但我很不幸，我属于中学时代就开始酗酒的家伙，这倒不是因为我个人有着很糟糕的青春叛逆期，而是因为我成长的那座小城酒风太盛，不管老人、孩子还是妇女，去别人家做客，总要面对主人热情好客的酒杯。我为了应对这类恐怖的情况，只得暗暗练习了喝酒的技艺，就像是偷练着一项武林秘技。这样说来，我倒是以酗酒的方式来反抗酗酒了。

“来，老师，我先敬你一杯酒。”我仗着自己有经验，便率先向他进攻了。

“小老乡，呵呵。”他拍着我的肩膀，一饮而尽。

然后大家都争着敬他酒，他也并不推辞，一杯一杯就那么仰起头来喝下去，让大家不由得都嗷嗷叫好起来，气氛越来越炽烈了。

待到每个人都敬过他酒之后，他满面潮红，算起来他喝得很多了。他用手扶了扶眼镜说：“因为这本旧书，让我回想起了很多往事，你们想不想听我信口开河乱讲一通？”

我们鼓掌叫好，然后举起右拳宣誓般地喊道：“要听！要听！”

他看着我们笑了，隔着眼镜片我都能看到他眼睛迸发出的神采。他往后坐了坐，把身子靠在了墙上，娓娓说道：

“确切地说，这本旧书让我有了一种感恩的冲动，——我是多么怀念那种铁皮租书屋啊！你们知道吗？在那种铁皮小屋出现以前，小城人的精神生活异常简单，简单到了甚至可以不需要图书馆的地步。图书馆也的确做到了这点，它的藏书部只在某些日子对外开放，而那些日子只有管理员自己知道吧，反正我从来没有赶上过那样的好日子。但也不能说小城没有图书馆，图书馆还是有的，只不过它仅仅提供了一间不大的阅览室而已，里面倒是有一些可以随意翻看的主流报纸和杂志。记得有数个寒暑假，我被父亲押解着去看过几次，他每次还任劳任怨地帮我选好文章，都是些‘政治完全正确’的东西，用他的权威塞给我，逼我读，硬是败坏了我对那个阅览室的全部兴致。所以，即使后来父亲允许我一个人去那里阅读，我也不大想去了。

“除了阅览室，另外，我的语文老师何莉为我提供过比较不错的阅读。她年轻漂亮，在外地上过大学，应该是小城最资深的文学爱好者了吧，她订阅了许多知名的文学刊物，在讲完课文的间隙，喜欢兴致勃勃地念一段她觉得很棒的文字，让我们欣喜不已。但她的行为很快被学校批评和禁止了，因为有人告密说她毒害中学生，念的全都是些情啊爱啊的东西。你们知道那个年代很忌讳这些的，不过我想说，尽管告密者是很丑陋，但这么说也不能算百分百冤枉她，因为她的确喜欢那些缠绵悲情的爱情故事，每当她念的时候，女生唏嘘一片，男生则痴呆呆望着她，多多少少爱上了她，包括我，我的第一次梦遗居然就是因为她！”

说到这里，大家爆笑了起来。我补充道：“何莉老师因为与时俱进，营养太好了，现在快成正方体了。”大家又笑，孔用老师也笑了，说：

“但那时她挺漂亮呢，对我很不错，因为我作文写得还像回事，她想培养我一把，就把自己的文学杂志借给我看。起初我还认真看一看，后来就完全没有兴趣了。我事后回想，觉得有两个原因，一个是文学杂志大都长着和习题练习册一样简陋的脸，那种大十六开薄薄一本的粗糙印刷品让我感到莫名焦躁；再一个是内容，我不知道那些描写和我父母一样的婆婆妈妈的对话有什么意思，我和其他人一样，更喜欢的是和课本一样大小的《故事会》，那玩意儿不但可以上课的时候伪装成课本来看，而且更重要的是，那里面提供了对成人生活的想象，我会渴望长大，去体验那种类似传奇的精彩。可有趣的是，当我长大后，我却发现很多文学杂志突然间变成了“故事会”，这让我对文学杂志的失望又深了一层，因为这时我对生活已经不再抱有任何幻想了，哈哈。不过这样的失望当不得真，怎么说呢，或许，我对文学杂志的印象是不负责任的，就像我难以评价自己的生活，而且，文学本来就是个很难说清楚的东西，我们生活中那些不可言说的东西、那些难以被理解和消化的东西都需要文学的溶液，没有这种溶液，我们会活得越来越僵硬，我们的生命会像得了颈椎病似的痛苦不堪。”

“孔老师您说得太好了！”有人忍不住叫喊了起来，大家也都纷纷应和，他却依然塑像样静静坐着，像是一时半会儿难以从记忆中抽身出来。

他肯定不知道，他随口说的这些话，成了我们最初的文学启蒙。他精准地表达了某种人生的经验，并刺穿它，让我们有了一种被照亮的欢乐，另外，他丰富的言外之意更是让我们受用终身。大学毕业的许多年后，有一次同学聚会，大家还感慨起来，说学了那么多的文学理论与文学批评，到头来，还是孔用老师的那番话最实在，最令人没齿不忘。……但是回想到这里的时候，很多人都流泪了，因为那个时候孔用老师已经遗弃了这个世界，独自奔赴未知的乐园了，他就像是从传说中出现的一道暗影，又湮灭到传说中去了。

但是那天，初次见面的那天，那所有的一切，依然清晰得如同可以反复播放的电影片段。

孔用老师回忆了一些往事，随意谈了文学后，我们又开始喝酒，一箱啤酒很快被喝完了，又有人出去抬了一箱进来。几个从未喝过酒的小男生已经倒下去了，其中有一个还开始了经久不息的呕吐。可孔用老师他除了中途上过几次厕所外，依然谈笑风生，有着我们那座小城培育出来的酒量与气度。

他突然又拿起那本书，问我："你为什么喜欢读这本书？是因为自己想写诗而去学习和模仿吗？"

我被酒精弄得也很兴奋，便随口说："我才不需要模仿呢，我之前就写诗了。"

"哦，是吗？你写的是怎样的诗？"

"七言绝句。"说完，我自己都笑了。

他也笑道："原来你写的是'老干体'啊。"

"老干体？"我们不解。

"就是老干部诗歌，独具中国特色。所谓旧瓶装新酒，很多人都写的，表现一些大而化之的正面情感，很多语汇都是通用的，空有古典诗的架子。去年我去批阅高考试卷，还有学生把作文写成这样，还号称是'长诗'，哈哈。"他冷嘲了起来。

我心里很有些不舒服，但却不得不点头承认了，因为我的祖父和父亲都写过那样的老干体，我写的七言绝句很难说和他们没有关系。

"那你为什么喜欢读这本书呢？"他举起手中的书再次逼问

我，突然间严格极了。

这次我冷静了下来，命令自己好好想一想，在此之前还真没想过：这本书作为一本诗集和其他书有什么本质的不同呢？

我闭上眼睛，回到了初次读完那本诗选的夜晚，我寻觅着那最原初的瞬间感受，然后觉得揪住了它的一点点尾巴，我尽力斟酌字句说：“读完那本诗选后，我第一次发现这世上竟然还会有书读了之后却像是从没读过似的。”

大家笑了起来，但他挥手示意，让大家安静。

我继续说：“我想不起那本书告诉了我什么事情，但我心中却有了一种实在的情感。也就是说，我发现了纯粹的情感居然可以获得文字的骨架，然后存留下来，就像是某种抽象的思想突然间变成了一座石头的雕塑，可以去反复观看与抚摸。”

我说完后，他目光如炬望着我，突然鼓起掌来，其他的人也跟着起哄叫好了，我一下子羞愧难当，酒都醒了大半。他直视着我的眼睛，总结道：“小老乡，你有诗人的潜质，好好写吧！”我信了他的话，于是后来我就放开胆子去写了，去写我心目中的诗，但我知道，道路的起点是从他真诚的鼓励开始的。

他表扬了我之后，猛然间诗兴大发，要给我们背诵海子的诗歌，我们又鼓掌。他让我们当中知道海子的人举手，结果只有两个人犹豫着抬起了胳膊，再具体问，所答也很含混，只知道是个诗人，很早就死掉了。他便不再多问了，清了清嗓子开始背诵了。大家说，不如熄了灯听吧，那样更有感觉。于是在一片黑暗中，他的声音缓慢而深情，让海子那些瑰丽的意象在我们脑海中尖锐地呈现了出来。他一口气背诵了海子的三首诗，我记得很清楚，按顺序是《眺望北方》《祖国，或以梦为马》《面朝大海，春暖花开》。

第一首里，“用头颅上鲜红的嘴唇来眺望北方”，让我惊异万分；第二首里，“我要做远方的忠诚的儿子/和物质的短暂情人”，让我渴望着理想的纯洁；第三首里，“从明天起，做一个幸福的人/喂马，劈柴，周游世界”，让我觉得幸福的实现也挺简单。这些都是我对海子诗歌的最初感受，是孔用老师在一片漆黑中用独特的嗓音传达给我的，所以我一开始的表述有误：我在上大学的第七天并不是读到海子的诗，而是听到的。

他背诵完诗，在一小段稍纵即逝的停歇后，尚未等我们鼓掌叫好，他说的第一句话竟然是：“你们知道海子是怎么死的吗？他是卧轨自杀的！”这句劈头盖脸的话让我们脊背发凉，大脑停滞，像被打蒙一般。但他似乎意犹未尽，还补充道：“他的身体被火车一分为二，胃中只有几瓣腐烂的橘子。”他的声音不再动听，冰冷如钢轨，凭空运来了一堆沉重的泥沙，试图塞进我们的喉咙深处。

“为什么？”有人在黑暗中胆怯地轻声问道。

“为什么？问得好，法国作家加缪在一本书的开头就说，真正严肃的哲学问题只有一个，那就是——自杀。应不应该活下去，是活着的人首先要判断的事情。像你们这些年轻人就应该每天多问自己几遍为什么，才会懂得如何去尊重生命。”

“可是，老师，海子这样算尊重生命吗？”又有人小心翼翼地问道，音调很低了。

这次他没有马上就回答，而是沉默良久，才有些吞吐道：

"说实话，海子的死还没有被我们这个时代所消化呢。"

"孔老师，那您是怎么看的呢？"刚才问"为什么"的声音又在追问了。

这个问题让他有些激动了起来，他居然用拳头使劲砸着我的桌面，像是敲着一面大鼓，而且频率越来越快，像是有什么东西即将突然跳出来似的。

然后他深深喘了口气，才说：

"尽管同是自杀，但从屈原的跳江到老舍的投湖，这其中没有任何自杀事件可以和海子的死相提并论，他们都有一些社会文化等的外在原因，海子却不是，他的苦难更多地来自一颗越来越纯粹的心，这颗纯粹的心里盛满了对人类和诗歌的爱，但是一个凡人怎么能够承受这样的重量呢？只有神才可以呀！所以，海子，他是我们这个没有宗教的国度的圣徒与先知，他写下了他的启示录，然后他第一次在中国文化里把自杀变成了纯粹的哲学，把自杀变成了纯粹的对精神的拯救，纯粹的对信仰的呼救，在这一点上，海子的自杀是必要的。"

他说完，周围一片死寂，他的结论让人难以接受，从没有人会说："只要自杀是必要的，那你就去死吧！"这听起来太疯狂了。而且，我们对他解说的那些海子自杀的原因，也是似懂非懂，那些宏大和深邃的字眼，让我们无法去具体感知。不过，这对我们来说已经足够了，即使是今天，我也不想去深究他的思想，总感到那里存在着一个巨大的黑洞，会吞噬一切靠近它的东西，所以我下意识地就躲得远远的。

我只在心底明白，这番话是理解孔用老师的一条很重要的线索，而不是海子的。

“我困了，我要去睡觉了，这话题对你们来说太沉重啦！”他喊了起来，像是要摆脱什么似的。

他打开灯，勉强对我们笑着，我看到他眼镜后面的神采黯淡了许多。我们提议送他回去，他用力挥挥手，一转身大步流星地就走了，没有任何醉酒的迹象。

他没有特意和我这个小老乡打打招呼，我还有点失落。

可不论怎样，意义重大的第七天就这么散场了。本来兴高采烈的相聚在有关生死问题的思辨中落幕了，现在每每回想起来，总觉得有种难以言说的宿命感，因为在我的印象中，似乎从此后每次和孔用老师谈话，只要谈得足够漫长与深入，就一定会来到第一次谈话结束的位置上。但是在大学的四年时间中，我和他的交谈并不是很多，毕竟他是老师，我是学生，沟通上有着天然的不对等。他叫我去他家里吃过几次饭，他的妻子对我的态度很冷淡，估计是见过太多次这样的情况了。当孔用老师告诉她我们是老乡，还有过同租一本诗选的巧合后，她简单笑了笑说：

“你们那个小地方还真是盛产诗人啊。”

她的话怎么听也不像是赞扬，但我又不明白她的怨气是从哪里来的。我毕业的那年，她离开了孔用老师，他们和平离婚了。孔用老师只说了一句话：“幸亏没要孩子，要不对孩子的伤害太大了。”至于离婚的原因，他闭口不谈，我只是听一些小道消息说，孔用老师需要独处的时间太长了，每天晚上都紧闭着书房的门，连上厕所都不出来，就在痰盂里解决。有人曾安慰他妻子，说孔老师那是在写一本学术巨著，但他妻子说，写学术巨著又怎么样呢，任何女人都会无法忍受的，因为结婚八年来都是这样度过的，完全不像人过的日子嘛，简直像是在和幽灵同居。

最后这句话表明，她也多多少少沾染了一点儿诗的气息。

他们离婚的第二年，孔用老师的书出版了，书名很奇怪，叫《黑暗的迷津》，是一本旁征博引的比较文学论著，收集和阐释了古今中外各种遗著（篇）中的“黑暗话语”（这个词语他在书中反复提及），“勾勒进而深描出了一种被文学史无法接纳的文学景观，以及探询和分析了那种充满多义与悖论的话语，触及了人类深邃的终极性的精神存在。”（摘自封底的名家评论）

打开书的封面，在扉页上有这样一首同名诗：

黑暗的迷津

当你注视到我隐藏了人类的黑暗时
我已经来到了江河尽头的渡口
蒙面的渔夫会带我到水的第四道岸
或许会有一束光刚好能容纳我

对黑暗不存在隐匿的献祭与牺牲
我只是被融化成了更坚固的一块
死者们仅仅是再次醒来的种子
我可以通过最细的叶脉返回大地的心脏

这是我看过的孔用老师的唯一一首诗，和我想象中的完全不同。我曾拿自己涂抹的诗稿向他求教，他还总是劝我不要写下太多的绝望和不吉，防止一语成谶，可他自己的诗却是地地道道的黑暗话语。

我不得不阅读这本书，只因为是他写的，而我热爱他。书中出现的每一个名字都触目惊心：叶赛宁，杰克·伦敦，弗吉尼亚·伍尔夫，茨维塔耶娃，普拉斯，策兰，川端康成，三岛由纪夫，太宰治，海子……还有很多我不大了解的艺术家与哲人的名字，很容易看出，他们的共性就在于非正常的死亡方式。

他像是某种哲人与侦探的混合体，捕捉着字里行间的深意。我翻到他论述海子的部分，我知道海子的诗有些相当暴力，比如“我血气方刚/斧子劈在头盖骨　破碎头盖骨/从这一头飘到那一头/孕育了天地和太阳”。但让我奇怪的是，《面朝大海，春暖花开》也被他归为了黑暗话语，这首诗是大家祝福时常用的诗，房地产商对其更是青睐有加，怎么成了黑暗话语了呢？

他这样阐释道：

“海子的‘我只愿面朝大海，春暖花开’表现了一种拒绝此在世界的姿态，但他又不是完全抵达彼岸世界的，他只是用诗人的情怀把幸福都奉献给人类，而自己去承担一个沉陷在世界深渊的守护人的角色。他最后的命运早已被他的诗剧《太阳》里的盲诗人早早说出，他来到人类尽头的悬崖上用特殊的方式爱着人类，直到‘那时候我已经被时间锯开/两端流着血　锯成了碎片’。”

说实话，这本书的阅读带给我很多的战栗与不快，总感到阴气森森，尽管他文笔优美，哲思细腻，我最终也没能看完全书，或许是我没有足够的勇气。但是没多久，这本书给他带来了巨大的学术声誉，主要是一位法国的汉学家很喜欢这本书，翻译成了法文出版，而后英文版、日文版也出版了，广受赞誉，然后国内的一项重要学术大奖才颁发给了孔用老师，我们学校也将他放在了系副主任的位置上了，并成为学科带头人、博士生导师、“特聘优秀学者”等等。

孔用老师这年才三十六岁，突然间就功成名就了，连他自己都始料未及。

他开始被生活推着走，很快，他便再婚了，这次他的妻子是我认识的一位师姐，是他最为执着的追求者。这位师姐早在刚上大学的时候，便已经彻底迷恋上了孔用老师，后来她读了硕士和博士，这期间也谈过几次恋爱的，但她一直忘不掉孔用老师，所以她总觉得不痛不痒，缺乏激情，便频频分手。当孔用老师离婚后，她很快介入，开始照顾起老师的饮食起居了，或许是她太无微不至了，以至孔用老师再也无法离开她，被她彻底俘虏了。她是一位很会持家的女人，只一年的光景，他们便换了很大的新房子，买了一辆别克的小轿车，过上了典型的大学教授的中产生活，让很多人都羡慕不已。

其实，我跟孔用老师走得比较近，是从这个时候才开始的。

我那时刚刚出版了一本印数极少的诗集，获得了一些人的好评。孔用老师也读到了，他说：“我这个小老乡还是挺不错的。”师姐这时才知道我和孔用老师是同乡，便邀请我去他们家里做客。去了一两次后，他们两个人都和我比较聊得来（或许还因为我早已毕业，关系上比较对等吧），就这么着，我成了他们家的常客。我们什么话题都会聊一聊，我记得有一次，我心情十分低落，有种厌世的情绪，孔用老师很严肃地对我说：

“加缪有句话请你记得：如果人类困境的唯一出路在于死亡，那我们就是走在错误的道路上了。”

我被这句话激励了很久，直到孔用老师自己背叛了这句话。

他的背叛是难以理解的，即使今天，很多人提起他来，还在拼命摇头和叹气。众所周知，他变成知名教授之后，生活富足，家庭幸福，完全可以让自己活得更洒脱、更享受。但他的生活方式却没有任何的改变，他烟也会抽，酒也会喝，带荤的黄段子也会讲，朋友更是甚多，而且一如既往地喜欢去各种类型的小馆子觅食（因为可以汇聚前述四点）。他绝对是个很会享受世俗生活的人，并不像事后有些人写文章回忆说：孔用老师是生活太单调和太洁癖了，这样的完美主义者忍受不了人世的污浊等等。这些人完全是想当然了，他们这些人当然是善意的，但他们为了自身的安全（避免追问自身的存在）在对待任何一个自尽者时，都能说出同样的话来。

孔用老师是在《黑暗的迷津》出版四周年的时候离开的。

在他离开的前一天晚上，很晚了，他突然打电话给我，我还以为有急事，可他说只是找我随便聊聊，问我最近怎么没去找他。我说我刚谈了一个女朋友，才是初级阶段，等关系稳定了就去看他。他很高兴，还给我出谋划策起来，像是情场老手似的。说完了这个，他突然叹气，我问他怎么了，他说很累，最近连续参加了七八个学术研讨会，有几个还是在国外开的，体力透支得太厉害。

“开会那么累吗?”我不解。

“天天讨论‘黑暗话语’，七嘴八舌，叽叽喳喳，我觉得简直是在亵渎亡灵，有时候，我觉得会场四周站满了亡灵，我甚至听到了它们的笑声。”

我不寒而栗，不知该说些什么。

“我倒不是厌倦开会本身，而是觉得很古怪。很多思想与话语你一个人独处的时候，清晰而真实，简直就和这个世界存在的基础一样结实，但是当你把这种思想当作真理表达了出来，你会发现，它突然间变得既不清晰也不真实，那种感觉糟透了，就像自己成了个骗子，说了一大堆的谎言似的。”

孔用老师的情绪有些激动，我想，他的这番想法一定是压抑很久了。他无处可以诉说，只得找到我。我想了想，他既不能在同行之间露怯，又要别人明白他在说些什么，所以此时的我，的确是个最佳人选。

我说：“你这么说，倒让我想起维特根斯坦说的：对不可言说之物保持沉默了。以前，我觉得是因为它不可言说所以不言说的，但刚才听你那么一说，好像是它不该言说所以才不言说的，是这样的吗?”

“不妨说，这两者都有吧，就像独处时，我们的思想有可能是最接近世界真相的，但也有可能是最大的幻觉，难以判断。”他说。

“如果真的是不可言说之物，那么即使你言说了，我想你也是抓不到它的，不是吗?”我这样说道，听起来很像是为了安慰而说的话。

“或许吧。”

“或许。”

“我最近做梦，老是梦见咱们那里的铁皮小屋，甚至还梦见那个络腮胡了。”他突然提起过去，让我倍感亲切。我们很久没有谈论起故乡了。

“我去年回家了，那种铁皮小屋已经没影儿啦。”我说，也带着伤感。

“早就没影儿啦。唉，你知道吗？我最早梦想成为学者，这念头就是我站在一家铁皮小屋里看书时产生的，我知道外面的世界无比精彩，而我却只能在破烂的铁皮小屋里站着看书。我打量着铁皮小屋里的每个角落，发现它越是破烂，却越是能激起我的梦想。我至今还记得那种感觉。”说完，他叹息起来。

“讲讲你的梦吧，你梦到自己又回到铁皮小屋里了？”

“没错。不过，我被反锁在里面了，任我怎么努力，都出不去，我急得快疯掉了。这时我转过身来，看到络腮胡坐在那里安安静静地看着书，我对他说，我想出去了，帮我开下门。他看都不看我一眼就说，你急着出去干什么，这些书你都看完了吗？他这么一说，我还真的不急了，甚至来到书架前，想挑选出一本书来看看。”他笑了起来，说，“荒诞吧？”

“就这样？”

“就这样。醒来后，我觉得被关在里面其实很幸福啊，假如让我来设计一个自杀方案，就是把自己反锁在那样的铁皮小屋里，这样的方式很不错，很适合学者。饿的时候就直接撕书来吃，估计能坚持一个礼拜呢！你别不信，我小时候就在咱们小城见过一家人养羊，就捡别人擦完屁股的卫生纸给喂羊，那羊并不拒绝，照吃不误。不过，这个计划美中不足的是，发现尸体的时候会比较狼狈，嘴里塞满了纸，拉出的屎也是纸，哈哈。”

我也笑了起来，我以为他在开玩笑。他是个幽默风趣的人，有时说话根本就不避俚俗，记得某次他在课堂上就说某某人的观点简直在扯淡，不用屌他！男生们哄堂大笑，女生们面面相觑。但女生们照样喜欢他。

“我这几天读了胡河清和余虹的几篇文章，我发现，他俩的自杀原因在他们的文字里早已说得很清楚了，这就跟海子的诗一样，可别人却还在追问，有人还从精神疾病的角度来探讨，真是的。”他延伸了自杀这个话题。

“是吗，是怎么样的呢？”

“你先去读读吧，到时我们再聊聊。小梅醒来了，催我去睡觉了，抱歉啦。”小梅就是他的妻子，我的师姐。

他匆匆挂了电话。这是他留给我的最后的声音。

等事情发生的时候，一切显得太快了，快到无法挽回。我还没来得及去读那两位学者的文章，第二天晚上就传来了噩耗。小梅师姐打来电话，用痉挛的哭声断断续续告诉我：“孔用老师没了！”我一听全身都战栗了起来，忙问怎么回事，可她哽咽着几乎说不出话来，当我从她混乱的词语中明白孔用老师是从自家阳台上跳楼自尽的时候，我一下子瘫坐在椅子上了，脑海中首先出现的是我每次去他家拜访时的情景，我还站在那阳台上向下俯视过，尽管只是短暂的一瞬，头都很晕，心脏更是被一种强大的恐惧给死死揪住了。要知道，那可是二十层的高度啊！

可他就那么跳了下去，迎着令人粉身碎骨的极度虚无跳了下去，我不敢想象他都经历了什么。那天晚上，等我赶到孔用老师家楼下时，他的身体已经被收走了，我看到了地面上残存的血迹在黑暗中凝固了，像是那块地方被大火灼烧过一般。我的心感到剧痛，这些场景将会像玻璃渣子样地卡在我记忆的血肉中，我需要回避它们，我需要停止讲述它们。

人们从孔用老师的身上只找到了一本书，就是他自己写的《黑暗的迷津》，书的白色封面上他用蓝色钢笔写了一段话：

《圣经》有云：死就是在耶稣中睡着了的人。但中国没有上帝，所以我只能先做上帝，然后再成为耶稣。

一段疯狂而无解的话。

但要是以后还有人问我，孔用老师为什么会有那样的选择，我还是要说：

"他已经说过了，要相信他所说的话，请千万不要从自己的角度去阐释他。"

关于孔用老师自杀事件本身，我想，没有必要再说更多了。只是他离开后，有段时间很奇怪，我居然也频频梦到他说起的那种铁皮小屋，或许是因为他和我谈及的那个反锁在小屋里的"完美"自杀计划。我当时毫无预感，谁会想到他会那么迫不及待，随便就选择了一个简单、暴力或许也是最多人实践的方式呢？（是想更好地融入世界还是击打世界？）不过我虽然梦到了铁皮小屋，但我却一直站在小屋的外面，没有走进去，也不敢走进去。看来即使是在梦中，我都没有那样的勇气。我不知道我怕什么。

我愿意再来描述一下那种铁皮小屋，那种已经消逝的原本没什么好说的东西。

那种铁皮小屋都是人们自己买材料来搭建的吧，远不像现在那种淡黄色的活动板房那样规整。远远看起来，那种铁皮小屋像是公共厕所，但它比公厕还要笨拙和丑陋，因为它有着完全银白色的金属质地，夏天面向阳光的一侧会烫伤人的手指，冬天更恐怖，假如你不戴手套去推门，它就会粘住你的皮肤，让你痛不欲生。当然，即使你不接触它，仅仅是观察它，它的反光、它的扭曲、它的突兀和破败也早已打败了你，让你觉得自己置身在一部最拙劣的科幻片里面，就像是模仿火星上的某种设施的道具。

一天夜里，我梦到铁皮小屋后醒来，念及孔用老师，我突然觉得铁皮小屋的简陋就像是粪土，可以滋生出梦想的蘑菇，但我们谁也没有意识到这种梦想会有致命的危险。

但我却和孔用老师一样，对那种铁皮小屋怀有很奇妙的温情。因为在我们的小城，那种铁皮小屋都被用作了租书屋。它曾给我们提供了最货真价实的阅读，可遗憾的是，在我离开小城上大学的那年，这类租书屋已经全部摇身一变，成了租碟屋，书籍被打包压缩成了角落里的一团废纸；等我再一次回到小城的时候，就像我告诉过孔用老师的，那种铁皮小屋都已经销声匿迹了。

孔用老师过世的那年冬天，有种情绪驱动着我，让我又专程回了一趟小城，用了好几天的时间去四处转悠，希望能知道一点儿关于当年铁皮小屋的事情，任何相关的琐事都行。但劳而无功，居然找不到丝毫的蛛丝马迹。我还专门去拜访了几位见多识广的本地老人，也都说不知道。我一个人站在小城中心的十字路口上，感到失落极了。我在想，那个络腮胡现在做什么呢？他简直像是梦中的幻影了，因为似乎已经没有什么工作适合他的。所以说，那络腮胡他还存在吗？如果现在孔用老师可以和他相逢，他们会有怎样的对话呢？

不可能知道了。我只知道我多么想念孔用老师啊，就像是思念着一个亲人。我曾经最大的梦想就是成为他那样的人，去获得他那样的成功。不过现在，我望着空荡荡的街道，面对着四个被改造过的路口，决定暂时忘记他，来想想我自己。

可关于我自己我实在想不出什么来，反倒是铁皮小屋真的消失不见的事实在我心中越来越膨胀起来，让我的沮丧在不断加深。仿佛有种音调在天上大声讽刺我：你的记忆只是童年的幻想，你连那种最简陋的铁皮租书屋都没有享受过。

我和这种音调抗争了很久，直到今天，直到现在。

信男

我写信成癖，不知道什么时候养成这个习惯的。也许是仓库的光线太暗淡了，某种隐藏在其中的力量总是把世界远远推开，只留下几十年来积存下来的大堆旧书，一些时光摔倒在书页的褶皱里，当我仔细听的时候，我听到了蜂鸣器一般的嗡嗡声。我坐在桌边的时候，总是会不自觉地把自己看作是一个老人，的确，朦胧的昏暗宛如老人的记忆，而纷飞的细尘惹起我慢性咽炎的发作，我一声声咳嗽着，感到自己的骨头就要散架了。我摊开信纸，开始写信，写信成了我和外界联系的唯一渠道。

通常，我会先写给我的前妻，她带着我的女儿去了另一座城市，我没去找过她们，她们也没来看过我，每回她们收到我的信，都会打电话给我，但我听到她们的声音觉得很陌生，都不敢相信电话那边的人是我朝思暮想的人，我小心翼翼地应答着，但还是被指责为心不在焉，我没法解释，我知道自己有社交障碍了。幸好，我的女儿还小，她叽叽喳喳说个不停，说她在学校遇到的各种事情。她马上就要上小学一年级了，我说："琪琪，等你会写五百个汉字的时候，就可以写信给爸爸了。"她想了一会儿，稚气地问："信是什么东西?"这时她的妈妈抢过电话说："孩子要学习呢，还报了钢琴班和舞蹈班，哪有时间给你写信，你记得准时给她寄生活费就好了。"这样的电话会让我难受好几天，但我好了伤疤忘了疼，隔上一个礼拜，我就会继续给她们写信，然后盼望着一封信（而不是一通简单的电话）从她们所在的城市坐上绿色的邮车，向我驶来。

今天，我的运气不大好，我刚铺开信纸，领导就进来了，他是来这里视察的，一般一年来一到两次，今天是他今年第二次来。我拿起一沓报纸丢在信纸上边，这样谁也搞不清楚我在干什么了。但问题是，有谁会在意我干什么呢？这样想来，我就觉得自己更傻了，我望着那堆报纸有些发愣，我忘了领导就在我身边站着呢。领导说："王木木，你又在发什么呆?"我赶紧摇摇脑袋，也许看起来像是一只淋雨的鸡，我说："没发呆啊。"领导说："王木木，你知道吗？单位要改制了，全国的文化产业都要改制，所以我们也要改。"我点着头说："知道了，那就改吧。"领导笑了，说："你这样说，好像我是来请示你的。"他说完，周围几个同事也哈哈大笑起来，他们刚才还一副认真谨慎的模样。领导对自己能"搞活"气氛很高兴，他说："改制后，人员的工作也许有一些变动，也许，有些人要被裁掉。"大家不笑了，笑不起来了。领导的小眼睛在仓库的昏暗中隐隐发光，我觉得他在审视我，我把头低下了，不说话，我不知道该说什么，难道我说："求求你不要裁掉我吗?"他们会笑死过去的吧？但是，我也感到危险在逼近了，像一只暗中喘息的狼狗。在仓库里，变成一个老人已经是我生存的底线了，我不能想象离开这里我还能怎么存活下去。其实我也说不上来，究竟是我丧失了生存的能力，还是在潜意识里迷恋这种老人一般的绝望？绝望，离死亡更近一些，但作为生的壁垒，却更坚固。

领导像头站起的黑熊，踮起脚，两手在书堆里扒拉，然后他很响亮地打了几个喷嚏，能听得出来，他是故意的，肯定又想“搞活”气氛，但可惜的是，大家听到裁员之后，兴致一落千丈，谁也笑不起来了。领导跺跺脚，说：“这些积压书都要处理掉。”有人问：“怎么处理？”领导瞪大了眼睛说：“自然是卖掉啊，谁还要啊，当废纸卖掉好了。”说完，他望望窗外，又低头望望脚底，说：“最值钱的东西被咱们踩在下面。”我望望地面，不解，又呆掉了。领导咳嗽着，声音尖锐了不少，说：“这仓库要是拆掉了，这块地皮可值了大钱了。”我忍不住了，我说：“不是要改制吗？为什么要拆仓库？”领导好像愣了一下，没想到我会这么问他，他语重心长地说：“所谓文化产业叫得好听，但好听不能当饭吃，我们改制，就是要多种经营方式并存，鸡蛋不能放在一个篮子里，你懂不懂？”我说：“懂了。”

他们走了，剩我一个人留在这里，本来这里有三个人的，一个快退休了，身体不大好，经常在医院里，另一个女人去生孩子了，她是怀孕后才调到这里来的，等生完后就会迅速撤离这儿。我不是什么预言家，只是因为，她并不是第一个这么干的人。她们如鱼得水，而我却像是泡在水里的旱鸭子。他们喜欢把旱鸭子放在水里，因为看有个活物在那里瞎扑腾总是有趣的。不过，当仓库只剩下我一个人的时候，我就如鱼得水了，我为自己不感到恐怖的心态感到恐怖，我自己才是最恐怖的。我掀开报纸，展平信纸，准备继续写信，可是，我的心却静不下来了。我都要下岗了，还能对我美丽的女儿说些什么呢？我怎么能告诉她，她的爸爸即将连自己都养活不了了！

我现在应该给领导写信……这个想法像一根棍子戳着我的脑袋瓜，假如我不善社交，那么我总能在我最拿手的领域——文字的编织中，捕到几条小鱼吧？我有些蠢蠢欲动，握着笔的手有些颤抖。我的眼光又一次停在我的中指的关节上，那儿由于长期握笔已经长出了厚厚的老茧，而且还扭曲变形了。我像个前现代的作家，在没有打字机和电脑的时代与文字做着垂死的斗争。我不搞艺术，我要搞斗争，争活着的权利（已经谈不上权力了）。我写了很多文字，我觉得那些汉字像是从我脑内某处经由胳膊到手指流出来的，它们落在纸上，我觉得亲切，我想领导也会觉得亲切的。

"王木木，你写的这是什么东西？"领导今年第三次出现在仓库里，这是非常罕见的，可见我的信还是有些力量的。我放眼望去，领导手中的信唰唰抖动着，他的表情很不平静，好像遭受了什么侮辱似的。我又有些发呆了，我迟疑着说："是我写给你的信啊。"他用难以置信的语调问："为什么要写信？啊？为什么要写信？"我觉得他奇怪极了，不就写了封信吗？又不是写给反贪局的举报信，至于那么大惊小怪的吗？我说："您……没看信吗？"他的手不抖了，说："看了，但一头雾水，简直不知所云。"我觉得我写得清楚极了，甚至都可以用精确来形容了，但他说我不知所云，看来，他对我老人化的困境根本无法理解，当然，更大的原因也许是他从来不读陀思妥耶夫斯基和卡夫卡，更别说索尔·贝娄和罗兰·巴特。这些人写的东西，仓库堆积的书里到处都是，而且这些书里都印着他的名字，就在责任编辑的名字那里，他是名义上的出版人。如果他读过，不不，仅仅只是翻过那些人的书，他就不会这样对我说话了。

“我觉得我表达得很精确。”我平静地说。他也许会觉得我固执，其实我就是固执，我不喜欢妥协，假如我喜欢妥协，我就不可能一直待在这个老鼠窝一般的仓库里。

“精确？你怎么会用这个词？”领导站在那里，似乎陷入了沉思，他自信的气势也打了折扣。他手中的信纸在窗外一缕阳光的直射下，显得像蝉翼一样轻薄和透明，那些字迹，像是一些细小的血管。

“是很精确，我细微的心理脉动都传达给你了，希望你能理解我的苦衷。”我觉得自己的口才好像有些进步，我以为这样的话我只能写出来，而不能说出来。

“你的苦衷？单位有这么多人，我为什么要听你的苦衷？”

领导摇着脑袋离开了，他的神情好像是遇见了一只仓库老鼠。我以为他会把信纸扔回给我，但他没有，他又拿着信纸离开了，不知道他是忘了，还是要把我的“罪证”紧紧攥在手里。

我觉得他打乱了我的心境，我真的是个老人了，就连心境也跟骨头一样脆弱，被他这么摇一摇，竟然找不回原来的宁静了。我铺开信纸，想写下我女儿美丽的名字，但是我的手却不听话，它固执地要写出领导的名字。我几乎要站起来大喊几声了，我使劲甩着我的手，但它只要一接触到钢笔那凉飕飕的身体，它就有种给领导写信的冲动。看来我和所有的生物体一样，在涉及生存问题的时候，都有种本能的保护机制，就连蟑螂那人造革一样的躯壳都有着灵敏的反应速度。如果我想存活下去，即使像蟑螂一样地存活，也得听从自己的本能，这是活着的最低限度的道德。于是，我这么想着，就由着手去写信了，当然，大脑内部也开始活跃了，蚂蚁一样的字迹又密密麻麻爬满了信纸，我觉得自己逐渐变得轻松起来，像是抓住了上帝不小心丢下来的一根葱，我生怕被自己给拽断了。

信又被我寄出去了。我买了很多很多的邮票，放在抽屉里，因为今天已经没人写信了，所以大家都以为我在集邮，我也乐于做出集邮的样子。说实话，我也喜欢一套套地买邮票，那些花纹与图案美丽极了，我敬佩那些设计邮票的家伙，他们理应比钞票的设计者得到更多的尊敬。我贴好邮票，将信塞进了仓库对面街角的墨绿色邮筒里。这个邮筒的外表非常肮脏，白色的鸟粪从它的顶端流了下来，形成一道道白色的印迹，稍不注意，你会以为它是个垃圾桶。我有时候特别痛恨它，因为很多次我收不到别人寄给我的信，估计是在途中某处给弄丢了，在电子邮件的时代，平信已经没什么人在乎了，也许邮递员就像作家福克纳那样干过，拆开别人的来信，然后编织着想象中的故事……当然，我痛恨这个邮筒的原因似乎不是刚才说的这些，而是恰恰相反，这个垃圾桶似的玩意儿，从来没弄丢过我一封信，一封都没有，真他妈的混蛋，对我这样的信男来说，为什么不弄丢我的信呢？那样我就可以一封又一封地写下去，而不必担心会改变这个世界的什么结构，哪怕是风吹草动的小小改变。

这次时间像雾一样缓缓降临，又迟迟不肯散去，不知道过了多久，也没有任何人出现在我的面前，包括我的领导，我以为他会再次拿着信出现在我的面前，但他没有，也许他读懂了这次的信而变得沉思和沉默，也许他因为更加读不懂这次的信而恼羞成怒，将我的信撕成了碎片，并且，恶狠狠地发誓不再见我，让我在仓库里守一辈子，让我全身发霉，和那些堆积的旧书一起被时间湮没。

我抬头看看窗外，看到光线中舞动的轻尘都比以前慢了不少，我身体里的老人愈加苍老了，我甚至还装模作样地咳嗽了几声。我铺开信纸，打算给我女儿写信了，我已经少给她写两封信了，写给领导的那两封信的精力与时间本来应该是给我的宝贝女儿的。我落笔了：亲爱的琪琪，好几天没给你写信，你还好吗？爸爸最近过得不大好，主要是因为周围的灰尘太多，快把爸爸给淹没了……我正打算深入写下去的时候，突然，我听到有脚步声传了进来。我照例拉过一沓报纸来盖住信纸，然后装作一副若无其事的样子。我想，领导又来找我了。这次他还会恼羞成怒吗？让他来仓库这样的地方纡尊降贵这么多次，我都觉得自己是不是有点儿过分了？

那脚步声越来越近了，不过那声音听起来非常轻盈，没有权力散发出来的傲慢与笨拙之音，我能肯定，那不是领导，但是……但是，现在这个时间点，有谁会没事干跑到这里来呢？我竟然好奇了起来，这种情绪太久违了。

啊……啊，天蓝色的长裙出现在仓库里，像梦境一般不可捉摸，我是不是已经腐朽到了做白日梦的地步了？我使劲揉着眼睛，按道理，我天天待在细尘飞扬的地方，眼睛早已是百毒不侵了，我揉完眼睛，睁开，看到了一个穿着天蓝色长裙的女孩，她站在那里，对我微微一笑。我浑身一个激灵，背上的汗毛都竖起来了，我觉得自己遇见鬼了。我几乎说不出话来，用手指胡乱在空中指着，意思是：你找我吗？女孩看我的样子居然放肆地笑了起来，她说："你就是王木木？你真有趣。""啊——"我的嗓子眼儿里一些词语挤在那里打架，却说不出口，我怎么有趣了，真是意想不到的评价。而且，最重要的是，她是谁？她怎么开口就那么大大咧咧地喊我的名字，她以为她是我领导啊？

"你，请问你，是哪位？"我好不容易说话了，但支支吾吾的，这仓库像是她家的，我成了她家里的陌生人。

"你不用管我是谁，我看了你的信了，很有趣。"她上下左右打量着仓库，然后径直朝旧书堆走去，她的目光搜寻着书脊上的名字。

"看了我的信？"我嗫嚅道，什么人能看到我的信呢？除了我的前妻，我的女儿，还有……还有我的领导，那么，这女孩和领导有关系咯，或者说，这女孩就是领导派来的了。

我说："你是领导派过来的吧？他有什么指示，你现在可以传达给我了。"

"哈哈，"女孩笑弯了腰，本来就弯着看书的腰更低了，像只蓝色的虾米，"指示，传达……这些词怎么会从你嘴里说出来啊，你写的信却是那么唯美，简直让我难以置信。"

"你和领导是什么关系？看来，你看了我的信了。"我有些不悦地说。因为信之所以称之为信，是因为就是写给特定的人的，而不是像公告一般，搞得全天下的人都要知道。

“是的，我看了，我都不记得我上次看信是什么时候，你的信让我觉得新鲜，我从没看过那么好的信。”她直起身子来，望着我。她的个子高挑，气质斯文，给人非常健康和活泼的感觉。嗯，她的眼睛也很大，在昏暗中很有神采。不过，她很瘦，两根锁骨露在衣领外边，也许，别人会认为这是性感，而我倒觉得刺目，我前妻是个柔若无骨的女人，我觉得那样很好，看不到骨头，就是看不到人的肉身本质，我喜欢自欺欺人。

她的话软化了我的敌意，居然还有人喜欢我的信，这对我而言是石破天惊的事情，我给我前妻写了那么多的信，她从没说过喜欢我的信，最终，她离开我也许和信不无关系。而我的宝贝女儿琪琪，她还太小，她还读不懂我的信，但愿在将来，她会对我说这样的话：“爸爸，你怎么不给我写信了，我想你，想看你写给我的信。”

我对她说：“让我猜猜你和领导的关系，你既然能读到我的信，莫非你是他新来的秘书？”

她笑着说：“难道亲密关系就只有小蜜这种吗？继续猜。”

我想了想，说：“不知道。”

“不知道？”

“对，真的想不到了，莫非是情人？”

“情人?！哎哟……”她蹲在地上咯咯大笑起来，像是腹部抽筋了似的。

“那你说嘛。”我看她的样子，越发觉得她神秘起来。

她依然蹲在那里，蓝色的裙子使她看起来像一小块倒置过来的天空，她仰起脖子，眼睛眨了眨（这个瞬间我觉得她很美），声音提高了八度，响脆地说："我是他女儿!"

我站了起来，这是我做梦也没想到的一层关系。是的，她这么一说，我再端详她的时候，似乎依稀看到了领导的影子。我没有想到领导会有个这么大的女儿，或者说，我没想到女儿会是这么大的，这样说起来是很奇怪的，但因为我的琪琪太小了，所以我总觉得女儿都是小的，都是咿呀学语的。我是个比较容易沉溺自我的人。

"哦，……是女儿啊，那你爸爸叫你来的吗?"我的语调一下子亲切起来，也许因为那层和我没有任何关系的"女儿"身份。我突然明白了，我的琪琪有一天也会长成这样一个亭亭玉立的女人，但再怎么女人，她还会是我的女儿。

"不是，他才不会让我来呢，他说你是个疯子。"她说的时候嘴角微微笑了一下。

"什么?! 他怎么能……简直……"我想骂几句脏话，却吐不出口，看来我还是被怯懦所围困着。

"但我知道你不是个疯子，我理解你。"她说，说完后她被自己的话给逗笑了，说，"是吧? 你别否定我的话啊。"

我笑了，我被她逗笑了，我说："怎么会否定你呢，我又不是疯子。"

她突然说："不过，我看你不是疯子，但也是个呆子。"

这话让我哭笑不得，我分辨不清她是在恶作剧，还是在辱骂我。

她突然严肃地说："好吧，我再次承认，你的信写得很好，不过你引用了巴赫金、别尔嘉也夫、梅列日科夫斯基、大卫·休谟、米歇尔·福柯、庄子、鲁迅等人的著作，为什么不加注明呢？如果你在搞学术，那么我可以认定你是剽窃了。”

“啊，我已经分辨不出哪些是他们的，哪些是我的了，已经扭结在一起了。”我诚实地说，我不希望给她一个狡辩的印象。

“怎么扭结的？”

“就像是不同的书扔进洗衣机去洗，最终出来的是一堆难以分辨的纸泥，那就是我脑海中发生的情况。”我指指那堆如山的积压书说，“他们天天在我的脑海里搅拌，我的思想也得了结石病了。”

她捂着嘴笑了起来，说：“你这么说还蛮形象的，那就暂且饶恕你吧。”

“那你来找我，就是为了说我‘剽窃’的事情……”

“哈哈，我对你很好奇，你太奇怪了，会给领导写信，还写那样的信，要不是我是文艺学的硕士研究生，也许我也不知道你在说什么，你要表达什么。”

“你知道我要表达什么？”

“当然，要是我不知道，我干吗来找你？”

“你来找我就是为了告诉我你知道我想要表达的意思了？”我觉得自己在说绕口令，看来，她的“女儿”身份非常管用，都能够让我克服言语交流的障碍了。

她摇着头，一缕耳朵后边的头发耷拉了下来，她又把它捋了上去，说：“不对不对，我想告诉你，别写信了，你可以改行，搞文学创作了。”

“呵呵，其实，你是第二个对我说这话的人。”

她有些吃惊，小嘴巴微微张开，说：“你经常给别人写信？”

我说：“不是的，我只给无限少的人写信。”

她明显好奇了，眼睛又顽皮地眨呀眨的，说：“不好意思，假如你不介意的话，能告诉我第一个人是谁吗？”

我沉吟了一下，还是说了：“我前妻。”

她笑了，但是那笑容带着抱歉的意味，她说：“看来，你没听她的？”

“是的，没听。”我也笑了，涩涩的。

她轻轻说：“也许，你应该听听。”

我说：“这个，还真不知道。她说我们生活在一个屋子里，我还给她写信，说我像个神经病。”

她哈哈大笑起来，像是听到了一个非常可笑的笑话，但随后她突然意识到了不妥，马上捂住嘴巴，含糊不清地说：“对不起……但是，听起来的确……

“的确很滑稽。”

“是的，我就是这么一个很滑稽的人。”

“不，你一点儿也不滑稽，我只是笑你前妻骂你的话比较滑稽。”

她走近我的桌子，翻弄着报纸，我真怕她翻出信纸来，尽管上面只有几个字，但我也觉得那是我不容侵犯的隐私。她拿起一份报纸快速翻动着，然后说：“嗯，你干吗不写信给一个陌生人呢，甚至，一个想象中的人呢？那样，其实你就是在创作了。”

“我对和我生命没有关系的人，没有任何兴趣，要不然，我也不会待在仓库里了。”

“怎么样才算和你的生命有关系？你觉得我和你的生命有关系了吗?”

“就是那个人的所作所为会影响到我吧，你……目前……还不算吧。”

“你觉得我不会吗？我爸爸是你的领导，我又看了你写给他的信，我到时再把我的想法告诉他……你觉得不会影响到你吗?”她有些窃笑地望着我。

“呃，这样说来，倒真是影响到了。”我感到了无奈。

“那么就这么说定了，你要写信给我。”

“给你写信?!”我觉得脑袋要裂开了，我从没想过自己的嗜好会成为别人的一道命令，我看着她，觉得全身都焦躁不宁。

她走到我面前，孩子气十足，我又想象起了我的琪琪若干年后的样子，她有些蛮横地把手中的报纸拍在我面前的桌面上，说:“是的，反正我爸爸又看不懂，你就写给我吧，咱们现在也算认识了，不是陌生人了。对了，你以后就叫我小琪好了。”

“啊，你不是开玩笑吧?”

“谁和你开玩笑，就这么说定了，拜拜!”

她一转身，那身天蓝色的长裙就消失在门口了，像是一阵从梦中吹来的风。

我有些犯难，信纸在我眼前模糊成了一片雾气，我不知道该写什么，因为我不知道该写给谁。写信本来是一件多么私人的事情啊，我想写给谁就写给谁，一切随心而动，但是自从小琪（这名字总让我想起我女儿）命令我给她写信之后，我的感觉就发生了变化。我不能专心致志地写信了，我想写给我的琪琪，但是，我知道她现在读不懂，而我的前妻应该也没什么兴趣读，在这样严峻的局势下，小琪的脸又蛊惑着我，似乎在说："快写给我，我能读懂，只有我能读懂。"

写还是不写，这是个大问题，是我信男存在方式的一次改变，我应不应该写给小琪？应该对她写些什么呢？

还是写吧，我决定了，因为只有写了才能破除那种要写的诱惑，只有写了才能正正经经坐下来，给我的琪琪写信。

我写得并不长，对于小琪来说，我要说的话并不多，于是，我就把她当作是我和领导之间的一个中介，通过她，也许我的词语就能抵达领导那里。我这次写信写得很不舒服，因为有第三只眼审视着我，看着我写，看着我为了写而写，我有些恼羞成怒，我以为自己的脾气早被仓库的灰尘给淹没了，没想到，脾气还在，火气还旺，在那几个短暂的时间点上，我忘记了我老年人的身体，体会到了尚且年轻的滋味。

信寄出去之后，我感到自己松了一口气，甚至觉得满屋子的昏暗重新聚拢了，让我沉浸在一个黑暗的核心地带，在那里，我觉得安全。

我以为小琪看完信会来找我的，但她没有，等了很久，都没她的踪影。我开始学着去忘记，就像那些如山的旧书，它们被人遗忘的同时也遗忘着自身。

但是某一天，我收到了一封信，我真的很好奇，因为除了很早很早以前，我这个信男还能收到一两封零星的来信，后来就再也没有过了，收到我信的人通常会打电话给我，他们告诉我他们已经收到信了，然后他们似乎想就信的内容做一些反馈之时，他们伶俐的口才变得磕磕巴巴，词不达意，我也听得如堕云雾，他们也尴尬，也着急，慢慢地，他们便避免这样的反馈了，只是说："你的信收到了，哈哈！"他们对我的信的反馈就是这样的，变成了简单的两个音节："哈哈！"

带着好奇，我打开了信，我迅速翻动着纸张，看到落款的琪字，我的心头一震，难道是我的琪琪会写信了？真的太高兴了！但是等我回头再看的时候，我发现自己误会了，是小琪写给我的，是领导的女儿、穿蓝色长裙的小琪。

她居然没像她的爸爸一样直接来找我，而是写信给我，我深感意外，我坐下来，戴好眼镜，像个老人一样，开始缓慢地读信，不是看，是读，一个字一个词从嘴角轻微爆炸出来，湮灭在仓库无边的沉寂里。她告诉我她好多好多事情，原来她喜欢写诗，真好，布罗茨基，茨维塔耶娃，里尔克……我的脑海里冲出了几个名字。

是的，我感到愉悦，一种重新做回读信者的愉悦，继而更全面理解信的含意的愉悦。我觉得她写得好极了，应该比我写得好，尽管我对此不确定，但是我像个傻瓜一样认为自己能收到这样的信简直是一种奢侈的幸福了。为什么别人收到我的信却不幸福呢？所以说，还是我写得不够好。但是，这个我觉得写信好的人却说我写的信很好，并且写信给我……我被翻腾的思绪快要搞糊涂了。

我铺开信纸，开始回信。握笔的手似乎比平时温柔了许多，写得也更慢了，我暗暗想到，这可是我第一次写回信。写回信的感觉和写信的感觉有什么不同？那种微妙的细节，我暗暗体会着，像是咀嚼着一种全新的食物。我品味着，似乎回信更像是穿着诱饵的鱼钩，它有些蛮横地落在我的心间，尽管我知道那里存在着危险，却还是感到了一种持续存在的诱惑。

很快，信写好了，我感到很快，比平时写同样长度的信要少用三分之一的时间，我暗暗吃惊。看来，鱼钩的作用不可小觑，它刺激着词语的流速。我应该感到羞耻吗？还是应该感到兴奋？实际上，是羞耻带来了更多的兴奋，我把信投寄出去的时候，都有些迫不及待的意思，而以往，我总是缓慢地走向垃圾桶似的邮筒，怀着一种对自我命运暗自抚摸的仪式感。而今天，没有什么仪式感，我觉得自己像个荒唐的年轻人，对自己身上肆虐的类似青春期的憧憬与希冀无能为力。

在等待的日子里，仓库的环境突然变得恶劣起来，光线也欺负我，太暗了，就连灰尘也比平时舞动得更欢快了。我像只城里的老鼠来到了乡下的亲戚家里，一切都觉得不自然。我破天荒地拿起抹布，开始擦桌子，然后从角落里捡起拖把，淋上水，开始拖地。第一次发现仓库这么大，待我拖完之后，发现全身都被汗给浸透了。仓库里的时间和外边的不一样的，当我等待着外边世界的来信的时候，我的时间就完全错乱了，我成了被时间放逐的人，我浑身不自在，我的琪琪在干什么呢？我要转移注意力，但我的琪琪她太小了，她没法理解她的爸爸，一个无限虚弱的爸爸。于是，这个虚弱的孤独的爸爸，就把一个叫小琪的大女孩幻想成小琪琪长大后从时光隧道里溜过来看我……

没想到我熬的日子比想象的更久，一个多月了，我没有再收到任何回信。啊啊，神经病，我开始骂自己了，我真是个傻瓜，笨蛋，一头猪，人家上次的来信已经尽到了责任与义务，而我还贪心不足，盼着第二封，难道这东西是像一日三餐似的，总也停不下来吗？我又铺开信纸，不知道第几遍铺开了，我觉得我的汗都浸到信纸上了，到时候我的笔尖都在那里打滑了。骂了一阵子，感觉稍微好点了，我便搬张椅子坐在旧书堆边上，开始看书，是的，我这真是在“看书”呢，就盯着这么一大堆发黄变旧的书看，我看那些残破的表面，也看看书脊上微微露出来的文字，然后想象一下书里面都讲些什么，我经历着智力上的愉悦，以及某种难以言说的拥有感，仿佛眼前的这堆旧书是一头俯卧着的巨兽……突然，我浑身开始颤抖起来，我快瘫倒在地了，我从椅子上滑了下来，蹲在地上，泣不成声。哎哟哎呀，我捶胸顿足，哭号着，像个情绪失控的妇人，只是因为我头脑中的幻象崩裂了，那堆旧书不再是什么巨兽，只是一具快要腐败的尸体，啊，也不对，尸体还有腐烂、腐臭，而这堆书什么也不是，只是一堆冷冰冰、脏兮兮的物质，一些植物纤维的残骸，一些油墨的污迹，而那些创作这些书的人早就死成了灰尘，在风中飘来荡去，也许，会有那么几粒落在这儿来，正好飘在自己的书上，那可真是相得益彰了！……眼泪流得我满手都是，滑滑的，好久没哭了，泪水都变稠了，像是加了些白砂糖。

“你怎么了?！你这是在搞什么名堂?”

突然，一阵粗鲁的声音像把菜刀砍破了空气，砍在了我的耳朵里，我浑身又一个哆嗦，我被吓得够呛。我拧过脑袋向后上方看，看到了领导那张张皇不安又怒气冲冲的脸。我心想这下全完了，肯定是他知道我和小琪通信的事情了，他肯定会说："你干吗不撒泡尿去照照自己，居然还敢写信勾引我女儿?"我慢慢站起来，等待着这句话的劈面而来，我眨巴着眼睛，等待着，我的眼睛一定红红的，肿肿的，还有些残余的泪水，看起来完完全全是患了老风眼的老头。

领导没骂我，领导说："王木木，你生病了?"

"没有，没生病，我，我，我有个朋友过世了，很难过而已。"我居然撒谎，还这么恶毒，我鄙视自己。

"那你可要节哀顺变了。"领导一副关切的样子。

"啊，我没事，您来找我有事吧?"我小心翼翼探着他的话。这是领导今年第四次出现在仓库里边了，仓库那些板结的黑暗都被他撞碎了不少，他身上的某种东西和这里格格不入。

"是有事找你。"

"呃……您说。"我心里咯噔一下。

领导看我的眼神变得柔和了，散发出母性的光泽，他说："王木木，你那么能写，单位打算给你换个岗位，好好发挥你的特长。"

"您……您打算让我写什么?"我的声音颤抖。

"你也知道，公司在改制，需要你这样的人才来写写文件什么的。"领导的口气依然是温和的，似乎还有着商量的意味，这让我心里还有了一丝幻想，幻想我可以和他好好谈谈。

"可是，您看，我只会写信。"我轻轻地说，正如我轻轻地呼吸。

“没关系，写作的原理都是一样的，一通百通，只要你学学，很快就可以上手的。”领导的声音重了，也许是他觉得仓库里边太憋闷了吧。

“不一样的，它们只是表面上看起来相似，但一个是有规矩的，一个是毫无规矩的……”我的声音更轻了，但我确信这种强度恰好能让声波到达领导的鼓膜。

“规矩？难道你不懂规矩吗？”

“我真的不大懂那样的规矩。”我搓着手掌，右手中指的老茧像块风化的橡胶，那块橡胶提醒着什么，也许是某种难以忘记的疼痛呼唤着对生活的改变？我用左手紧紧握住了右手的中指，这样看起来，也许猥琐了一些。

时间沉寂了一会儿，光线变硬了，像玻璃柱，将灰尘都锁住了。我不看领导，他也不看我，仓库真是个好地方，只有在这里，才能出现眼下的情况。

“你这里怎么这么闷？空气一点也不流通！”

领导突然对空气吼了起来，他走上前去推开窗户，大街上车水马龙的那种嘈杂声一下子全涌了进来，冲淡了我和领导之间的尴尬。

领导站在窗边，他依然不看我，他望着大街上的某处，然后，他掏出一包烟来，敲了敲，一根黄色的过滤嘴香烟就巧妙地钻进了他的手里，他点着，开始吸了起来。我的心里很痒，我很想提醒他，仓库里是不允许吸烟的，身为领导不是应该以身作则的吗？但我忍着，没说话，因为领导似乎也忍着什么话没对我说。为了公平，那我继续忍耐着吧。

这时，门口那边有动静，我转头，看到了那身墨绿色的制服，我的心收缩了一下，满仓库的时间又苏醒了，时间朝着某处看不见的刻度快速迈了一步，空间震颤了下。邮递员走到我面前，像上次一样带着神秘的微笑，他把信丢在了我的桌上，说："外边的信箱坏了，要修修了。"我还没来得及说话，站在一边的领导突然说："没什么必要修了，到时候这里要大变样啦！"邮递员是个年轻的小伙子，他对领导所在的方向斜睨了一眼，没说话，摇头晃脑地走出去了。

领导一直死死盯着那封信，我甚至觉得他已经看穿了信封，看到了那些字，他女儿的字，女性味儿十足。我把身子挪了挪，挡住了他的视线，但我发现他的目光还是没有收回，我感觉他的目光像是X光，穿过了我的肠胃，继续落在信纸上。

"为什么我觉得那个字迹很熟悉……"领导还是说出了口。他的语气与谈论别的事情的时候完全不同了，某种东西像是被水稀释了。唉，作为父亲，我懂得这点。

"是的，您当然熟悉了，因为这是您女儿写给我的信。"

"什么？我的女儿?!"领导咆哮起来，我觉得他在装腔作势，为什么要这样呢，为什么领导做事总是这么夸张呢？我不解，我静静盯着他看，他似乎也不好意思了，全身上下都安静了下来。

"对，是我的女儿，"领导疲惫地说，"没想到，她真的给你写信了。"

"她真的给我写信了，看来，您事先就知道这件事情。"

"我不知道！"他语气凶狠，却有气无力，这瞬间，他看上去很可怜。是的，可怜，他的头发都斑白了，是接近老年的人了，以前他的威严阻挡着我的窥探，让我觉得他的花白头发只是一种……一种道具。

我说："她很美丽、可爱，像一面湖水。"

我看着小琪原来蹲下来欢笑的地方，仿佛看到小琪的笑容了，尽管我们就见过一次，但我却记得如此清晰，她的每一个细节，一颦一笑，都记得。当然，她写给我的信，更加让我理解了她的灵魂。记住了一个人的灵魂，你会发现笑容只不过是灵魂的投影罢了。

领导变得很安静，小琪是他生命的一部分，他知道她很美，很可爱。

"是的……"领导的嘴巴翕动了一下，再也说不出话来。

谁能想到，我和领导一起坐在咖啡店里，还是靠窗的位置，那是情侣或是密友酷爱的位置。服务员微笑着看着我们，也许以为我们是两个密谈的商人，但她不知道，我们只是两个父亲。我看着领导的脸，突然想念起小琪来了，想念她的笑容，虽然就见过一面，但我们胜似天天见面的人，而且，也是因为她，我和领导这样两个像火与冰的人才能坐在一起。

交谈，显露出来的都是事实吗？我的大脑感到了玻璃渣子，它们让我疼，也许出血了。

"这么说来……你觉得她不正常？"我并不愿意用这些字眼，什么叫"不正常"？我的词典里似乎并没有这样的词条。但没有办法，我必须和他沟通。我觉得嘴里的咖啡苦得发酸，舌头涩涩的。

“嗯，是的，不大正常，她开始写诗之后，就不怎么和别人说话了，医生说她得了自闭症。”领导的声音低沉，在我听来，这样比较好听，因为这才是父亲谈论女儿的声音。

“写诗后，就不怎么和别人说话了。”我重复了一句，毫无表情地重复，像是复读机，我只是想听听这句话的效果，有时，很多话从人的嘴里吐出来的时候，是没有经过大脑的。这时，就需要让话重新进一进大脑。

“是的。”领导对我复述的事实进一步确认了。

“这样就不正常了？”我只能主动提醒他。我摇着脑袋，脑袋里全是小琪的样子，说小琪不正常，打死我我也不会相信的。我这样的人既然还没有被完全摈弃，那么小琪没有理由被划到什么“不正常”当中去。我觉得，这都是领导太刻板了，就像权力一样。

“医生这么说的。”领导说。

“你相信吗？”我质问。

“这个……呃……医生这么说总有他的道理，毕竟他是知名的专业人士，他是博士生导师。”他用重音抚摸“博士生导师”这五个字，好像那是一小段金属。

“博士生导师说你女儿疯了，你就觉得她疯了，对吧？”我望着他的眼睛说。

“你……怎么这么说话，也不是，不是的。”他向窗外看去。

“那你怎么看你的女儿？”我不知道哪里获得的勇气，单刀直入地问。

领导回过神来，惊讶地望着我，好像我突然变成了他的上级，坐在他身边。他的嘴巴吧嗒了几下，也许是咖啡太苦了，他突然变得羞涩起来，尽管并不明显，但我能感觉到。他说：

“啊，王木木，小王同志，我也不怕告诉你，其实我也觉得她不正常了。因为一个人突然写诗，写那些没人看懂的句子，然后不和人交流了，多多少少都是有些奇怪的。”

“奇怪，还不属于不正常吧？”

“那也接近了。”他叹息着。

我突然微笑了一下，不知道他有没有看到我的笑容，我又喝了一口难喝的咖啡，皱着眉头说：“其实，有句话我很早就想问你了。”

“你问。”他的眼神变得慈祥起来。

我看了看窗外，一个孩子拿着气球般大小的棉花糖走过，让我想起我的琪琪，或许她的小手里现在也拿着这样的棉花糖……小琪的童年也应该是这样的，小琪真好，保住了童年的某些东西，她紧紧握着，没有弄丢，我希望我的琪琪也能这样。想到这里，我对领导说：

“我在你眼中早都不正常，早都疯了吧？”

领导一惊，随即又恢复了平静，他显得坦率地说：

“呃……说实话，是，我是觉得你怪怪的，但说你疯了也不至于，因为大家都知道你是在装疯卖傻。你不就是跟在上一任领导的屁股后面使劲巴结，却什么也捞不到，一气之下自愿来仓库的吗？年轻人嘛，年少气盛，可以理解。”

“你们真的以为我来仓库是因为没当上那个科长？”我还是感

到了震惊，尽管我知道这种说法早已广为流传了，但从领导嘴里说出来，还是具有一种震撼的效果，就像流言从新闻播音员嘴里说出的那种感觉，震惊——即便，你早就知道他喜欢说谎。

“那你说，你说为什么。”他似乎觉察到了我的火气，但他依然像是在质问。

“为什么？原因非常非常简单，那就是因为我想写信，写信的愿望俘虏了我，世界上没有任何事情比写信更重要了。”我觉得我回答得很真诚，这是我第一次开口回答这个问题，以前，任别人怎么说，我都是不置一词的。我今天之所以这么坦诚，只是因为面前这个头发斑白、大腹便便的家伙和我一样，都是做爸爸的，我们都有一个可爱的女儿。

“你真的这么想吗？”

“是的。”

“一个好端端的人为什么会这么想呢？我真的想不通。”

“你想不通没关系，关键是我女儿的妈妈也想不通，那就比较糟糕了。”我端起咖啡来喝，没加糖的咖啡真苦，但我不打算加了。

“太可怕了。”他深深喘气，不知道他说什么可怕。

我说：“不过，没关系了，因为你的女儿小琪肯定会理解我的，或者说，她已经理解我了。”

“你觉得她给你写信就是理解你了？”领导的语气有些嘲弄。

“是她写的内容，能够抚慰我苟活于世的心，你想看吗？”我拉开随身带的皮包，把那封信取出来放在桌面上，那封信还没拆开，静静躺在那里，像是灵魂的衣裳，灵魂通常都是装在信封里的吧。

不知道为什么，领导的眼光避开了那信，好像那信是她的小琪忘记了穿衣服，但问题是，一个心无杂念的父亲，即使面对赤身裸体的女儿也是觉得美的吧？那种超越一切事物的生命之美，会灼伤人的双眼吗？

“你真不看？”我问。

“我不想看，”领导沉吟了一下，突然说，“其实，也不怕告诉你，小琪变成今天这样，跟我看她的信有关。”

“你肯定偷窥了她的信。”我几乎不用想就知道。

“是的，我偷窥了，我为自己感到羞耻，但我也是为了关心她啊，我怕她走上歪门邪道。”领导的双手放在了脸上，他感到羞愧了？我为眼前的景象感到不可思议，也许，这根本不是景象，而只是某种镜像？

“我想，你的偷看，是她最介意的事情，因为你的角色与他人不同，还因为你的无知，你会误解她的本意，从而冒犯了她的灵魂。”我字斟句酌地说，我不知道自己居然会变得这么大胆，把话说得这么残酷却准确。我并不是个勇敢的人，我只是，只是想起了小琪，小琪那天在仓库的时候，就跟阳光一样，但是他们却说阳光是不正常的。

“冒犯了她的灵魂……为什么你的话和她说的差不多呢？”领导的脸红红的，他的双肘还撑在桌面上，他望着那杯黑色的咖啡发呆，我想，现在他才是不正常的吧。我叹口气，开始问他问题，我说：

“你知道她在生命中经历了什么吗？”

"不知道。"

"你知道她为什么写诗吗?"

"不知道。"

"你知道她为什么不喜欢和别人交流却和我交流得很好吗?"

"不知道。"

"你知道为什么我说的话和她说的差不多吗?"

"为什么?"

"为什么?"我想了一下，我决定说出我真实的想法，也许那个词在日常生活中会显得无比突兀，甚至可笑，但我也必须说出来，因为那也许是唯一的原因。于是，我一字一顿地说：

"为什么？只是因为我和她一样，都有一颗高贵的灵魂。"

……

领导没有说话，我以为他会嘲笑起来，但他的嘴角依然是阴郁的，只是他的表情变得十分古怪和不安，青一阵白一阵的，我不知道为什么他会变成这样。

也许，这是领导今生最具挫败感的一次谈话……不过，既然我还要在他手下工作，那么，为了他的人格尊严，我应该省略掉很多叙述。

我并不怕他，我只是试着理解他的困境，他是小琪的爸爸。

我又在仓库里了，而且这次会待得更长久，因为领导给了我许诺，不再找我去写公文了。他的私心令他变得可爱，他觉得我给他女儿写信也许也是一种治疗的方法。(当然，在我看来，也许他才需要他女儿的治疗。)他这样想也不错，起码我的处境安全了，他不会再来仓库骚扰我，这儿不是他该来的地方，他应该尽情享受他的宝座，人生得意须尽欢，莫使宝座空对月。

仓库里依然有种挥之不去的黑暗，这种黑暗美极了，因为它能够复活窗外那些被光线摧毁的事物，而我，还有小琪，就属于那类易碎品。我们需要黑暗的庇护。我铺开信纸，开始给小琪回信，她这次的信我已经看过了，写得好极了，至于她写了什么，我是不会说出的，因为美好的事物不容分享，而且也是分享不了的……不过，我可以透露一点，那就是我看了她写的诗，还有她为什么会突然写诗和懒得搭理别人的原因。那些原因，都在我的预计之内，因为和我的原因差不了太多。其实，这些原因就像蛛网一样毫不重要，重要的是我们不但可以写信了，而且还可以收到回信了。这很重要，就像是两颗恒星突然接近，然后绕着彼此旋转了起来。

我写着字，脑海中想着小琪，我觉得温暖，仅仅一面之缘，让我现在还在想念她。她不像我，我只是个写信成癖的信男，而她是个诗人，她懂得词语的飞翔与文学的创造。我要邀请她再次来我这仓库里玩，因为她上次来的时候美极了，即使她不习惯世界上的其他任何地方，她也会习惯这仓库的。我要告诉她，这也是卡夫卡梦想的地方，卡夫卡虽然说他最喜欢的地方是地窖，但是他也会喜欢这里的，因为这里只不过是一座悬浮在地面上的更大的地窖而已。

……还有一件小事值得一提，也许，必须得提一提。

由于我这段时间没给前妻写信，而她又联系不到我（因为我早就不用手机和电话了），所以她不得不给我写了一封信，这是她第一次写信给我，她写了她现在的生活，尽管寥寥几笔，非常简略，却也让我在脑海中可以抚摸她的生活了，也许，她现在的生活更好……对于这点我不想再深究，最令我开心的是，在信的末尾，前妻告诉我，她教我们的琪琪学写字了，并且让琪琪给我写了一句话。

我赶紧翻到信的背面，看到了几个歪歪扭扭的铅笔字：

“爸爸，我爱你。琪琪。”

他杀死了鸽子

很晚了，他一个人坐在书房里听音乐。夜深人静的时候听音乐别有一番滋味，似乎连琴键的微弱杂音都听得清。听清声音的每一个细节，这成了他不为人知的怪癖。他听的是贝多芬的《第九交响曲》，充满了不羁的热情和上升的旋律。按理说，一个刚退休的人，听贝多芬可不是一件健康的事情，血压与心脏都得反复接受命运之音的检验与敲打，疏松的骨头像被劲风扫过的树林，簌簌作响……但，他还是喜欢，而且还越发喜欢了。在生命的冬季已经逼近之时，他尤其需要一股股潮水样涌来的激情，起码在某几个瞬间，他整个人可以忘记外在的世界，宽恕时间及其带来的伤害。

突然，那优美的旋律中出现了一声异响，那是一种蛮横的杂音，惊醒了他的陶醉，把他狠心地推回到世界的荒凉之中。他有些恍惚，茫然四顾，寻找着杂音的来源。几秒钟后，异响再次出现，他不由站起身来，这时才感到腿脚有些麻木。他蹒跚着向客厅走去，循着那异响来到了阳台边上，原来是一只白色的鸽子站在纱门外边，它的洁白在夜色中格外耀眼，像是一片固执不化的雪地。哦，原来是它看见了里边的光亮，想要进来。他有些好奇了：鸽子也会迷路吗？这分明找错门了。

阳台的纱门紧紧关闭着，但鸽子仿佛和纱门较上劲了，一次又一次勇猛地扑过来，撞在纱网上，然后被无情地反弹回去。纱网剧烈震颤着，发出鼓面样的颤音。——说不上为什么，这样的场景让他紧张，仿佛那不是一只鸽子，而是一只妄图攻击他的可怕的秃鹫。他的脊背涌起了一阵寒流，多少年了，他对生物的恐惧一直如影随形，在那些多种多样的生命形式中，究竟蕴含着什么样的内涵呢？他想不清楚，并对此感到惶然。

惶然，却遮掩不了好奇。他蹲下身来，看着这白色的精灵，它的小眼睛像两粒速效救心丸，闪着冷森森的寒光，它迎着他的眼睛，没有丝毫的退缩之意。它的翅膀紧紧夹在小身体的两侧，那是一种蓄势待发的姿势。他被它牢牢吸引了，竟然开始期待它的再次起飞。它酝酿的时间却变久了，纹丝不动，像是一件白瓷做的鸽形存钱罐。他有点累了，站起身来，活动起膝盖来，……就在他放松警惕的一刹那，它猛然间腾空而起，恶狠狠地撞在了纱门上，纱网明显地凹了进来。他被吓了一跳，惶然再次在心间升起，他的脑袋都不自觉地向后缩了缩。他想不到那幼小的体内蕴含着那么大的能量。它狼狈地跌回地面，挣扎着站起来，勾着头，脖子一扭一扭的，忍受着极大的痛苦。它的固执令他想起一种名为坚贞的美德，他不由同情起它来了，他想了想，走过去打开阳台的灯，照亮了周围的黑暗，让它能够看清楚，这里不是它的家。

突然闪耀的灯光让鸽子全身哆嗦了一下，它抬起头，神经质地左右看看，然后又盯着他，依然毫无退缩的意思。鸽子身上有种潜伏的东西吸引着他，使他无法简单地抽身离去。于是，他有些荒诞地和一只鸽子僵持在夜晚的寂静里。夜风从他敞开的衣领钻了进去，从胸前绕到背后，脊背如同战栗似的竖起了一排寒毛。他仔细品味着这场景，竟然从中找到了一丝古怪的诗意。他走回屋里，穿上了一件黑色的马甲，把领口的扣子系上，然后又回到纱门边，鸽子抬起脑袋，轻轻点点头，仿佛在等着他。

他对鸽子并不陌生，不久前，他就遭遇过一只鸽子。当然，那是另一种形态的鸽子。

退休后，不用早起上班，他喜欢起床时坐在床头看会儿书。冷空气袭来，他忘了披件外套，还穿着睡衣捧读马可·奥勒留的《沉思录》，这个古罗马的智者皇帝能温暖他的内心，却无法阻止他的着凉。他得了急性肺炎，住院了。他被安排进了三人间的老年病房。其实，他还不算一个严格意义上的老人，他比起邻床的那两位，绝对称得上年轻力壮了。可是，他依然得到了老年人特有的那种待遇，温柔照顾中不乏主观的粗暴，他像所有的老年人一样无法抗拒，服从了小护士的安排，静静躺在床上，测量着体温和血压。小护士穿着粉红色的职业装，一脸清纯的模样，动作敏捷，把温度计塞进了他的腋窝，她的手不可避免地抚摸了他略微干瘪的胸膛，可他已经感觉不到自己的欲望了，尽管他对此充满了留恋。过了会儿，他叹息，觉得她要是自己的女儿或是孙女该多好。

房间内的三张床是等距平行的，他的床位在中间，像是某种意味深长的包围与夹击，他看着面前墙上的那面电视，心想看电视倒是方便了，不用扭头或是斜着眼，这是躺在中间唯一的好处了。左床躺着的老头鼻孔里插着吸氧管，脸色枯黄，眼睛周围已经黑得如同烧焦了一般，用充满绝望的眼神望着他，他不知该怎样和他打招呼，只觉得心里一紧，赶紧把头扭到一边，躲开了。右床的老头倒是格外安静，仰面躺着，眼睛死死闭着，嘴巴张得大大的，却听不到一丝一毫的呼吸声。他不敢多看，仰面躺好，也闭上了眼睛。不过，他胸腔里痒得难受，像是腐朽的树根里有一窝蚂蚁在忙碌，他忍着，但至多只能忍几分钟，便要咳嗽起来，有时咳得厉害了还有果冻样的痰，他得挣扎着爬到床边，把痰吐到痰盂里。

小护士又来了，给他打吊针。看着一滴滴的药水像流逝的时间进入到自己的体内，他明显感到咳嗽的频率降低了，他知道这是心理作用，病情要有本质好转还得耐心等待。他盯着天花板看，那里有一大块黑蓝色的污渍，他纳闷，不知道怎么弄上去的。病房里死寂得可怕，虽然电视在喧嚣，仪器在运转，楼道里还时不时传来说话声与脚步声，但总有一种冷森森的死寂沉淀在他的鼓膜上。他张大了嘴巴，深深呼吸了几次，这是他的老习惯，每当感到绝望的时候，都会用这种方式来放松自己。

鸽子的出现，先是以声音的形式。

“爸，给你炖了鸽子汤。”

闭目养神的他被惊醒了，他看到一个四十多岁的中年男子提着天蓝色的饭煲，走到左床的老头面前，饭煲的盖子拧开后，一阵浓郁的肉香钻进了他的鼻孔。鸽子汤，多么久违的美味。他想起了一本学术名著，弗雷泽的《金枝》，他对鸽子肉最早的想象就来自这本书。这本书里诗意地写道："自古以来，鸽子肉就是最能激励那些寂寞、忧郁的人的一道菜，它也同样能让胆怯不前的情人恢复信心，还能抚慰那些产后虚弱的妇人的身体。"他读后，在这句话下面用笔画了两道黑色的细线，尤其在"能让胆怯不前的情人恢复信心"下面用了不少力，纸都快破了。每当他情场失意之际，他都带着自我的嘲讽与黑色的幽默想着，是不是可以去吃点鸽子肉了？尽管他并不十分当真，但这么一个微不足道的念头，在等了很多年之后才意外实现了。

那个名叫秀娟的女人，曾做鸽子汤给他吃。那时，他们刚刚住在一起，她每天做饭给他吃。他阑尾炎开刀后，身体很虚弱，秀娟听说鸽子很补，便去市场买鸽子。她在市场选了两只乳鸽，让人家杀好，然后提回家，在厨房清洗干净。她对他说，要用砂锅炖，这样的汤才更有营养。她为此专门买了上好的砂锅。没有羽毛的鸽子显得很瘦小，躺在砂锅里，像躺在给它们特制的棺材中一般。她把冷水倒入砂锅，放上切好的姜丝，大火烧开后，用漏勺小心地撇掉褐黄色的浮沫。这时，汤已经有了肉的香气，她又放进几片泡软的干香菇，改用小火慢炖。足足炖了三个小时，鸽子被炖酥了，肉都烂在锅里了，她品咂着嘴唇，按捺着食欲，仔细地调入盐，再捏进去一撮枸杞，撒上葱花，颜色的搭配恰到好处，令人垂涎欲滴，她用汤匙舀了一点，轻轻吹着，然后喝进嘴里，用舌尖品鉴着滋味。等她感到满意之后，才盛了一碗端给他……她的面容依然那么鲜明，仿佛就在眼前，就连她眉毛里边那颗不易觉察的小痣他都看得清清楚楚，不仅如此，汤的热气也在蒸腾着，像是一场漫天的大雾，他的眼睛什么也看不清了，温暖的水雾在眼前凝结成了一层半透明的水膜。

左边传来了咀嚼与吸吮的声音，那种声音很急促，很响亮，有种迫不及待、不由分说的意思。他擦去眼角的泪花，从被窝里钻出脑袋来，看到左床的老头开始吃鸽子了，那老头很奇怪，并不避开他，而是面对着他，五个指头紧紧攥住鸽子的小细骨头，腮帮子显示出肌肉绷紧的纹理，像只狡猾的猴子。当老头发现他在看的时候，又用绝望的眼神回看着他。不过，即便在绝望的笼罩之下，品咂鸽子肉的那股子美滋滋的神情仍然抑制不住地显露出来。他觉得在老头身上充满了荒诞的可笑与无奈的悲凉。这时，对面的病房里传来一个病人的大声呻吟，而且一声高过一声，像是看见了死亡的脚步。恐惧让他的心脏缩得紧紧的，像是核桃一般坚硬。

“扑通！”

鸽子又一次撞向了纱门，就像是病房的那声呼喊穿越了时空炸响在眼前，他感到自己的心脏变得像那天一样紧缩起来。他弄不清楚，这只固执的白鸽像精灵一般，到底蕴含着怎样的一种力量，令他变得如此心神不宁。难道是在历经沧桑之后，自己变得比年轻人更加多愁善感了吗？他思忖着，生命中多少个夜晚过去了，欢笑过，痛苦过，却没有一个这样的夜晚，有一种神秘的力量，把自己从世界上剥离出来，变得如此孤独。他茫然四顾，除了鸽子，夜空上一点星光都没有，只有一层城市灯火的红晕，像是劣质口红的颜色。

他站累了，搬了个小凳子，坐下来，和鸽子对望着。他觉得自己仿佛回到了童年，对世界上的事物充满了好奇。

夜已经很深了，寒冷像阴谋在酝酿。远处的小饭馆里，酒瓶被摔碎在路上，传来男人撕心裂肺的哭声。这一切，仿佛来自他的内心。不，不是仿佛，正是来自他的内心。这只鸽子也是从他的内心飞出来的，是一种难言的神秘启示。他轻轻打开纱门，现在，他们之间再也没有隔阂了。他看得更清楚，这只鸽子白得如此纯粹，没有丝毫杂质，就连眼睛也是清澈如一汪春水，与秀娟的妩媚堪可一比。

一个念头在耳边响起：捉住它！

捉住它？为什么？怕它飞走了？他来不及仔细思索，便被一种兴奋感所裹挟，他伸开双手，嘴里哼哼着咕咕的声音，吸引鸽子走进来。可是，鸽子却纹丝不动了，像塑像一般静静立在那里，除了那充满神采的眼神在不断审视着他。他慢慢退到茶几边上，捏起几粒瓜子，用牙咬开，把瓜子仁轻轻丢了过去。他以为这只鸽子会像广场上的那些蠢鸟一般，立刻扑过去啄起来，但这只鸽子只是稍稍受到了惊吓，扭动了几下小脑袋，重新安静了。这是一只富贵不能淫的鸽子，他感到有些无计可施。这时，贝多芬的《第九交响曲》已经到了合唱的高潮部分，欢乐女神的旋律从书房里倾泻过来，宗教样的热情充溢了他的身体，他抬头，夜空显得更加高远了。奇迹就是在这时发生的，那鸽子猛然间张开了翅膀，神情像是傲气的君王向臣民展现了沉稳的手势。它扑棱了几下翅膀，飞了起来，他以为它会飞走了，可它却像是一枚白色的飞毛腿导弹，精准锁定了他的脸，向他直挺挺地撞过来，他慌忙低头，鸽子从他的头顶上呼啸而过，留下了一阵紊乱的气流。

鸽子在他的客厅里飞着，散乱的报纸和书本都受到了惊吓，哗哗作响。客厅的空间并不大，它快速穿越书架与吊顶的缝隙，又从电视上方俯冲而过，像是惊险的空中表演，最后，落在了屋顶的吊灯上面，在上面荡起了秋千。它粉红色的爪子紧紧扣住吊灯的边框，充满了不安与恐惧，像是不小心爬到高处的孩子。他迅速把纱门关紧了，这只鸽子已经成了他的囊中之物。不过他却迷茫了，因为动机本就不明确，现在该如何处置呢？难道杀死它，然后给自己做鸽子汤吃吗？看着那白玉似的生灵，他对自己的念头感到不寒而栗。他第一次清楚地意识到，他从不关心食物的加工过程，仿佛自然如此。尽管他并不是个素食主义者，但他对杀戮之事总是心怀畏惧，每次吃饭，他都把肉块当作与生命无关的东西。他清楚，这样无非是自欺欺人，可除此之外他能怎么办呢？好胃口比饥饿还能征服一切。他早就屈服了，靠本能活着，还活得很好，变得大腹便便。当然，他也不再寻求食物之外的意义，像《金枝》中的说法，早已像是一种蛊惑人心的原始宗教，被他抛弃了，就连那本书，他也找不到了，也许是被什么人给借去了，再也没有还回来。他并不感到遗憾，也没打算再去买一部装帧更漂亮的《金枝》。随着时间带来的智慧，他倒是对鸽子有了更深的了解，在一部科学发现之类的纪录片中，他知道鸽子不但可以区分不同的数量，按数字大小排序，而且还可以学会抽象的数学规则。在片子的结尾，浑厚的男低音深情地说："除了鸽子与人类，只有恒河猴显示出了相同的数学技能。"这句话令他想了很多，鸽子与人类被并置在一起，具备了很高的地位。可是，恒河猴是什么？他一无所知。是比人类更聪明的家伙吗？

他笑了。在一部有关鸽子的纪录片里，以恒河猴的突然出现作为结束，多少有些不伦不类。这就像是他的人生，常常渴望着某种事物，追求到手的却是另一种事物。更大的问题是，他对追求到手的事物，就像对恒河猴似的，常常一无所知。

也许，他对秀娟也是一无所知的。秀娟在他的生命中占据了五年的光阴，这是一个不轻也不重的分量。但她却是他最难忘的女人，他时常会想起她。她的身材很好，一对年轻的乳房就像白鸽一般活跃，他知道，这个比喻被用了太多次，但他必须再用一次，因为在他的头顶上就栖息着一只天使样的白鸽。秀娟对他很好，这种好也无外乎嘘寒问暖的这些，可是他却很受用，总想着即便死了，躺在秀娟的身边也是相当安稳的。他现在还活着，秀娟却已经不知所踪了，也许还像他一般存活在世上的某个角落吧。对此，他只轻轻叹了一口气。他还记得他离开秀娟的时候，不知道该说些什么，因为他也不知道为什么要离开她，只是觉得这样的爱情不应该是自己的，自己是在过着别人的生活，偷窃着别人的快乐。

秀娟哭着说："你别走，你是不是嫌我没给你生个孩子？"

他只得点点头，说："是的。"

秀娟的卵巢得过病，他们在一起那么多年，从来不做措施，却毫无反应。他们去看过医生，医生说："也不能说完全不育，只是，要靠一点运气。"当一件事情要靠运气来完成的时候，就无疑是上帝开的玩笑了。运气始终没有来拜访他们，对此，秀娟时常会感到焦虑，但他其实根本就没有期待。他怎么可能因为这个离开秀娟呢？有时，他甚至对没有孩子这件事感到欣慰，他觉得从自己卑微的生命里延续出另外一个生命，简直是不可思议的事情，会是他对这个世界的罪恶。他记得有个朋友曾告诉他，成吉思汗是世界上最幸福的男人。他问为什么，朋友说因为成吉思汗的基因得到了最大范围的延续，据说今天有上千万人身上都有那位草原英雄的基因。——这样就幸福了吗？他对朋友的想法感到没法理解。即便他的基因一星半点也不延续，但他丝毫也不觉得成吉思汗在这点上比他有什么伟大的。他甚至想，假设成吉思汗能活过来，也会同意他的说法的：个体终将死亡，人类终将毁灭。他喜欢的诗人策兰不就写过："我的至爱，我的索命情人。你我同命，又互为冤家，终不免随时光一并蒸发。"他与秀娟又怎能逃脱这样蒸发的命运呢？秀娟自然不会知道他这些乱七八糟的想法，他不会告诉任何人的，没人会理解。他只是被魔鬼诱惑，想离开秀娟，离开她，开始另外一种生活，一种他也难以预期的生活。于是，秀娟像只鸽子一般从他生命中飞走了，反过来说也一样。秀娟最后对他说："我不理解你。"他没有说话，因为他自己都不理解自己。什么是理解？不管怎么解释，他都认为理解其实是与爱无关的东西。他也不觉得自己有多么理解秀娟，可这并不妨碍自己爱她，尽管他常常故意否定这点。也许，他着迷的爱既是一种纯真的浪漫，又是一种无序的激情，是他终其一生也没法体验到的神秘。难道非要实现梦想中的爱情吗？他偏不，他总是怀着一种莫名的期待，同时，还不忘带上一分落寞的伤感。当他离开秀娟的时候，这两样东西他都得到了。就像得到了两只恒河猴。

可是，他也会扪心自问：到底失去了什么？

这个问题就像是浴室中的肥皂一般，他由于拿捏不稳而变得讳莫如深。他早已深谙什么是失去，那道不可回避的深渊，与每个人如影相随。他还记得微山，他最好的朋友，特别喜欢掐着指头清算得与失，他总想对微山说："那只是自我安慰罢了。"可他什么也没说。微山有个幸福的家庭，没有一套得与失的计算体系怎么能维持住幸福的指标呢？两年前，微山得了肺癌，从发现到离世只有两个月的时间。那两个月是他最痛苦的日子。他天天陪着微山，他这时才知道，原来微山和妻子早都离婚了，他们是为了孩子还维持着夫妻的假象而已。他的前妻在死亡面前也倦于表演了，只在必要的时候出现一下，大部分照顾的重担都落在了他的身上，这是他做梦也没想到的。微山的皮肤变得惨白，夜晚的时候，在走廊微弱的灯光反衬下有种神秘的荧光，与鸽子在灯下雪白的周身有几分相似。那样的白色令他毛骨悚然，他甚至觉得躺在那里的早已不是微山，而是另一个陌生人，或者更精确地说，是另一个陌生的存在。只有当微山清醒过来，用那双被病痛折磨得毫无神采的眼睛看着他时，他才能在心底确认这是微山。一天，微山对他说："我听到鸽哨的声音了，外边是不是很多鸽子在飞？"他走到窗边向外望去，这是十月末的深秋，天阴着，天地间一片萧瑟，所有的色彩都沾染了一层灰蒙蒙的基调，没有丝毫飞鸟的身影。他转过身，看到微山看着他，他说："是的，不知谁家放养的鸽子，一大群。"微山轻轻笑了笑，说："我看到了，我刚才看到自己飞起来了，飞得比鸟还高。"这是微山留给世界的最后一句话，当天夜里，微山就走了。那时，他正在隔壁的守护房内沉沉睡去。等他被一阵骚乱惊醒的时候，微山已经不见了，再也找不到了，只剩下另一个泛着白光的陌生存在。

他感到心脏在胸中炸裂。

谁曾想，这样的事情，在他的一生中并不是最后一次经历。他的思绪又到了几天前的病房里，在度过难熬的七天之后，他终于可以出院了。他并没有因为病的痊愈变得轻松，他觉得他的心比住进来时更加沉重了。因为，那时他的左边已经空了……吃鸽子的老头就在前一个晚上，一口气没上来，很快就走了。那天晚上，他被一阵杂乱的脚步声给吵醒了，他看到一个接一个的医生和护士跑进病房，绕过他，集中到他的左侧，他明白左床出事了。他不敢往左边看，把被子使劲往上拉了拉，挡住了眼睛，那双被烧焦似的黑色眼窝涌上心头，并且绝望地望着他，他感到一阵战栗。他庆幸自己没有和左床的老头搭话。住院的第一天，老头喝了几口鸽子汤后，对他说："老弟，你也来碗吧？"老头的儿子转过身来看着他，眼神里有点淡淡的讶异。他不知道该说什么，只是一个劲地摆着手，指着自己的喉咙，然后还真的咳嗽了起来。老头的儿子说："让大叔好好休息吧。"老头没说话，手里还拎着鸽子的细骨头，静静看着他。他转过头，把眼睛闭上了。随后的几天，左床的老头有时会突然直挺挺地坐起来，向他这边望着，嘴巴里念念有词，不知道在说些什么，但他总是在认真看着电视，装作对此毫无察觉的样子。没想到这么快，就在他出院的前一个晚上，左床的老头突然就走了，一个生命就不见了。其实，左床老头的精神状态看起来要比右床那位好得多，他对右床那位几乎毫无印象，觉得那就像是个植物人一般，他出院的时候，那位依然在酣睡之中。所以说，生命的存续与否和看上去的生命印象是没多大关系的。

从医院出来，天气开始变得炎热了，他的心情又是如此糟糕，他不想马上回家。他犹豫了一下，还是打的去了银河公墓，在微山的墓碑前静静待了一个下午。想到微山过世时对他的打击，他对自己再次感到庆幸，庆幸没有和左床的老头有什么来往。当然，这种庆幸并不是因为别人死了，而他还幸存与苟活着。不是的。——只是因为，他避免了对一个具体生命的哀悼之痛。他不像有些人，把死亡本身当作是一种可以“传染”的“晦气”，恰恰相反，他认为死亡是一种隔离，是一种阻断。他和左床的老头并没有建立具体的联系，因此，死亡带来的这种隔离与阻断的痛苦不会格外强烈。这种程度的痛苦，在他可以忍受的范围之内。要不是突然飞来了这只鸽子，也许他不会再记起那位喝着鸽子汤的绝望老头，当然，还有那许多令他撕心裂肺的人……

鸽子，飞过了他生命中的一个个环状的障碍，终于来到了他的眼前，站在客厅高高的吊灯上，俯瞰他。他抬头看了一眼鸽子，在收回目光的时候，突然看到了墙壁上的那面镜子，他发现，他头顶那些不断横斜逸出的白发像鸽子的白色一样刺目。巨大的悲凉涌上喉头，他像个败军之将，瞬间丧失了反抗的意志，深深感到衰老已至，多年来的奔逃陷入了绝境，他的双腿都虚弱起来，颤颤巍巍地想要坐下。他扶着椅子的靠背，艰难地走到沙发前，坐了下来。沙发将他半个身子包围了起来，他稍稍感到了安全。他不敢抬头，知道鸽子在盯着他。鸽子像是提前到来的福音，由于时机的突兀而变得比噩耗更加恐怖。他拉紧了衣领，将下巴埋进领口里边，这是他烦躁时的习惯性动作，从侧面看上去，这样特别像一只畏缩不前的乌龟。他双目微闭，大脑已经疲于回忆，只是被一股股回忆带来的绝望情绪冲击着，他努力想摆脱那些情绪，试图思考清楚今晚所发生的这一切。

有首歌唱："都是月亮惹的祸。"今晚，毫无疑问，都是鸽子惹的祸。

鸽子是最恋家的，失去了家园的鸽子一定会陷入迷途，这么想来，也许今晚的鸽子是一只弃鸽，它不再有家园，它拼命地把这异乡当作家乡。他的脑海中有个声音渐渐升起，从断断续续到清清楚楚：其实你与这鸽子没什么本质的不同，你也不再有家园，你只是在这荒原一般的世界上漂浮着而已，永远也找不到叶落归根的地点。他试图对这个声音进行辩驳，可他感到自己理屈词穷，像个偷窃时被人抓住的小偷，哼哼哈哈说不出一句像样的话来。这时，鸽子突然发出了咕咕的叫声，像是一种嘲弄，它像一束白光飞到了他面前的茶几上，将果盘撞到了地面上，花生、瓜子和花花绿绿的奶糖撒了一地。他被吓了一跳，伸出右手在空气中用力挥动了几下，想吓吓鸽子，可那鸽子一点也不害怕，继续咕咕叫着，在茶几上闲庭信步起来，像个登台演出的歌星样的。

他感到了愤怒，对这个小生命的愤怒；他觉得它照亮了那些晦暗的痛楚，却又蔑视着他的苦难。他逐渐感到无法容忍。他想摆脱这只神秘的鸽子及其带来的晦暗深渊。如何能摆脱？如何能找回多年修炼得到的宁静？他想起了鸽子汤，想起了没有羽毛的肉块……渐渐地，他起了杀心。杀心，多么好的汉语词汇，比"毁灭"微妙多了，也更准确；是人性深处的暧昧幽光，是进化沉淀下来的本能。

他品味着自己的杀心，不可遏止，终于，他下定决心，像发疯的人那样向鸽子扑了过去。这下鸽子真的受惊了，慌忙扑扇着翅膀逃走了。他紧追不舍，鸽子飞进了他的卧室，他紧随其后，却无计可施。鸽子总是待在比他高的地方。他转身去卫生间拿了一把扫帚，他的手有些微微颤抖，就像是很多年前的少年时代，他提着棍子和朋友们去打群架。他的手心里沁出了一层薄薄的汗，他的手掌不得不在裤子两侧擦了擦，这样，他感到自己更有力量了，手中的扫帚已经完全变成了一件武器。当然，更是凶器，但他避免这么想。他的痛苦在为他的行为寻找着合法性。

鸽子发出了惊惧的鸣叫，逃到了衣柜上边，他恶狠狠地用扫帚柄打了过去，鸽子闪开了，它有着出乎他意料的敏捷。他之前觉得这无非是一只更大的苍蝇或是蚊子罢了。

鸽子重新逃向了客厅。他把别的房间的门都关闭了，让鸽子可以流窜的空间局限于不大的客厅。他扑打着，吊灯晃动着，鸽子的影子落得到处都是，一派末日的景象。终于，在一次挥舞中，鸽子的翅膀被打中了，鸽子掉了下来，在地上匍匐着，像一只蚕。他恍如青春焕发一般，居然一个箭步跳上前去，将鸽子紧紧抓在了手里。鸽子无法再挣扎了，但这可怜的生灵并没有放弃求救，它像是那个魂牵梦萦的女人一般带给他久违的暖意。那种暖意是一个生命传达给另一个生命的信号。这种信号区别了白鸽与石头。这种信号令他浑身颤抖，形容丑陋，像是一个杀人犯。他的手却被绝望的力量控制了，继续用力，鸽子的嘴巴微微张开了，肉刺一样的舌头在狭窄的喙内无助地翘了起来。它的心脏跳动得异常激烈，像是摇滚乐的鼓点。他忍受着这一切，像是忍受着自己的生命。他感到眼睛干涩，由于充血而胀痛，但他的手依然没有放松的意思，继续用力……

早上醒来，他感到头脑胀痛，一晚上的梦魇折磨着他脆弱的神经。他双手按摩着太阳穴，在数了一百下之后，才慢慢穿衣下床。这是医生告诫过他的，这样可以有效避免高血压带来的昏厥。他拉开窗帘，外边的阳光好得耀眼，他的情绪微微有些振奋，他顺手把窗户也打开了。这窗户应该很久都没开过了，他开的时候感到有些费力。窗户刚一打开，外边的微风便扑了进来，吹拂着他的面颊。这是难得的宁静的早晨，他完全被这种感觉吸引，陷入了短暂的出神状态。可惜，这样的时刻永远都是短暂的，因此对生命来说，这才是真正的奢侈。在他转身走出卧室，来到客厅的时候，他看到了俯卧在地板上的鸽子的尸体，一阵惊惧之后他的大脑复活了昨晚全部的记忆，他感到了一股前所未有的锥心刺痛，在尖锐的眩晕中，他像一株被伐倒的树那样砸向了地面。

他的眼睛半睁着，离鸽子的尸体只有短短的两厘米，而他的白发与鸽子的白色羽毛挨在一起，白得不分伯仲。

市场街的鳄鱼肉

我要去寻找我的身体，说来太古怪了，我的身体竟被一条鳄鱼的脑子给拐走了。

为了一笔数额可观的钱财我与朱博士签订了人体实验的协议书，具体的实验我并不清楚，我只知道我的生命是会安然无恙的。本来，我的大脑在放进鳄鱼的颅腔之后还会回到我的脑壳里的，可是朱博士突发奇想把鳄鱼的脑子放进了我的颅腔，那团邪恶的鳄鱼大脑居然和我的神经系统一拍即合，它指挥我身体的手夺过朱博士手中的手术刀，用一段丑陋的弧线划断了朱博士的脖子。然后它丢掉血淋淋的刀子，看了我一眼，又用各种姿势活动了一下我的身体，似乎在确定哪个肢体更便于使用。最终它选择了我的身体，跑了出去。我望着它的背影，为自己身体的速度与灵巧感到惊讶。

我学着它的样子也活动了一下肢体，发现我也能够活动了，只不过只能趴着。那种感觉就像是穿着一副无比沉重的盔甲，我想这只是个习惯问题，迟早是可以克服的。我爬到了实验室外面，一面巨大的镜子映照出我此刻的形象，这太可怕了，我是一条长着人脑的鳄鱼，但别人是不会知道这点的，他们会抓住我，然后把我永远关进动物园，我就失去了最可宝贵的自由。所以，我得找回我的身体，越快越好。那具身体曾被我嫌弃，因为它没有达到一流男星的标准，可现在看来，它简直太完美了！

外面阳光灿烂，让我浑身干燥得疼痛。正是午休时间，我偷偷地溜进附近的池塘里，等待天黑。好不容易待到夜幕降临之后，我爬了出来，准备去寻找我的身体。天大地大，去哪里寻找呢？这个问题看起来似乎很难，但在我这颗人脑的思考下一点儿都不难。我决定去适合鳄鱼生活的地方守株待兔，它那个人形怪物必定会跑去那样的地方。我坚信，人的身体并不能改变它的野兽本质。我坚信，动物的身体也不能改变我的人类本质。我上路了，城市郊外的江边是我的目的地，那里人烟稀少，适合各类动物出没，对我自身而言也是非常安全的处所。我曾经在那里看到过一些乌龟、螃蟹、泥鳅，这些也可以成为我今后的食物，想到这里我感到我控制的鳄鱼身体有了近乎邪恶的兴奋反应。

我选择一些阴暗的道路爬行，已经不再觉得躯体沉重了，鳄鱼的肌肉爆发出强大的力量，我奔跑急行，一会儿就抵达了郊外的江边。为了缓解身体干燥带来的不适，我迫不及待地跃入了水中，江水无比腥臭，江面上漂着一层厚厚的绿色油漆样的东西。这可不是什么浮萍，我也说不上这是什么东西，或许是污染物和微生物的结合体。这些东西顺着水流渗进了我的口腔，味道实在是太恶心了。我记得这附近有两家造纸厂和一家铝厂，都是最得力的环境杀手。我是个绝对的环保主义者，现在作为鳄鱼更加坚定了。我痛恨那些厂家。我浮在腥臭的江水里，像是一截腐朽的枯木。饥肠辘辘，我在考虑应该吃些什么东西来充饥，这副巨大的躯干累了饿了，在拼命向大脑索取进食的口令。

吃些什么呢？我潜到水下寻觅了一番，发现了几条形状怪异的鱼，但它们转瞬就消失在混浊的水中了。我还并不习惯在水中捕猎，另外那些鱼丑陋的形象应该是污染导致的畸形，让我对它们丧失了兴趣。我浮了上来，游向岸边，向居民区爬去，想随便吃点儿残羹冷炙好了。这时，一条野狗出现在我的视野中，它显然对我的到来保持了绝对的警惕，但它依然不愿放弃正在觅食的垃圾堆。我扑了上去，它迅速跑开了，我没有更多的力气去追捕它，就把长嘴塞进了垃圾中咀嚼了起来，难吃的感觉让我快要发疯了，可这具身体却没有什么反应，继续吞咽着。吃饱之后，我下定决心再也不吃垃圾了，就算是一条真的鳄鱼也不会沦落到这种地步，鳄鱼也有鳄鱼的尊严。

那条野狗并没有跑多远，它站在我的不远处狂吠着，喷溅的口水表达着它的愤怒。刚开始我假装不动，然后突然猛扑了过去，我没想到这种爆发力是如此迅猛，那条狗根本来不及躲闪，我的长嘴叼住了它的一条腿。它的哀号声简直震天动地，我只好进一步咬断了它的脖子。这具身体简直太强大了，令我窃喜不已。我曾经只要一见到脖子上没拴项圈的狗就会吓得两腿发软，但现在一条狗算什么，简直太可怜了。我是多么怜悯这些只会跟在人类屁股后面的狗类。

我将野狗的尸体慢慢吞咽完毕，腹中彻底踏实下来了，我准备回到水中去美美地睡上一觉。可就在这时，我听到了脚步声，应该有三五个人走了过来，我心里突然很高兴，好像获救了一般，不过这种情绪立即沉潜了下去，我想到了我的鳄鱼身体，我差点儿忘记了，我只好钻进垃圾堆中隐藏了起来。这些人遇见我可真是太不幸了，他们是一群光裸着上身、拿着破布麻袋的拾荒者，他们要来的地方正好就是我隐藏的垃圾堆。我忍耐着，直到其中一人发现了我，他吓得跳了起来，于是所有的人都发现了我。我一不做二不休索性张大了嘴巴，露出可怕的獠牙试图吓跑他们。这一招果然很有用，他们落荒而逃。可是我没有想到，在我即将离开的时候，他们又赶了回来，手里拿着棍子。好家伙，这些人是来捉我的，我愤怒了，我本不想与他们为敌的。领头的一个高个儿瘦子拿着长长的棍子来捅我的眼睛，其用心简直太狠毒了，我向前冲去，他的棍子捅到了我的脊背上，简直就像是挠痒痒。另外一个人扔过来了一块砖头，正好砸在了我的脑门上，我的头盖骨之前刚被打开过，现在还没怎么愈合呢，所以这块砖头让我疼得够呛，我这次可是真的发火了，我扑了上去，那个扔砖头的人赶紧往回跑，可遗憾的是，他不知道鳄鱼的奔跑速度高达每小时十二公里（十二公里好像很慢），可怜的人，他的腿一下子就被咬断了。他疼得在地上打滚，其余的人还想上来救他，我怕他们再打到我的脑壳，就主动出击了，他们都被我一一咬断了脖子。

我居然杀人了！我害怕极了，我顾不得那个断腿的人就向江边跑去。我扑入了水中，那种害怕的感觉才消散了一点。我尽力忘掉刚才杀人的那一幕，重新像一截枯木般漂浮着睡去了。我做了个梦，在梦中很多人来攻击我，然后被我一一击退，那种由杀人带来的负疚感很快就烟消云散了，我不再害怕与内疚，而是感到胜利，那种胜利的喜悦让我刻骨铭心，以至醒来后我还沉浸在其中。我得承认，我作为一个人在社会生活中没有什么成绩，我活得比较卑微，有时意识到这点时我还觉得无比痛苦，这也是我和朱博士签订这份实验协议的基本心态，我需要一笔钱来证明自己。可现在这种情况真是鸡飞蛋打，我的钱还丢在朱博士的实验室里，他答应付给我现金，这是我的要求，当时我太贪婪了，只想看到红晃晃的纸票子。钱要是在银行账户里就好了，我一旦找回我的身体就可以享用那笔钱了。可现在一无所有。我越想越不是滋味，我应该得到一笔钱！我打定了主意，我要弄到比那个数目还要大的一笔钱。凭借着我的智慧和鳄鱼的身体，我认为这完全是可以实现的。

趁着夜色，我朝江的上游缓缓游去，我要潜入到这座城市的腹部去。我太了解这座城市了，我在这里生活了二十年，我知道哪家银行距离江最近，我的目标太明确了。我还知道那家银行的门口有着浓密的灌木丛，它们被修剪得非常漂亮，十分适宜于我藏身。另外，那里车辆稀少，是一条步行街的尾部。事情如我所料，我在灌木丛中潜伏了下来，静静等待着黄昏的来临。天色暗淡了下来，押钞车终于抵达了，我准备行动了，我看到几个职员将成箱的钞票提了出来，两位荷枪实弹的保安站立在两侧，看起来还很专业。但我不管不顾，张开大嘴就扑了出去，我知道要先发制人，出其不意。所有的人都被吓得魂飞魄散，几位职员也丢下了钱箱，有一位职员的胳膊差点儿被我咬下来。我咬住了最大的一个箱子朝江边跑去。回过神来的保安向我开枪射击了，前几枪都没有打中我，但那巨大的爆炸声让我的心惊恐到了极点。我向人最多的地方跑去，几位保安不敢再随便开枪，我听到他们在我身后愤怒的吼声。仅仅凭着我的鳄鱼形象我就所向披靡，普通的大街行人能奈我何？我顺利地跑到了江边，跳了进去，沉重的钱箱将我向下拉去，我并不怕，我曾经就是一名游泳健将，现在变成了鳄鱼，水性更加好了，我沿着江底顺着暗流一路漂了下去。当我抵达郊区那片熟悉的水域后，我把那箱钱埋在了江边的泥沙深处。

我现在急迫地需要找到我的身体，找到身体就可以进入人类社会大肆挥霍了。做一条鳄鱼尽管威武残暴，但是却没有五光十色的商品享受，没有友谊与爱情可以慰藉人生。我曾经深爱过一个非常漂亮的女人，由于自卑我从未向她表达我的爱意，我之所以有勇气去做人体实验、去抢劫银行，几乎这就是全部的原因了。我不愿意轻易说出这点是因为提及她我的心就要碎了。于是每天我只要睡醒，就去附近的各个地方转悠，希望能够发现那条拥有我身体的鳄鱼，我将重新变身为人向她表达我的爱意，不再退缩。哦，我真的不知道那条愚蠢的鳄鱼正在用怎样的方式来挥霍着我的身体！我固执地认为那个长着鳄鱼脑子的家伙迟早会来这里。是大脑决定着它是一条鳄鱼，而不是身体决定它是一个人。但是，日复一日，它一直没有出现。这太奇怪了，一条鳄鱼难道还能生活在人类社会中吗？不过又过了一段时间，我有些想明白了：它不会来的，它真的生活在人类社会中了，就像我生活在这荒郊野外一样。我都能习惯这样的生活，何况它呢？不过鳄鱼再厉害，它的脑子也是无比愚蠢的，它能够胜任人类生活的复杂性吗？

人海茫茫，看来我很难找到我的身体了，我继续守株待兔，我相信这是可遇而不可求的。那么焦虑是一天，快乐也是一天，我干脆优哉游哉，过起了帝王般的生活。这附近的一带都在我的掌管之下，我猎杀家畜，血淋淋的猪牛羊肉都很美味，混合着鲜血的腥香是我从前在人类社会中不曾体验到的。我吃光了附近的家畜，我就开始吃人了。人的味道并不比猪牛羊好多少，有的人心是黑色的，我吃下去要闹好多天的腹泻。还是小孩子最好吃，细皮嫩肉的感觉就像是人类在吃水果。起初的时候我有很强的罪恶感，尤其是吃小孩子的时候，但是为了生存我不断地与这种罪恶感做斗争，毕竟生存是第一位的。这样天长日久之后，我觉得自己只不过是一条为了求得生存的鳄鱼，那些人类的怜悯与道德已经与我无关了，恐怕这就是我获得兽性的过程。不过，我在思考问题的时候又把自己当人看，只是把一切罪恶的东西交由这具鳄鱼的躯体来承担，看来我同时获取了兽性的野蛮与人类的伪善，只是我不肯承认这一点而已。我日复一日地杀人吃人，江边尸骨如麻，我用淤泥将它们掩盖起来。人们都在猜测这里潜伏着一头猛兽，但他们从来没有亲眼看到过我，因为，凡是看到过我的人都已经从我的肚子里排入江水了。我曾经看到过几个穿制服的警察来到这一带调查，他们恰恰没有发现淤泥下面的尸骨，他们站在江边眺望着对岸的风景说这个地方真恶心，简直就是这座城市的蓄粪池！于是对我的调查也就不了了之了，人们做梦也不会想到这里有一条隐藏的鳄鱼，或许人们以为是这里的污染改变了某种动物的基因从而诞生了异种。我成了这种恐怖小说式的传说，这种感觉令我沉醉其间，令我大多时候是以鳄鱼的方式来对待世界的。我的求生意志变得愈来愈强大，而我的感情变得越来越不敏感，我甚至忘记了我的爱人、我的兄弟姐妹。是的，我不再思念他们，我每天绞尽脑汁想的是如何猎取到下一顿美餐，最好是猎取到一个可爱的孩子。

前面我说过我是个环保主义者，作为鳄鱼就更是了，因为江面的漂浮物与水中的刺鼻气味时时刻刻折磨着我，我有了更加切身的体会。尽管我皮糙肉厚却依然感到了不适与痛苦。有一天我实在忍不住了，我逆着工厂的排水管游了进去，脊背和肚腹感到了火辣辣的灼痛。这是一家造纸厂，里面的气味简直太难闻了，有些工人连口罩也不戴就裸露出两个黑鼻孔在臭气中呼吸。我同情这些人，所以我在寻找一个真正有效的目标。我在一个角落里潜伏了很久，最后看见一位衣着光鲜的大胖子走了进来，光秃秃的头顶宛如明清的细瓷，他还说了一些话我听不懂，应该是洋文，我毫不犹豫地扑了上去将他的秃脑壳给咬碎了。那些工人惊呼了起来，乱作一团，争先恐后向大门口涌去。由于我同情他们，所以我并没有伤害他们的意图，我将大胖子的半截身体使劲吞咽了下去就转身离开了。他们看到我就这样离开了也不敢追赶，就用惊恐的眼神目送着我。我猜想，他们或许是高兴的，但他们的脸上却露出了深深的迷茫，这是我不能理解与领会的。

这个事件的影响力太大了，直接导致了这几家工厂的停工，每天有好多辆形形色色的汽车开过来，其中包括几辆警车。我兴奋极了，小心翼翼地躲在江边的某个泥洞里窥视着这一切。我不知道这件事其实已经为我自己的未来种下了可怕的祸根。

这天我正在午休，我弄了些泥巴顶在头上，防止太阳的直晒，这样我看起来就像是一团浮在江面上的垃圾。就在我做着美梦之际，我感到有个东西在捅我的鼻子，我想应该是那些垃圾船把我当垃圾了。我睁开眼睛，看见有条橡胶小船停在我的身边，一个人正用一根橡胶棒试探我。我毫不迟疑地扑上去咬住了橡胶棒，突然我觉得无比恶心，我这才记起橡胶的味道可是鳄鱼的天敌，没办法，我只能潜入水中。突然一声巨响，我的尾巴感到了疼痛，原来是那人向我射击了。红色的血液暴露了我的位置，我落荒而逃，但枪声紧追不舍，有一发子弹就打在了我的左眼前两厘米处，差一点儿我就变成瞎子了。我本想钻进江底的淤泥深处，可这时一张大网从天而降，将我网在了里面，我拼命挣扎导致了网越来越紧，直到一动也不能动了。我就这样被捕了，简直太简单了，一点儿都谈不上惊心动魄。我曾经想过自己的命运，我杀害了那么多的人，他们迟早会来报仇的。我幻想他们叫来了军队，开来了装甲车，用猛烈的炮火轰击我，而我却躲进了江底的淤泥中，等他们以为已将我杀死的时候，我再恶狠狠地反扑，将他们全部咬死。这样的想法或许大家都觉得我太过夸张了，但我读过一本历史书，上面记载第二次世界大战末期在孟加拉湾曾有一千名日本侵略者葬身鳄鱼之腹，所以我才有这种自信。可是现在，我就这样被捕了，简直是奇耻大辱！

我被捞了起来，就像捞起了一截木桩子，我发现岸边突然多了很多人，原来他们是早有预谋的，是我太大意了。我认命了。但我感到疑惑的是这些人的脸庞我总觉得有些熟悉，终于，我认出他们就是那家造纸厂的工人，我放过了他们，却成了他们的俘虏。他们是唯一确定了在这附近出没的怪兽是鳄鱼的人。我无比后悔，我应当咬死每一个见到我和我见到的人，一个也不宽恕！

我在网里挣扎，张大了嘴企图咬断尼龙制成的绳子，可尼龙绳子实在是太过结实了。我听到他们议论这条鳄鱼的体形是如此巨大和恐怖。他们在江边的一个地方发现了一些还未吃完的尸体，他们说这条鳄鱼杀人如麻，真的应该碎尸万段。我听了他们的话觉得很生气，我用尽全力向他们扑过去，我要咬死他们！他们露出了惊恐的神情，一位中年的壮汉给我注射了麻醉剂，终于，我的鳄鱼身体失去了控制，剩下我这个人脑透过鳄鱼的眼睛向外窥视。他们将我丢在了一辆卡车的后车厢，在我身上盖上了厚厚的帆布。我不知道他们要把我带到哪里去，我只闻到了浓烈的腥臭味，那应该是尸体腐败的味道，我真的为自己的性命感到了担忧。我曾经想到的最差的结局是去动物园被人观赏，可现在这个结局想起来还是蛮不错的，每日好吃好喝，工作就是给别人看看，这简直是天堂般的生活。

卡车停下来了，目的地到了，他们掀开了我身上的帆布，我感到呼吸顺畅了很多。他们将我抬了下去，我发现这是一个菜市场的街口，天哪，这些可恶的败类居然要将我作为鳄鱼肉出售！我被他们随意丢在了菜市场的门口，立即惹来了一大堆人的观看。有个胆子大的小孩还走过来摸我的尾巴，我的尾巴应该还流着血呢，我想摆动一下尾巴但是却纹丝不动，麻醉剂的效果仍在持续。刚才抓我的那伙人走了过来，用很宽的透明胶带一圈一圈缠住了我狭长的嘴巴，我知道全完了，现在就算是麻醉劲过去了我也没有什么攻击力了，我不再是猛兽之王，简直就变成了一条可笑的蜥蜴了。他们缠好胶带，狰狞地笑了起来，他们放肆地用巴掌拍打着我的脊背，似乎在感觉肉质是否坚韧与鲜美。

他们把我交给了一个手持明晃晃尖刀的屠夫，那个人的面孔让我感到无比熟悉，我定睛一看原来是我的身体！此刻，我看到我的身体变得黑瘦，看起来是如此陌生，仿佛我从未拥有过，这样的身体曾多次成为我的盘中餐。我看着我的身体觉得它和其他人没什么不同，唯一的不同之处在于它的眼睛流露出鳄鱼那种凶狠而危险的光泽。它向我走过来时显然也非常惊讶，它应该也认出了它的身体。它在我面前蹲了下来，用手摩挲着我的身体，好像在进一步确定是不是它的身体，当它看到我的眼睛时它停止了摩挲，它说我知道就是你了。这时有个孩子用一根棍子使劲捅我的侧腹，那里非常柔软，它一把夺过了棍子，训斥了小孩，小孩子被吓跑了。它的声音让我想起自己曾经的声音，毕竟用的都是同一条声带。它重新看着我的眼睛然后狠狠地骂了我一顿，说我是个傻瓜怎么被抓了，它一直在找我，想和我换回来，它现在无比后悔，它没有想到人类是如此凶残让它这条鳄鱼都自愧不如，它太笨了，现在几乎已经沦为其他人的奴隶了。（它对我说话的声音异常低沉，叽里咕噜，除了我没有人能听懂它的这些喃喃自语了。）我没法说话，只能眨巴眨巴眼睛，示意它救我一命。想到我就要被大卸八块了，我的眼泪不由自主地流了下来。围观的人看到我的眼泪都笑了，他们说快看，这是鳄鱼的眼泪（鳄鱼是没有泪腺的）。

它继续说。它说，我要是有钱就好了，我可以把你整条买下来，我们就可以换回来了，但是我真的没想到我们鳄鱼的肉是这么值钱，一斤都要几百元呢，只有有钱人才吃得起，我能做的就是杀了你换得一点点工钱，然后用这一点点工钱去吃个饱饭，我很久都没吃饱了。（我听到这里快要发疯了！因为我有的是钱，我的钱箱还埋在江边呢，可我却无法告诉它这个无比重要的信息，于是也就无法挽救自己的性命，无法改变我和它的处境，我只能这样等待着最终死亡的来临！气愤与无奈折磨着我，我将那双鳄鱼的眼睛恶狠狠地睁大，用力地睁，我觉得那眼珠子就要掉出来了。）那群捕获我的人又走了回来，他们围住它嚷嚷着怎么还没有动手啊，赶紧杀！杀了就要开卖了！他们拖过来一个大盆子放在我的身边，让那个本质上是鳄鱼人的家伙赶紧动手。我看到它哭了，它把我翻了过来，用尖刀在我的脖子上划了一个很深的口子，我看到黑红色的血液喷溅了出来，那些人把大盆子踢过来接住了喷射的血流。致命的疼痛让我的大脑神经像被一缕火苗狠狠炙烤着，这本不是我的身体却带给了我如此的痛苦，看来我与它已经连为一体了，随着疼痛的加剧我知道我的死期将至，这具鳄鱼的躯体带给了我重生也带给了我死亡。我继续瞪视着鳄鱼人，我看到它用尖刀剖开了曾经是它身体的胸腹，把花花绿绿的各种内脏掏了出来，它的眼泪滴到了空空荡荡的鳄鱼腹腔里。那些人惊讶地问它你怎么哭了？它说我感冒了。我听见它的回答觉得欣慰了，它已经学会人类的撒谎了，而且屠夫这个职业也非常适合它，看来它可以长久地存活下去了。就这一点而言，它的运气比我好多了。

我被拦腰砍断，然后又被砍成了一些小块的肉条挂在肉架上出售。生意很火爆，人们交口称赞说这肉非常新鲜是刚刚才宰杀的，鳄鱼肉很补的，赶紧买啊！过了不到一个小时那些肉就被卖光了，只剩下我这个脑袋和前方缠着胶带的长嘴。很多人站在我前面看了看又摇头走开了，那些捕获我的人看到这样的情况急了起来，他们站在肉架后面开始喊叫了：鳄鱼脑！鳄鱼脑！真正的大补！一位颤颤巍巍的老太婆走了过来，在我头顶用食指上下左右按了一遍，然后说你们给我便宜点儿。后面那些人说行啊。他们议好了价钱，老太婆说帮我斩开我好拿回去直接煲汤了。后面那些人说行啊。就让鳄鱼人去砍开。鳄鱼人的眼泪噼里啪啦地流着，然后一刀就把我的长嘴给砍下来了。老太婆说小心点，脑子要完整的，这样才补，我孙子过几天就高考了，给他补脑的。后面那些人说阿婆你真疼你的孙子。我听见了他们的对话痛不欲生，老太婆的话彻底搅碎了我的意识，我知道我这个大脑将被一个中学生的肠胃所消化，这是一个下地狱的过程；不过人脑补人脑的确是最佳的搭配，老太婆的孙子有福了！然后我哭了起来，我知道这是我最后的生命行为了。老太婆冲后面那些人笑了笑，说我的孙子学习可好了。可是老太婆话刚说完就突然尖叫了起来：你们看这鳄鱼的眼睛！还哭呢，真是鳄鱼的眼泪！大家一起哄笑了起来。老太婆又说，这眼睛让我看着难受啊，我怎么觉得这眼睛老是盯着我看呢？我怎么觉得这鳄鱼还没死呢？你给我把这眼睛戳烂丢掉！老太婆使劲拽着鳄鱼人的袖子，苍老的躯体突然运送出强大的力量。鳄鱼人被逼到了绝处，它跪了下来，给我使劲磕了一个头，头撞击在地面上发出沉闷的巨响，我真怕它的鳄鱼脑子在脑壳内脱落了，毕竟人脑的容积要比鳄鱼脑大得多。鳄鱼人站起来后它的手臂摇晃得很厉害，但是老太婆扯住了它的手臂，他们一起发力朝我的眼睛猛然间扎了下来。

一片黑暗，结束了。

病足

……而且您知道，那不单是谈脚的，还有道德的教诲，美妙的理想，不过我忘记了。

——陀思妥耶夫斯基《卡拉马佐夫兄弟》

你说，你对我不再有感情了，这让我感到某种裂纹沿着我的神经线一路奔跑开来，这是情人才有的袭击，触及灵魂的细胞核，疼痛的碎片像烟花一样盛开，这是濒死的绝望体验，这是多么艳丽的毁灭！而我的身体，还牢牢记着你的气息，整个的你变成了雾气，沉淀在我的身体内部。那不受我控制的记忆，像婴儿的嘴巴，在无助地吮吸着空虚。我难过得说不出话来，只能一遍遍重复你说的话……

几百万秒过去了，爱情从裂纹处不断流走，生活变成了一艘沉船。

此刻，我站在这里，望着大海发呆，你知道，我们曾经度过日子的地方总是有海的存在，也许大海曾经放飞了我们共同的梦想，但现在大海带给我的，只是压抑与恐惧。我不太会游泳，从认识你到今天，我学了无数次，却始终像只笨拙的公鸡。海让我感到无助，感到渺小，说真的，我并不喜欢大海。我喜欢的大海，是小学课本里的那个大海。那是爱，是摇篮，远离毁灭。

我静静地站着，有一小会儿，我甚至闭上了眼睛。听大海比看大海更加动人。海浪的声音总是显得很遥远，仿佛总有些神秘可以跨越时空，乘风破浪而来，那种奇迹会发生在我的身上吗？

的确，自从离开你之后，我的身上发生了一些变化。可那不是奇迹，而是伤痛。那伤痛自心脏出发，最后抵达足部，像一支帝国的远征军，迫使我做出最后的臣服。其实，很多个夜晚我已经臣服了，可它丧失原则，依旧虐待俘虏。我的腿变得像锯断的树桩，每一步都类似马拉松运动员在冲刺时分的坚持。这就是我的病足，聚集了我全身的伤痛踩在地面上，就像伤口裂开在绷带上。

病足让我的内心起了变化。

我看到大海的时候，在感到更加害怕的同时，也没那么害怕了，因为我想到，在海里我的病足就会变成灵活的尾鳍，它不再负重，疼痛便会大大减少。所以，不大会游泳的我决定去游泳，病足的疼痛已经远远超越了我对大海的恐惧。

辉看着我，他的眼光小心翼翼的，不断从我身上溜走，再回来，仿佛我像镜子一样光滑，什么东西都挂不住。他很瘦，眼睛便显得很大，他打量这个世界的眼神总是惊恐不安的。你不认识辉，他是我在你离开后的几百万秒中结识的，他是个有个性的人。他的胡子和他的头发一样长，那种长度和他的腋毛长度相当，他喜欢伸开胳膊，让海风从腋下钻过。他的毛发在风中飘扬着，像一面败军之将的旗帜，线头都散开了，但依然不屈。

他说："我一直梦想找到一个爱人，她可以和我在水中做爱。"

我不解地说："像鱼那样交配？为什么？"

他说："是的，像鱼。那样我就可以一辈子待在水里不出来了。"

我从没见过像辉那样喜欢水的人，他的脚上都长满了鳞片，尽管他说那是脚气，很瘙痒，在脱皮。但我觉得，那就是他的鳞片。他可以在水中待十二个小时，直到晚上才上岸睡觉。他失恋之后，更是变本加厉，有时深更半夜还泡在水里。

他爱过的女人已经嫁人了，嫁给了一个大她十岁的公务员。那个男的在打捞局工作，经常会出现在大风大浪的海面上，我觉得以后的某天辉肯定会变成一条毛茸茸的大鱼，就像长着胡须的大鲤鱼那样，跟在那个男人的船后。他像鱼类一样瞪着没有眼睑的大眼睛，什么话也不说，却会是最大的威慑。

我想对你说的是，我永远也不会成为那样的威慑，我希望你自由，就像在我们之间一直来回飞翔的白鸽，纯洁而美丽。

辉说："总有一天，我会彻底在水中生活的。"

这话我相信，我刚和他吃完海鲜，一些奇形怪状的骚腥之物都是他的美味，我忍受着骚腥，告诉他日本地震了，核电站被海啸淹没，核污染随着海水流进了这片海域。他从不看报纸，不知道这些新闻，但他听了之后没有半点吃惊，根本不以为然。

他说："人总是会死的。以后，我也会死在水里和那些亡灵相遇，任何事情都无法改变这个决定。”

我诧异地问：“到底为什么，你会那么喜欢待在水里？”

辉用惊恐的眼神扫了我一下，说：“我和颜分开之后，我就不能忍受我和她站在同一块地面上，即使她站在美国，我站在中国，也不行。”

我不知道该怎么说，但我觉得他说的一点儿也不夸张，就像我此刻疼痛的病足，莫非是你的气息沿着地面终于找到了我？然后狠狠袭击了我？你的气息是我受伤的根源，也许我迟早会变成辉那样，一直待在水里——为了活下去而不得不躲避着你的气息。

辉问：“你到底理解不理解我所说的？”

我说：“当然，就像有金属的地方，是躲不开电流的。”

辉紧绷的脸终于笑了，他的笑容显得很可爱，毛茸茸的，像是欢乐的草坪。

我和辉一见如故，询问之下，才知道我们还是校友，这让我们迅速熟络起来。我们约好今天一起回学校看看，我们都差不多有七八年没有回过学校了。这次回校，并不能说我们是在怀旧，只能说是源自一种致命的绝望，它像是鞭子，抽打着我们，抽打着他的胡须，抽打着我的病足，我们需要记起曾经我们是怎么生活的。

诗人是怎么说的？唯有过去，才是黄金般的时日。

来的时候正是暑假，放假后的校园空空荡荡的，像是记忆的遗址。这里是曾经的时光浸漫过的地方，尽管时光之水已经干涸，但坚硬的河床依然残存着过去的印痕。那些印痕让我深深地想起你，让辉想起他的颜。辉比我小两岁，因此他的爱情故事比你我的要晚上两年，但他结束得更早，比你我早了一年，我在心里计算着，觉得我还是幸福的，因为我在你那里得到了更多的时间。过去的时间像水杯，生命的感觉像水，杯子越大，就能装下更多的水。但终究杯子还是满了，溢了，如果一个人的一生足够短，就可以被装进那个杯子里。想象一副这样的画面：那置身历史中无形却存在的时间之杯，静静盛满了人的一生。难道不是有一种悲壮的大美在其中吗？

我们在校园里待了不到一个小时便离开了。校道上偶尔闪过一两张阳光灿烂的脸庞，他们是纯真的象征，让我们这样的凭吊者感到羞耻。我们匆匆逃离了，来到了学校外边的大海边。这里才是我应该来的地方，学校那边是我神采飞扬的青春；这边，我只配拖着病足像头受伤的毛驴一样活着。我能像毛驴那样叫唤几声吗？我真的叫了起来，啊哦——啊哦——啊哦……辉望着我，他的嘴巴也张了张，但终究没有声音出来。他是地道的水族，沉默是金。我自顾自喊着，海边的高速公路上一辆辆汽车川流不息、飞速驶过，有人把烟蒂扔了出来，落在我的病足前方。

假如今天你看到这一幕一定会笑话我的，也许你忘记了，昨天你为了我可以做一头心甘情愿的小毛驴。这中间，到底发生了怎样的变化？星云怎么聚合成了恒星？恒星又怎么幻化成了一堆星云？思索成为绳索，窒息着我的心脏。

“太美了！”辉对着海中几座模糊的小岛，忍不住赞叹起来。

我喃喃说道：“是的……”

辉说："我很早之前就有个梦想，登上那些岛屿。"

我望着那些岛屿，就像是望着你，美丽却隔离。那天，我一直站在你对面的楼顶上，我看到你穿着粉红色的睡衣，安静地站在阳台上收衣服，你一个人的衣服。你的脸上如此平静，痛苦深藏不露，只有静谧，那是完全沉溺在内心深处的静谧。里间的门大开着，全部的角落都一览无余，我并没有看到想象中的某个男人，就像是辉所痛恨的那个对象。直到最后，我才明白，我和你之间没有其他人的置喙。我感到解脱的同时又不得不唏嘘了，唏嘘那些密度大如中子星的感情竟然也能解体如风，最终掠过我，向着远方而去，我拼尽全力，却抓不紧风的尾巴。

辉蹲下身，把手放进混浊的海水中，他小心翼翼的样子好像在抚摩一头巨兽。我蹲在他的身边，有他在，有他以及他人的痛苦在，我觉得这个世界才能被稍稍忍受，尽管只有一小会儿，但也不至于窒息着死去了。我猜测，他应该比我坚强，他只是在沉默的时候才显得不可捉摸，而在他讲话的时候，我觉得他的形象像个远道而来的布道者，沉稳，有力，正是这种说话方式拯救了他的颓唐。

他突然兀自笑了起来，冲着远处说："刮刮乐！"

这让他像只突然受惊的鸭子，慌不择词地叫嚷着。

我盯着他说："刮刮乐？什么东西？"

他转头看了我一眼说："还记得我们刚才吃饭的地方吗？我们身后那家卖体育彩票的，把音箱的音量调到最大，播放着什么'刮刮乐，越刮越精彩，越刮越开心，刮出财富，刮出幸福，刮刮乐！'听着这么滑稽的东西居然没有一个人笑，每个人在这样的背景下认真严肃地吃着饭，包括我和你，我觉得那场景就像是生活本身一般荒谬！但是，我现在回想起来，突然觉得可笑极了，真的是太可笑了。”他哈哈大笑起来，眼泪都笑了出来。

我呆呆地望着他，想象着刚才的场景，的确，吃饭的时候怎么能忍受那样滑稽的聒噪呢？几秒钟后，我也笑了起来，像鸭子那样喊道：“刮刮乐！”

我一瘸一拐地走在海边，海岸线像是锋利的钢丝，将我的内心切成两半，不够整齐与对称的两半。你说，没有人能再给你信心，任何人，你对我没有感情了，因此，你决定总有一个人先上岸，或是先下水，我们不能同时站在海与岸之间了。我望着东边，太阳还会升起，但我们却要从不同的方向去看，在夜的梦里，在晨的醒中，阳光的倒影依然会是一片支离破碎的浪漫。那样的景象万分迷人，诱人深入，但我已经没有勇气去看，哪怕万分之一秒的惊鸿一瞥。

你曾是我的梦想，我曾是你的骄傲。

我曾在世界的狂风暴雨中向你挥舞起绝望的手，你曾在生活的陆地上为我筑起可以安心睡去的巢穴。

我曾在你身上体验过神恩的时刻，你曾愿意把全部的青春作为礼物送给我。

你曾把我当作能与帝国抗衡的港湾，我曾以为只要有你即使在银河的湍流处也不会迷失。

今天，当我们站在时间之外的一个不死不灭的点上，能否更透彻地辨识出我们的失败？能否更清晰地看清我们命运的纹理？

我反思着自身。可千百年来，谁能认清自己的命运？想想不完美的历史我就应当放弃那样的痴心妄想。也许，命运只存在于精妙的虚构当中。不过即使在那里，我看清的也只是命运的影子。

海滩上出现了一条小狗，它奔跑在我和辉的面前。它的全身是黑色的，只有右眼窝是白色的，像个滑稽的小丑。它看着我们，眼神里充满了狡黠。我看着它的眼睛，觉得它和人类没有什么不同，只不过，我觉得我的生活也蒙着一层狗皮，比它的厚多了。

它欢快地跑着，一跳一跳的，像是玩具似的，它喜欢把四个爪子浸在海水里，待浪潮到来的前一刻，嗓子里哼哼叫唤着快速跑开，然后再次回过头来看看海水，好像海水是一头随时准备进食的巨兽。

“它只有三个月大。”一个穿着红色丝绸裙子的女人说着走了过来。看来，她是狗的主人。

“那就是说，三个月前，它还不存在。”辉说。

“没错，但是……”女人笑了起来，咯咯的笑声像是快乐本身。我许久没有听过这样美妙的声音了。

“但是，你说的是废话。”我接过女人的话茬儿，对辉说。

女人大声笑了起来，说：“我的确是这个意思。”

辉没有笑，他严肃地望着小狗，说：“你们难道不觉得神奇吗？三个月之前，这个世界上还没有这只小狗，后来这只小狗出现了，如果我们选择小狗做参照物，那么小狗出现前的世界和小狗出现后的世界是截然不同的两个世界啊。”

辉说得太抽象了。不过奇怪的是，我居然被他的话触及心底。

当我们的情感完好无损的时候，世界上还没有这样一只小狗；当我们的乐园失去以后，世界上已经有了这样一只小狗。那么，这只小狗和我们的感情世界真的有什么关系吗？我走过去，抱起小狗，抚摩着它光滑的皮毛，它舔着我的手腕，白色眼窝中央的黑眼珠贼溜溜地望着我。它太可爱了，可爱到了嘲弄的程度。它真是某条难以言喻的分界线吗？

这时，女人对辉说："虽然你说得很玄，我不大明白，但我还是谢谢你那么说，贝贝的确是我生活的分界线，它的出现改变了我的生活。"

我把贝贝放在了地上，贝贝跑到女主人的脚踝处嗅了一下，然后突然又跑走了，到了几米开外一块石头旁边，它望着它的主人，眼神里满是狡黠。我觉得，那狡黠有某种讽刺的成分，讽刺什么呢？也许是女主人对它的那种虚幻的爱？但是，在我对你的爱中难道没有虚幻的成分吗？你对我没有虚幻的认识吗？我们在虚幻中寻找，然后在虚幻中迷失。

我问女人："它怎么改变了你的生活？"

女人笑着说："因为它好可爱。"

我也笑着说："只是因为它太可爱了，就能改变你的生活？"

女人点头说："是的，它让我觉得这个世界上总是有美好的事物，就像它，像个精灵似的。"

她点醒了我，所谓虚幻，往往出现在那些最真实的事物身上。就像小狗对女人而言，是美好事物存在的一种象征，小狗不再是小狗，而是可爱和美好。这种拥有象征的事物是现实与梦想之间的夹层，不可或缺，就像汉堡包不能少了那片最肥美的肉。

因此，归根结底，难道是我和你之间的象征夹层毁坏了？也许这是真的。世事艰难，全部的事物都会褪去象征的膜，露出粗糙的面。而我们和其他人一样，无法忍受刺目的真实和真实的刺目。

尼采说："我们拥有艺术，所以不会被真相击垮。"

但我们和尼采一样，依然被击垮了。

假如我需要拯救自己，面前的这位女人倒是个很不错的选择，她之于我，就像是小狗之于她一般。这样说，没有任何贬低她的意思。眼前的她是个漂亮的女人，尽管不再是青春飞扬的少女，但是别有成熟的韵味……后者也许对我更重要，因为只有丰富而深邃的灵魂，才会理解我心中那些致命的痛苦。

她也是一种象征，爱情可能性的象征。

我开始向她搭讪，当然，更多的是献媚，不露声色地献媚，让她感到不是我在主动地向她进攻，而是被动地被她所驱策着，不得不渴望她，不得不顺从她，不得不成为她巨大魅力的俘虏。

我装作不经意的样子问她："你有男朋友了吗?"

"没有。"她笑了笑，很矜持。

我和她说着一些东拉西扯的话，她礼节性地应付着我。我显然高估了自己的魅力，她似乎对辉更有兴趣。她问我的问题总是和辉有关的，为什么他留那么长的头发和胡须？为什么他的话那么少？为什么他……我逐渐丧失了耐心，当然，还有信心。我变得沉默起来，我内心的痛苦又开始蠢蠢欲动，看来，我选错了象征的对象。我被再次罚站到你的身边，遗憾的是，你早已离去。

幸好，我们离那片沙滩很近了，那些欢呼雀跃的叫喊声随着海浪声扑面而来，令人心神为之一振。人群的欢乐在远观的时候最能蛊惑人心，仿佛一只完满的大气球。可我知道眼下的自己就是那枚戳破气球的针。

“那边真热闹!”辉突然说，他身上总有着神经质的成分，也许和他的职业有关。其实他真是个艺术家，是个画家，他画的画尽管抽象极了，然而却蕴藏着巨大的冲击力。我猜测，那些画都是他待在水中的时候构思出来的。

“那里可是个游泳的好地方，”女人接过辉的话茬儿说，“经常会有人在那里比赛，看谁可以游到远处的岛上。”

我惊讶极了：“那岛太远了!”

女人说：“所以才是挑战，能够游过去再游回来的人寥寥无几。”

听到女人这么说，辉这个鱼一样的家伙开始兴奋了，他急不可待地脱掉了白色的衬衣，露出干瘦的肋骨，然后他的手臂高举，让擎在手中的衬衣迎风招展着。那是他的旗帜。白色的旗帜，败军之将的旗帜。他总是那样，承认失败比获取成功还要高兴，仿佛失败才是一切高兴的源头。我想，这是一种智慧，将失败变成喜剧，失败便也获得了意义。可惜我不懂，否则我就会从关于你的思绪中挣脱出来，面对着自身的悲剧哈哈大笑……我多久没有笑过了？我试着笑了笑，感到脸上的肌肉很僵硬。

我想你。……可，你是谁？是啊，你是谁？

我在脑海中使劲想着你，像暗室的底片。你好像不再是那个我爱过的女孩，而是变成了爱情本身，无处不在却又虚无缥缈，我该上哪里去找你呢?

女人有些夸张地对辉笑道：“哇哦，看来你打算游过去了?”

辉严肃认真地点点头。

我对女人说：“他在水中就和鱼没有区别了，他肯定能游到那岛上去的。”

“是吗?”女人两眼放光，兴奋地说，“我非常喜欢游泳，有时，我可以整个下午都待在水里。”

顿时，辉两眼放出光泽，紧张地盯着女人。

我说：“一下午算什么，辉的梦想是下半生都待在水里，他的脚上已经长出了鳞片。”

女人惊呼了：“太厉害了！怎么会这样?”

我说：“你去问他吧，这是他这个人最关键的秘密了。”

女人望着辉，辉却把脸扭了过去，他惧怕女人那充满了热情的眼神。也许，他怕在女人的眼神里看到颜吧。不过，我已经感觉到了，辉对这个女人有好感。我为他感到高兴，终于有个人可以陪他一直待在水里了。看来总有一天，他不会再上岸了。他会拥有自己的水族王国。

走到沙滩的时候，辉已经脱得只剩下短短的泳裤了，尽管他蓄着长发与胡须，但他的身上却寸草不生，像泥鳅一样黝黑和光滑，让人怀疑上面是不是覆了一层塑料膜。辉做起扩胸运动，时不时用眼角偷窥着女人，他满头满脸的毛发在海风中飞扬着，因此，女人看不见他窥探的眼神。但女人和辉之间仿佛有一种超越语言的默契，她也开始脱衣服，动作流利，毫无羞怯，落落大方，洁白的肚皮和大腿晾在阳光下，像精细的瓷器，我感到一阵眩晕。

辉终于首次对女人开口了，话语却简练不已："我们一起游过去?"

"好。"女人只说了一个字，好像早已就这件事达成了牢不可破的协议。

"你不怕吗?"我像个傻瓜似的问女人。

女人看了我一眼，吐吐舌头，笑了笑，没有说话。像个顽皮的孩子。

辉指着那堆衣服说："你帮我们看着衣服，要是等不到我们，你就先回旅馆，到时我再联系你。"说完，他走过来和我拥抱了一下，他干巴巴的胳膊弄得我的脖子辣乎乎地痛。然后，他纵身跳入水中，都没激起什么浪花。女人紧随其后，悄悄溜进蓝色的海水，像一条海豚。他们的肤色一黑一白，完全是八卦的太极。

我望着他们的身影在波涛中一点点远去、变小，突然感到了难以忍受的落寞。我的病足又遭到了你的袭击，我使劲捶着双腿，不得不坐了下来。这时，小狗贝贝跑了过来，它先冲着海的方向吠了一阵子，然后跑过来舔着我的脚踝，用哀伤的眼神看着我，可怜的它以为自己被女主人抛弃了。就连动物也惧怕遗弃，看来这绝对是生命的一种本能。万事万物起初都是完满的。但是，没有残缺，何来完满？所以，残缺与反残缺构成命运的动力。我抚摩着贝贝光滑的皮毛，它，哦，不，他逐渐安静下来，把身体完全靠在我的腿上，仔细地打量着我，他的眼神清澈如深海，仿佛能够看穿我的内心，触及那一片残败的风景。

你可曾仔细聆听过我在暗夜痛苦的细语？如果你听过并牢牢记得，你会知道你正在变成世界的情欲，那是从来不曾满足的情欲，离完满的道路越来越远。

我想呼叫你的名字，可是，那名字却让我感到陌生。我更愿意用“你”来呼叫你，你不再是那个名字所限定的你，你不但指向我们生命的内部，而且也指向世界的深处。我向海天之间，呼叫你，你无所不在，并且，在越美丽的地方，你总会出现得越多。我必须去找寻你，将全部的身心沐浴在你的光彩之中。也许，真正找到你的时候，也是对你的逃避最成功的时刻。那时，我会闭上眼睛，仅仅剩下感受本身。那是我的救赎。因此我不得不行动起来。的确，待在这里等待，只不过是死亡的俘虏而已。

还好，这里有卖救生圈的小商店，还有救生衣，我必须依靠这些才能向大海的深处进发。贝贝似乎看穿了我的意图，他蹭着我的病足，幽怨地看着我，鼻腔里发出凄切的哀鸣。我摸着他的脑袋，告诉他我会回来的，他看着我的眼睛，信了我，听话地找到一处阴凉的地方，卧下身子，静静与我告别，那张小丑样的脸已经不能让我发笑，他是我的朋友。

我套上救生圈，也向岛的方向游了过去。

阳光太刺眼了，尤其是四面八方的海水还不断地反射着光芒，让我感到自己置身于一汪熔化的玻璃之中。但是并没有不堪忍受的灼痛，越往前游，水温越是冰凉，我甚至期盼阳光能够再热烈一些。我眯起眼睛，使劲向前方望去，隐约看到前边有两个小黑点，我知道那是辉和他的女人。尽管，看到的只是那么渺小的背影，但我心里却得到了极大的安慰。我不再惧怕大海，我感到大海的起伏与我的呼吸节奏是一致的，我相信了大海是活着的。

不知道游了多久，我感到自己的腿变得像木棍一样僵直，甚至，我不大能确定自己是不是在前进，还是仅仅随着波浪随意起伏着。辉的背影已经看不到了，以他们的速度，应该已经登陆了。我有点儿焦虑，不过脑海里一片空白的感觉让我感到放松和舒服，仿佛你从不存在，或是已经与我合一。

倒空自己的确是幸福的，可是不在这样严峻的处境下，我总是做不到。

前方的岛越来越大了，我甚至可以看清上面的树，以及飞散而起的鸟群。我被鼓舞了，开始冲刺，病足在水中像鱼鳍一样来回摆动着，也摆脱了你的袭击，我的心里只有这岛，似乎这岛非同寻常，有种召唤与引诱的魔力。

我又在水里挣扎了半个小时，终于可以在海水中站起来了。我向岛缓缓走去，越发觉得这座岛比之前看上去大多了。我不由感叹道：太大了，在上面办一所大学都不成问题。

沿着沙滩，我走了好长一段路，没看到辉和女人，不知道他们去哪里了。我不再沿着海边漫步，而是向岛的深处走去，不知何故，我心中隐约有种期待，似乎岛上一定会有什么令人惊奇的事物等着我。

岛的中心地势很高，还有一座高高耸起的礁岩，倒不是特别险峻，因而我很轻松地爬了上去。

想起王安石的诗：不畏浮云遮望眼，只缘身在最高层。我站在岛的制高点上，对整座岛的面貌一览无余。岛上的植被很茂密，但也谈不上原始，可以看到处处都有人整理过的痕迹，就在礁岩的正下方，我还看到了一个亭子，刚才居然没留意。我根据来时那片无垠的大陆确定了方向，我在那片大陆的南面，我极目向南望去，那是片陌生的海域，似乎显得格外平静。突然，我在离岛很近的水域里看到了两个人影。没错，是他们，是辉和女人浮在水里。太远了，看不清具体的细节，但不知道为什么，我百分百确定，他们在做爱。

我忍不住笑着骂了起来："这个禽兽！还真的搞上了！"

原谅我的粗俗，人在表达某种极端情绪的时候，只能选择粗俗。我想象着女人白得耀眼的胴体，想象着辉那仙鹤似的身材，他们在水中的做爱会是怎样的一种情形啊！我羡慕辉，可以拥有人间的至乐。想着想着，我的下身勃起了，这真不可思议，我的病足已经让我离性欲有了一光年的距离，可现在却以超光速的瞬间抵达了欲望的核心。这股汹涌的欲望与你无关，这仅仅表示我还活着吗？但怎么看，这都是亵渎，令人羞耻。

我站在岛的顶点，站在海天之间，没有丝毫的迟疑，我脱下了裤子，第三条退化的腿昂首跃出，在腥咸的海风中宛如一条饥饿的海蛇。我低头好奇地打量着它，好像第一次发现它。我觉得它充满了愤怒，但，为何而愤怒？它作为我的一部分，却如此表达着我，和我伤感的心脏完全不同。这样的不同难道不正是生命的深邃之处吗？我必须接受，也许，它也是我的病足之一。

在海风不倦的抚摩下，它一阵悸动，一段白色的弧线像镀铬的锁链般横空出世，闪闪发亮，但很可惜，它没有锁住任何事物，只在一瞬间，就消失在世界的深处。只剩下我，像个受刑的囚犯一般战栗不已。

我疯狂而卑琐地喊了句：

“我操了这世界!”

没有了海水的保护，阳光开始成为我的敌人，像刀刃钻进了我的皮肤。我感到有些眩晕，我必须找到一个阴凉的地方。在离开之前，我再一次用目光抚摩了全岛，就像我曾这样抚摩过你一般。就在我收回目光的最后瞬间，突然，我发现在岛的东边有一座小木屋，掩映在树木的苍翠之中。那应该是护岛人的，我想去看看他。

我从礁岩上爬下来，向东边走了没多久，就看到了一条散发着泥土清香的小道，小道的两边开着淡黄色的小花，花瓣的形状犹如睁开的眼睛。沿着这条道路，我很顺利地便走到了小木屋，这屋子应该有些时日了，木头已经完全变成了黑色，而且长满了苔藓。

我鼓起勇气，走上前去轻轻敲门，过了一小会儿，有个混浊的男声说：

“进来。”

推开门，可以看到灰尘的飞舞，里边像地窖一样黑暗，我过了好一会儿才看清里面的情形。一个男人睡在床上，满脸憔悴，眼神却锐利，如鹰隼审视着我。他穿着短裤，很明显地看到，他的右腿没有了，只剩下一段塑料样的截肢，在其末端处呈现出蜂窝样的凸凹不平以及令人心悸的紫红色。……哦，是的，这是真正的病足！真没想到，我会在这里遇见真正的病足，好像冥冥中的安排一样。我的病足只不过是虚拟的，尽管它也疼痛，可它却可以完好无损地执行大脑的各项指令。这样说来，我是矫情和怯懦的了，我为自己的矫情和怯懦感到耻辱。但可怕的是，耻辱并没有让病足的不适减轻，恰恰相反，病足似乎得到了一个有力的提醒，它开始拼命证明起自己的存在，用痛苦。我忍不住用拳头轻轻敲着腿的侧面。

他开门见山问道："你的腿怎么了？"

我说："乏力，麻木，也没什么大不了的。"

没有任何客套的寒暄，通过病足为中介，我们成了一见如故的友人。

他坐起身来，缓缓挪到床边，关切地问我："到底怎么回事？……什么原因？"

我看到他那张化石一样的脸，被岁月严重杀伤，让人心底发怵，可我喜欢他的眼睛，他的眼皮微微耷拉着，却依旧难掩内在的神采，这是一个内心依旧鲜活的男人，是没有战场的卓越战士。他的左腿从床上垂下来，靠着床沿像钟摆一样晃动着。我决定对他说实话，这是突围自己的大好时机。

我说："我失恋了，然后那种痛苦像一场大病，席卷全身，我的腿出现了严重的症状，重得像灌满了铅，我必须使出全身的力气，才能像平常人那样走路。"

他低头叹息着，身体往前挪了挪，左腿放在了地面上，少了右腿的陪伴，左腿怎么看都显得孤独。我想起喜欢单腿站立的火烈鸟，那曾让我感到滑稽不已。他伸出右手，抚摩着截肢前端的那片空空荡荡的床单，仿佛那里存在着一条隐形的腿。

他抬头望着窗外，问我："你想听我的故事吗？关于这条腿的。"

我点头说："当然想。"

他羞怯地扫了我一眼，说："我好久没和人聊天了，你让我整理下思绪，看怎么说。"

我微笑道："想怎么说就怎么说，这样才畅快。"

"好吧。"

他咳嗽了几声，开始讲述他的故事。

那年，他为之奉献了二十年青春的工厂破产重组了，他"下岗待业"了，其实也就是失业的一种欲盖弥彰的说法。当时，每个月只有两百元的补贴，只够勉强维生，他以为这是人生中最为黑暗的时刻了。可谁知，这仅仅是个开端，悲剧的序幕刚刚拉开。

他待业在家，有了更多的时间和老婆相处，可相处的结果很糟糕，他发现老婆和别人好上了。是因为穷吗？不，不，却并不是那种女人跟大款逃跑的通俗情节，也许悲剧也就在这个地方，她是跟一个同样一贫如洗的理发师好上了。理发师有什么好的？不是他瞧不起理发师这个职业，而是干这个职业的男人都很娘们。

对他的这种说法我自然笑笑而已，但是，我也意识到了人会被自己的处境所局限。所谓不识庐山真面目，只缘身在此山中。也许在这个物质时代，总有一些女人是例外，她们寻求的不是物质，而是一种精神的东西，哪怕仅仅是一种生活的乐趣。我觉得，理发师是个能够给女人提供乐趣的职业。这种乐趣或许能够令她忍受贫穷。

——这些话我自然不敢和他说。

接下来，他说到了最残酷的部分，他老婆提出了离婚，还要带走十岁的儿子，儿子居然嫌弃他，宁愿选择理发师也不选择他，儿子说理发师“酷”。操，那也叫酷！他狠狠骂道。他对老婆说，你想离婚等下辈子吧！但他老婆没等到下辈子，很快就搬出去住了。他整个人几乎垮掉了，但男人的尊严要他一定得活下去。他心存侥幸，也许，只要找到工作老婆就回来了。但可惜的是，他找了无数份工作，却没人要他。他这才渐渐明白了，自己就像生锈的螺丝钉一般了，唯一的去处便是垃圾堆。他不得已只好去卖炒田螺，说真的，田螺的样子和生锈的螺丝钉差不了太多。他把锅绑在自行车后座上，每晚去大排档吆喝，一声声“炒螺”，满含了辛酸。

人活着是需要意义的，当他这么维生的时候，突然某一天，就跟诗人来了灵感似的，觉得这样活着是毫无意义的。他决定去做一件有意义的事情。他来到理发师每天必经的路上，那是一条窄窄的巷子，终年不见阳光，潮湿、阴暗和腥臭。他钻进了开在路边的那黑洞洞的楼道，爬到了楼顶。他俯视着臭水沟一般的小路，心里很平静。

他决定和理发师同归于尽。

理发师走了过来，金黄色的头发在阴暗的环境中格外醒目，身上穿着粉红色的T恤，紧紧裹着干瘦的胸膛，脚上的鞋出奇的大，鞋尖翘起，像是两艘劈开空气的巡洋舰。这些细节在他心目中激发了更加义无反顾的仇恨，他恨那些奇装异服，他要击垮那些奇装异服所代表的一切。他预测好理发师的步行速度，然后跳了下去，以自己的身体为炮弹，准确地命中了目标。巨大的冲击与疼痛让他在瞬间就昏迷了过去。

一周后，他醒过来了，别人告诉他运气真好，只是少了一条腿，而一个可怜的理发师死了。理发师？那是谁？为什么死了？他不明白大家为什么要急着提起一个与自己毫无关系的理发师，他觉得现在最紧要的事情是要向单位请病假。可是，别人告诉他，他早都下岗了。下岗了？他愣住了，他这才发现，他什么都不记得了。医生非常权威地告诉他，巨大的疼痛可以导致失忆。他觉得这种说法很荒谬，他使劲回忆着，却什么也记不起来了。他真的失忆了。

突然间，那些曾令他为之生为之死的恩怨不再有意义了。

我长长地叹了一口气，我很难准确描述这个故事在我心间激起的感受。我得承认，在我凡俗的心间，这个悲剧同时具有喜剧的特征，假如并没有那个截肢强烈提醒着我一种真实性，我真的会觉得可笑，觉得那简直像一出滑稽戏。他的故事和这个时代一样，都有着光怪陆离的表面。太多的光怪陆离已经让荒谬变成了现实，让惶恐变成了麻木。我想，我的内心早已焚毁，而在他人看来，这只不过是可笑的做戏而已。我应该和他一样，待在黑屋子里，静静等待着衰老与遗忘的到来，这才是正确的活法吧？

他意味深长地看着我，说："其实，讲我的故事的时候，我总感到是在讲别人的故事。因为我早已失忆，我是根据别人嘴里零零碎碎的话拼凑起来的，就像修补一只摔碎的花瓶，总有些地方是不能再拼合的，只能借助胶水什么的。"

我的思维活跃了起来，觉得他的比喻很有意味，我说："语言的胶水，虚构的胶水，粘牢了你记忆的碎片。"

他说："你说得很玄，像诗。但我明白你的意思，你说得对。"

"你的故事完了吗？"我想他的故事不会到此为止的，我依然抱着期待。

不出我所料，他说："还没有，还有最后一段，也许，这才是我最想讲的部分。"

"想听。"我迫不及待。

"接下来说的事情好像才是自己的。"他笑了笑，看着他的断腿，放缓了声调，说，"理发师死后，我老婆就带着孩子不知去向了。我老婆是个非常小心谨慎的人，所以根本没有人知道理发师和她的奸情，都以为理发师只是个倒霉鬼。可笑吧？警察也认定我是自杀，经法庭审判后，以过失致人死亡罪，判我有期徒刑三年六个月。这对试图自杀的人来说，简直太短暂了，很快，我就被刑满释放了。我已经失忆了，过去的一切彻底结束了，所谓尘埃落定。我以为一切可以从零开始。没想到，接下来折磨我的，却和这腿有关。"

"啊？这腿留下了后遗症？"我问。

他摇摇头说："这腿愈合得非常好，我只要装上假肢，就可以像正常人一样行走。"

"那是怎么了？"

"说起来你也许不信，一天晚上，我被疼醒了。"

"这伤口？"我疑惑地盯着那紫红色的截肢。

他朝我笑了笑，那笑容充满了诡异，他慢慢说："不是，……是已被截去的右腿，想不到吧？它在那里实实在在地疼着。我想去按摩它，却只摸到了床单，那里空空荡荡，什么也没有。"

我不寒而栗，失声喊道："这是怎么回事？"

"我也觉得奇异，我去医院看了，医生说这是身体的记忆，来自于脊髓深处。"他右手伸到腰后边，用大拇指往里边戳着，说，"这是很难治疗的，因为如果切除那段神经，我就会瘫痪……"

"那怎么办？"

"只能吃止疼片。实在疼得受不了，就得去医院打特制的止疼针，那针头像啄木鸟的嘴一样长长的，穿过脊椎骨，直接钻进脊髓里边。其实，那种疼和它要止住的疼，在程度上差不多。好在打了针能缓解一段时间。"

"唉，没法根治吗？"

"没法。"

"这样说来，你要被一条并不存在的腿的疼痛所折磨？"我被这匪夷所思的事情折磨得站了起来，使劲挠着后脑勺，想象着一个并不存在的事物，却以尖锐的方式依然在场。太诡异了，太诡异了！

他望着我笑了下，鹰隼样的眼睛在黑屋子里灼灼发亮。他忽然轻轻说：

“其实，你不也一样。”

这话对我来说有些石破天惊，我的内心被震了一下，脑海像被电流击中一般，一片空白。许久许久，我都说不出话来。我想起了禅宗的“当头棒喝”，但我还没有到“醍醐灌顶”的境界，其中的深意我一时半会儿还弄不清楚。

“好好想想吧，这就是我想对你说的话。”

“谢谢。”我胸中五味杂陈。

“你现在可以走了，我想上厕所了。”

“要我帮你吗？”

“怎么帮？替我尿？替我疼？开什么玩笑！快走吧！”

我来到屋外，阳光像拳击手狠揍我，我从眼睛到心脏都感到了一片黑暗。过了一小会儿，我才适应了这个明媚的世界。我回头看了看小木屋，觉得刚才的一切像是梦一般。同时，我心中也充满了梦醒之后的那种茫然。我在阳光下静静站了一会儿，当汗珠从鬓角慢慢渗出的时候，我做出了一个决定。我决定去找辉，告诉他病足的故事。我想，他对这个故事一定会很感兴趣。

我记得辉和女人在岛的南侧，只要沿着环岛的这条小路走过去就可以了。我慢慢走着，心间什么思绪都消失不见了，只是默默看着周围的一切。也谈不上是欣赏风景，欣赏风景总是暗含着一种陌生化的感受，而我，也许对这个岛已经足够熟悉了，也许是我已经麻木了，那些风景并不能让我感到陌生，我也不觉得我是外在于它们的。无论是绿色的植物还是蔚蓝的大海，都和我一样，只是在此时此地存在着，没有荒废，也没有充实，仅此而已。

大约二十分钟后，我就看见了辉，他和女人依然待在水里，只有两颗脑袋浮在外边，就像是两团黑色的海藻。

“喂！辉！”我双手做出喇叭状，放在嘴边大声喊道。

“喂！你怎么来了？”他也大声喊叫着，声音因为惊喜而变得有些嘶哑。

他们向我游来，像一对相爱的人鱼，在靠近岸边的水里，他们停下来了。

“我不打算再上岸了。”辉说。

“我猜到了。”我捡起一块石头，砸到他不远处，溅出的水花喷到了他的脸上。他满足地笑着，长长的头发和胡须紧紧贴在皮肤上，像是一些奇怪的文身。我不敢正视他身边的女人，她赤身裸体，即使这么蓝的海水都掩不住她肌肤的乳白。

“下来吧，和我们一起。”辉说。

“对，下来吧，没必要害羞。”女人也朝我微笑着说，仿佛看穿了我的内心。

“可我不懂游泳啊。”

“在水里待久了自然就懂了。”辉伸出双手，做出拥抱的姿势，说，“而且对你的病足也大有好处。”

我的病足？我这才意识到，我从小木屋出来后，就没有意识到自己的病足了。我高高跳起，又使劲跺着脚，什么不适的感觉都没有了。病足竟然好了！我的病足竟然被一个真正病足的故事给治好了！

辉皱着眉头，纳闷地看着我，说："别紧张，水里有我在，保你没事。"

我哈哈大笑着说："那我下来了，我要给你讲个病足的故事。"

辉用手掏掏耳朵，说："好的，我的耳朵已经洗干净了。"

我开始脱衣服，我的心间毫无恐惧，不过奇怪的是，有股失落感在渐渐升起，我品味着那种失落感，最终确定了它的性质：是关于病足的。没错，病足离我远去了，我却开始怀念它了，真是不可理喻的人心。我还要怀念什么呢？我能怀念死亡吗？

我向水中走去，海水冰凉，我不禁战栗了一下。

这时，我的脑海中只有一句话：

虽然你不在我身边，但是你和我在一个时空里就能温暖我。

老虎来了

老虎要来广州了。这个消息的源头不甚确切，但丝毫不影响它的流传。这天下午下班的时候，这个消息终于流传到了我的耳朵里，我的心间涌起了一股复杂的滋味。老虎是我们很好的朋友，可说来奇怪，我们已经有七八年没见过他了。他本来在广州的一家报社当记者，后来被派驻到北京，没想到他格外喜欢北京，有点儿此间乐、不思“穗”的意思，一年后，他跳槽去了北京的一家媒体。从此，我们就再也没见过面了。

时光无情流逝，我们中间的很多人娶妻生子，直奔幸福的中年而去，面包屑般的人与事都被淡忘了，但我们一直没有忘记他，恰恰相反，我们对他的记忆变得越来越牢固了。这并非因为我们和老虎之间的友谊赛过陈年的美酒，而是因为老虎在他心爱的北京城里居然五次自杀未遂！这种挑战吉尼斯世界纪录的骇人事件发生在熟识的人身上，会令人有种目睹了奇迹般的兴奋感。的确，他令人兴奋，但要澄清的是，我们绝非幸灾乐祸，而是因为我们对他的震惊与怜悯随着未遂次数的增多，被一种喜剧效果冲淡和消泯了。

老虎第一次自杀未遂的时候，我应该是第一个打电话给他的广州朋友。我吃惊极了，满脑子都是心灵鸡汤样的话语，准备好好对他灌输一番，让他对生活保持兴趣，好好活着，即便很孤独也要学会享受。但他接通我的电话后，语气非常平静，或说非常自然，就是在老友家做客的那种亲切。这让我的那些话一下子卡壳了。我们叙旧，我们扯淡，我们聊得很开心，直到最后，我才鼓起勇气，问了他自杀未遂的事情。

我说："最近有人造谣呢，居然说你自杀……哈哈，我才不相信呢。"

没想到他沉吟了下，说："是的，是有这么回事。"

我不知该说什么好了，他却不以为然，像谈论刚才吃过的一顿饭似的说："我吃了安眠药，结果被救活了。怪我自己，我不能忍受血淋淋的死法，我想死后有个全尸。"

我沉默了一会儿，感到心脏隐隐作痛，那么一个活生生的血肉之躯在用无所谓的态度谈论自身的死亡，这考验着我的承受力。我说："老虎，你活得好好的，为什么要这样？你有什么心事可以告诉我吗？"

老虎很快就回答道："没有，真的没有。只是一种冲动，就像渴了想喝水的念头一般。"

我吼叫了起来："生命那么珍贵，你怎能这么不负责任呢?!"

我很少提及"责任"这样的字眼，这是一个令人畏惧的字眼，然而，在面对生死的问题上，我想，每个人都是得对自己的生命负责任的，这是最起码的生命道德了。然而，老虎却笑了起来，说："你踩死一只蟑螂的时候，想到生命是珍贵的了吗？"

我说："蟑螂的生命怎么能和人类的相提并论呢？"

老虎说："人有什么了不起的？其实别说蟑螂了，就和最原始的单细胞相比，差别又有多大呢？"

我被他逗笑了，我从没听过一个人会这样讲话，把人类说得如此不堪，我笑着说："看来你这家伙还真的有问题了。"

"真的！"他不依不饶，还要理直气壮地继续他的奇谈怪论，他说，"人类和单细胞一样，不都是一进一出吗？摄入与排出，周而复始，最终都不免毁灭……毫无意义。你仔细想想，是不是？"

我虽然嘴巴里继续笑着，可心里却变得冰凉。他说的话以及他这个人，我无言以对。最后，我还是诚恳地说："老虎，你还是去心理医生那里咨询一下吧，你这样的状态很危险。我们都希望你能快快乐乐地活着。"

他反问道："说心里话，你信心理医生吗？"

我知道我是那种宁愿进精神病院也不愿意去看心理医生的人，但我还是说："不去看，怎么知道信还是不信呢？对了，你可以去看看电影《心灵捕手》。"

挂了电话，我感到有种绝望的情绪让我的四肢发冷。我不知道老虎有没有去看电影《心灵捕手》，倒是我自己念念不忘，找了一个周末再次重温了那部电影，依然被感动得一塌糊涂。罗宾·威廉姆斯饰演的那位心理医生，早已不是什么医生了，而是一个历尽沧桑、情感丰富的心灵导师，他和我们一样怀着一颗受伤的心，挣扎在人世的困境当中。老虎能找到那样的心灵导师吗？我不抱希望。

这次通话过了半年多，又传来老虎自杀未遂的消息。这次他睡觉前打开了煤气，结果由于他使用的是管道煤气，煤气泄漏了一段时间后，之前购买的煤气量使用完了，煤气自动关闭了。当老虎第二天昏昏沉沉地醒来，发现太阳照常升起的时候，他哭了。这些细节于我而言仅仅是道听途说，我不想再给他打电话了，我不想听到他亲口对我承认这些细节。我需要把这些细节保持为一种道听途说，只有这样我才可以让自己置身事外，处在一个安全的距离上。我不是自私，只是无能为力。

现在，老虎要来广州了。这个消息在我胸中如种子发芽，贪婪地汲取着我的注意力，使我没有后路可退。多少年了，老虎在我心中已逐渐变成了荒诞的传说，可现在，他真的要来了，作为一个和我有着深情厚谊的好友要来了，这有点类似被河蚌好不容易包裹成珍珠的沙粒现了原形。

我总是无法完全相信老虎的到来。

吃过晚饭，我打电话给巴特尔，遥想当年，我们仨可是报社的“三剑客”，现在却像蒲公英一样，飞得到处都是。

看来巴特尔也得知了老虎要来的消息，电话刚一接通，他就说：“你知道老虎到底哪天来吗?”我说：“我不知道，正想问你呢。”我们笑了起来，原来我们谁也没有直接和老虎联系。我赶紧说：“那你给老虎打个电话吧，看他什么时候来。”巴特尔用他蒙古式的鼻音哼了口气，说：“还是你打吧。”我说：“你打，你打。”然后我就挂了电话，我知道巴特尔是个善良的人，他一定会打的。

半个小时后，巴特尔打电话给我说：“老虎说他九号来。”我一想，说："今天五号了，那很快了。"巴特尔说："是的，老虎说很想念我们，要和我们好好聚聚，让我们安排得精彩一些。"我惊呼："怎么个精彩法？"巴特尔叹气道："他没说，只说一定要精彩，不然就对不起老朋友了。"我不由骂道："这个鸟人！"巴特尔说："明天出来坐坐吧，商量下怎么接待。"我喊了起来："他又不是国家领导，接待个屁！"

话是这么说，第二天，我还是乖乖去找了巴特尔。

我去到巴特尔租住的小屋里不由吓了一跳，柜门大开，衣服丢得到处都是，卫生间散发着异味，墙角还堆着一摊白花花的用过的纸巾。总而言之，巴特尔的房间像是斑马的内腔被狮子的爪子给掏了一把。难道遇到入室抢劫了？

我忙问："怎么回事？"

巴特尔带着哭腔说："小崔走了。"

"她去哪里了？"我还没反应过来。

"我们分手了。"巴特尔的脑袋深深勾了下去。

这让我震惊，他们在一起七八年了，感情一直很好。小崔是个很温柔的女孩子，做事大方得体，是巴特尔实实在在的贤内助。每次我来，小崔都会很热情地留我吃饭，她的厨艺那是一级棒，我老说巴特尔能遇见小崔是他的福分。想到这些，我也酸楚起来。我小心翼翼地坐在巴特尔身边，和他聊起了感情问题，老虎的事情被忘在了脑后。

巴特尔刚开始诉说的时候还能尽量做到心平气和，他让自己抽身而出，像谈论别人的事情那样谈论自己，这样的确会显得很客观。但说着说着，这个家伙开始哽咽了，继而号啕大哭起来，弄得我手足无措。我站起来在屋里烦躁不宁地走了一圈，然后拿了张纸巾递给他。这样的事情，我有些日子没做了，以前小雪哭的时候，我都是给她纸巾，然后自己找地方躲起来。现在，是谁把纸巾递给小雪？是谁抚慰小雪柔弱的内心？这样一想，我心里也有了想哭的冲动，我深深吸了一口气，闷声不响地在巴特尔身边坐了下来。

“巴特尔，别哭了。”我说。

他的哭声微微停顿了一下，然后不但继续前行，还多了许多不被理解的委屈，声调变得尖细起来，都可以划碎玻璃了。

我忍了几分钟，终于按捺不住，大声吼叫起来：“你他妈的别哭了行不行?!”

巴特尔立即不哭了，他泪眼蒙眬地望着我，一脸的无辜。我知道，我的怒气冲冲在他眼里莫名其妙。我只得叹气道：“老虎要来了。”我希望这句话能够转移话题，把气氛引向另外一个不那么悲戚的方向。谁知道，巴特尔听到我这么说一下子发疯了，他的面部变得狰狞扭曲，加上他那蒙古人的壮硕身躯，令我心生恐惧。

他冲我大吼大叫道：“我他妈的失恋了，谁还管什么死老虎!”

原本我还满心惶惑，可他的话把我逗乐了，我哈哈大笑说：“巴特尔，这头老虎是不死的。”

五秒钟后，巴特尔笑了起来。

的确，这是一头不死的老虎。比起他视死如归的勇气，我们在生活中遭遇到的这点儿不幸算得了什么呢？想到这些，我愈发感到，这次老虎的到来绝不是一次普通的迎来送往，而是一次有着目睹精神奇迹的绝佳机会。没有人能预知，他的到来会给我们伤痕累累的心灵带来怎样的冲击。突然间，我开始特别想念老虎，多少年来这还是第一次如此强烈，仿佛一封满是褶皱的信封终于被开启了，里面的字迹清晰如初。

老虎是个内敛而温和的人。他毕业多年还像个长不大的学生，走到哪里都背着一个庞大的黑书包，我从来都弄不清里边到底装了些什么。他的脸盘方大，四肢结实，走路轻快，再加上他的额头上有三道皱纹，名字里还有个“虎”字，所以荣膺这个绰号是顺理成章的。不过，他为人谦逊低调，丝毫没有丛林猛兽的杀气，我们都觉得他像动画片里的跳跳虎一样可爱。当然，我们更不曾想到他在未来会把猛兽的杀气用在自己身上。

那时，我们青春似火。我是编辑，他是记者，我们合作得很愉快，一起做了好几个很有影响力的大新闻，我们认为改变这个世界轻而易举。我们常常通宵达旦，仅靠泡面当消夜，却不知疲倦……想着想着，老虎的身影越来越亲切了。老虎，你究竟经历了什么？是什么让你变得如此厌世？让你玩弄自己的生命如同草芥？我默默在心底问着那个渐行渐远的形象，那个形象变得模糊起来，包裹在一层回忆的黄色光晕当中。

我看着巴特尔，动情地说：“你再苦也没有老虎苦。”

巴特尔没有说话。

我拍拍巴特尔的肩膀，像个语重心长的布道者般说：“巴特尔，老虎身上有种向死而生的勇气，他会让你，不，让我们站起来的。”

巴特尔眨着泪眼看着我，像个无助的孩子。

时已过午，我拉着巴特尔去外边吃饭。由于突如其来的失恋事件，使得我们头顶着忧伤的罩子。本来这个罩子是我的专利，我已经顶了它六个月零三天了，现在，又有一个人顶着同样的罩子和我走在一起，我感到罩子的重量明显翻倍，肩颈开始酸痛。

我对巴特尔说："要不我们也试试红薯和香蕉一起吃吧?"

那是老虎的第三次自杀，他一直坚信红薯和香蕉不能一起吃，吃了会腹部绞痛而死。他吃了很多，直到撑不下为止，结果导致消化不良，难受了一个星期，性命却依然无虞。当这则消息传出来的时候，我们彻底把老虎的自杀当作了一出荒诞的喜剧，每当心情郁闷的时候，便可以拿出来当笑话解闷。现在，我这么说，还带着一丝负气的成分。

这次巴特尔没有笑，他沉吟了一会儿说："我现在有点儿理解老虎了。"

"是吗? 怎么回事呢?"

"我现在想死的心都有啊!"

说着，巴特尔这个蒙古壮汉突然情绪失控，当着街上那么多红男绿女抹起了眼泪，弄得我尴尬万分。幸好饭店到了，我赶紧搭着他的肩膀闪了进去。这个动作熟悉极了，我突然记起老虎去北京也是和一个女人有关。他临行的前晚喝醉了，又哭又闹，我也是这样搭着他的肩膀把他送回了房间。那是我记忆中最后一次见他。

吃饭的时候，巴特尔停止了哽咽，和我认真聊起了老虎要来的事情。他说："那……这次老虎来，正好可以住我那了。"也许他是严肃的，但在我听来有种自嘲的意思，我希望他是在自嘲，一个会自嘲的人才能安全地活在这个世界上。老虎就不是一个会自嘲的人，他自嘲的时候是在非常认真地鄙夷着自己。

“没错，他正好可以住你那了。”我用力咬了咬“正好”两个字。

老虎来的那天，天公不作美，下起了滂沱大雨，我和巴特尔去火车站接他，虽然撑着伞，可裤腿和鞋子全都湿透了。想不通，一个多次试图自杀的人，竟然会害怕坐飞机。难道死亡不是最大的恐惧吗？我向巴特尔表达了这个意思，巴特尔说：“在小崔离开和死亡两者中，的确前者更恐怖。”我说：“那你现在无所畏惧了？”巴特尔说：“是的。”说话间一辆出租车冲了过来，他赶紧闪开了。我笑道：“你有种就别躲！”他冲我做了个鬼脸，说：“不能做无谓的牺牲。”

我们站在火车站大屏幕前，查找着老虎的那班列车，一无所获。这时，老虎发来短信说：火车晚点了，还得一个小时左右。

我和巴特尔毫无怨言，坐在闹哄哄的候车厅里等他。有个十五六岁的小姑娘走到我们面前，倒地便拜。我们被吓了一跳，不知道怎么回事。她双手做成碗状，高高举起，伸到我们下巴前。原来是乞讨的，我悬着的心放下了，可另一种心情开始纠结：给还是不给？倒不是吝啬，而是这种方式在本质上与抢劫没什么不同，是一种婉转的暴力，我讨厌任何形式的暴力。我起身离开了。巴特尔满脸通红，他似乎不好意思离开，随着这种僵持，他变得越来越没有底气。终于，他掏出钱包，从里边抽出一元钱放在那碗状的手里。

我摇摇头，笑了，巴特尔是个善良的人，小崔怎么舍得离开他呢？

突然，一个小男孩兔子一般蹦了过来，巴特尔还没搞清怎么回事，他的钱包就被抢走了。我骂了句“操”，赶紧追了过去。外面正是瓢泼大雨，小男孩一头钻进了雨里，我只得硬着头皮也冲了进去，视野一下子模糊起来。车站广场上设置了围栏，跑了一小段路后，小男孩被逼到了角落，他试图翻过去。我加快速度，终于伸手揪住了他的衣服后襟，一把将他拉下来了。他转过身来，瘫坐在地面上，傻呵呵地望着我笑。我怒不可遏，真想狠狠踢他一脚，但看到他幼小的身体，忍住了。

我怒喝：“快还钱包！”

“你他妈的还给我。”一个身影蹿到我面前，向小男孩扑去。原来巴特尔也追了出来。巴特尔揪着他的衣领，凶神恶煞，连我看了都怕。但小男孩依然笑着，那是一种顽劣的无所畏惧的笑。

“给你给你。”小男孩噘起嘴巴，不情愿地掏出钱包，仿佛我们是管得太多的家长。

巴特尔打开钱包，发现少了张银行卡。

“卡呢？”

“我不知道。”小男孩一脸无辜。

“你他妈的玩我是吧？”巴特尔一耳光扇在小男孩的脸上，这让我猝不及防。小男孩号啕大哭起来，我们俩又处在了道德的劣势当中。

巴特尔涨红了脸，掐着小男孩的脖子，喊道：“别哭了！”他转头看着我，示意我去搜小男孩的口袋。不巧的是，手机在我裤袋里震动起来，我掏出来，看到是老虎。接通后，老虎说：“兄弟，我到了!”我说：“你不是说晚点一个小时吗?”老虎笑道：“火车又提速追赶了下，已经进站了，你们在哪里呢?”我看了看大雨中的巴特尔和小毛贼，无奈地说：“我们遇到了突发事件，你先在候车厅等会儿。”

挂了电话，我就伸手去搜小男孩的口袋。巴特尔死死摁住小男孩的身体。小男孩大喊大叫起来：“抢劫啦！抢劫啦!”

几个警察打着伞朝我们走来，其中一个还喊了句：“住手!”

我和巴特尔像木头人一般呆掉了，巴特尔说：“妈的，这下不会有口难辩吧?”我叹口气，手从小男孩身上缩回来了。小男孩的哭声也骤然减弱，只剩下嘴巴张得大大的。不知道他有没有真的流泪，只看到一股股雨水顺着他的脸小瀑布样地流进嘴里。

警察走到我们身边，站在我和巴特尔两侧，形成夹击之势。然后他们看了看小男孩，还没等我们解释，就骂了起来：“他妈的又是这个臭小子!”小男孩像个表情魔术师一样，迅速不哭了，又露出了那种无赖的笑容。

这样的笑容让我对人生感到绝望。

接下来的事就没必要多说了，等我们搜到银行卡，回到候车厅的时候，老虎已经坐在那里了，他的壮硕和庞大的黑书包依然是非常鲜明的特征。也许是等得不耐烦了，他拿了一根雪糕在吃，而在他的面前，正跪着一个小姑娘。应该不是刚才那位，因为衣服的颜色不同，刚才是红色的，现在是蓝色的。巴特尔着急地说：“糟了，别又上当了!”我们疾步走过去，看到了一幅滑稽的场景。老虎一边舔着雪糕，一边饶有兴趣地打量着面前的小姑娘，仿佛在享受这种紫禁城的万岁爷待遇。七八年没见了，他依然年轻，仿佛岁月因为他的厌世而宽恕了他。他一副轻松的神态，完全没有我和巴特尔之前那种不适的道德感。

“老虎!”巴特尔兴奋地喊了起来。

老虎转过头来，淡淡笑着，好像他只是刚刚出去买了雪糕回来一样。

“老巴，老王，”他像以前那样称呼我们，然后舔了一口雪糕说，“你们怎么全湿了?”

我和巴特尔互相打量了一眼，这才意识到我们狼狈不堪，浑身湿透了，完全是两只落汤鸡。这个问题让巴特尔刚刚升起的热情受到了打击，他抹了一把脸上的雨水，坐在老虎身边，对跪地不起的小姑娘怒喝道：“滚蛋!”小姑娘抬起脸来，满脸惶恐。我们这才看清楚，这就是刚才向我们乞讨的小姑娘。只见巴特尔怒目圆睁，憋足气力，重新怒吼道：“滚蛋!!”小姑娘愣了愣，却并没有滚蛋，只是挪了挪位置，向隔壁一位大妈磕头去了。

老虎摇摇头说：“所以说，有什么意思呢?”他悲悯地看着我们俩，又说了一遍，“你们说，有什么意思呢?”

冰冷的雨水顺着脖颈不断流进我的脊背，我瑟瑟发抖起来。的确，有什么意思呢？我们本想买束鲜花，兴高采烈地迎接老虎的到来，可如今，我们却狼狈至此。也许从好的方面来说，越是狼狈，越是显示了我们对老虎不凡的诚意，但——终归是沦为不堪了。仿佛这一切，就是为了接受老虎的嘲弄、虚无与绝望。

我为老虎撑着伞，巴特尔提着老虎并不多的行李，三个人来到车站广场出口处排队打的。等坐上出租车后，我们直奔巴特尔家。本来我是想自己先回家换衣服，但他俩死活不肯，巴特尔说相聚时间短暂，怎么能如此浪费呢？老虎表示同意。我知道巴特尔是痛苦至极，需要我分担他那突然多出来的孤独。作为朋友，我愿意分担，假如可以的话。不过，我当时在他的处境时，却不想见任何人，不允许任何人来缓解我的伤口，我希望极致的痛苦能挽留住往昔的美好。当然，这是注定失败的。

巴特尔家到了，凌乱的房间并没有让老虎惊讶，因为在路上巴特尔已经向他倾诉了这一切。追根溯源，小崔还是老虎介绍给巴特尔的。没人知道小崔和老虎之间究竟发生过什么，按道理说他们是八竿子打不着的人：小崔在烟草公司上班，而老虎从不吸烟，俩人都属于不喜欢主动结交新朋友的半封闭类型；某一天，他们却认识了，小崔还辗转成了巴特尔的女朋友。最神秘的地方在于，当小崔和巴特尔开始他们的甜蜜生活时，他们的媒人老虎飞往北京了。现在，就在老虎到来的前夕，他们的甜蜜生活结束了。老虎的去和来成了他们感情线段的端点。面对生活的神奇，就连老虎这种掌握歪理邪说的人也一时无语。

巴特尔换了干衣服，问我要不要，我摇摇头，他的衣服对我来说跟麻袋差不多。我用风筒对着自己使劲吹了一阵子，热乎乎的，衣服差不多干了，身上却全是汗。然后，我们陪老虎坐在脏兮兮的房间里，隔壁传来一对情侣的呢喃声，巴特尔打开电视，一档现场相亲节目跳了出来，女的哭着对男的说，我在这里站了这么久，就是为了等你，你怎么才来？男的说，对不起，我错了，我来晚了，我们一起回家吧！然后他们牵着手，在浪漫音乐的伴奏下，缓缓走下场。然后镜头对准了场下的观众，很多人抹着眼泪，被感动得一塌糊涂。我以为老虎会对此评价几句，但那种沉默反而加剧了。没有人发表看法。外边的雨停了，阳光变得强烈，屋内的昏暗被不合时宜地驱散了，墙壁上的污渍一个个边界分明起来。

谁能忍受这样的明亮？简直就像是作业本上的红叉。我看了看表，提议道："是不是可以去吃饭了？"

我和巴特尔订了炳胜酒家的位子。凡是熟悉广州的人，都知道鼎鼎大名的炳胜，那里是吃粤菜的好去处，一般都要提前两天预约。我和巴特尔打电话的时候，运气不错，最后一张饭桌被我们抢到了。但酒家的服务人员说，最多帮我们保留到今晚六点。我们需要提前出发，以免塞车什么的。

看着老虎漠然的神情，我说："老虎，你多久没吃正宗的粤菜了？我们现在去吃炳胜，够哥们儿吧？"巴特尔在一边点头附和。

老虎说："炳胜有什么好吃的。"

这句话让我们大吃一惊，巴特尔用粤语腔说："你有冇搞错啊？"老虎笑了起来，指着巴特尔说："你这话比炳胜更有味道。"

我们出现在大街上，三个人并排走在人行道上，占据了很宽的位置。老虎走在我们的中间，我和巴特尔搭着他的肩膀，行人从我们两侧像鱼一样挤过去。恍然间，好像过去的时光重临，我微微有了点儿激动。当年就是这样，我们几个人走在一起聊着聊着就会激动起来，觉得他妈的需要干点儿什么。巴特尔喜欢望着银行说：“兄弟们，我们玩票大的吧！”我们会一起研究下抢劫的方案和逃跑的路线，然后坐在五元钱一碗的桂林米粉店里，想象着分到的赃款，美滋滋地吃着米粉。七八年过去了，我们走在去炳胜吃饭的路上，岁月让我们淡漠了许多，我们还会莫名其妙地激动起来吗？我偷偷看了眼老虎，他还是那么漠然，仿佛那种厌世从心底溢了出来，不得不挂在脸上。

“我不想去吃什么炳胜了。”

老虎突然撇下一句话，站住了。我们吓了一跳，以为他又要问我们“有什么意思呢？”我们变得很紧张。

“我们去吃那个吧！”

顺着他的手臂，我们看见了一家桂林米粉店。没想到，老虎和我想到一块儿去了。我骂了句：“鸟人！”使劲拍了一下他的肩膀。巴特尔也忘记了粤语腔，用他草原风格的大嗓门吼道：“好兄弟，你还记得那玩意儿啊？”老虎说：“废话！怎么不记得，常常半夜饿了，最想吃的就是那玩意儿了。”

我们步伐轻快，勾肩搭背地走进小店，一人叫了一碗米粉。物价涨了，再也没有五元一碗的粉，现在一碗粉要十元。巴特尔还像曾经那样喊道：“老板，多放些酸豆角！”这话把我们逗笑了，就连老虎也开心地笑起来，说：“老板，给我也多放些酸豆角。”我笑着说：“没想到这么多年了，你们还是重口味一族。”

又酸又辣的桂林米粉让我们的情绪摆脱了淋雨的沮丧，逐渐变得高涨起来。老虎向我们询问着其他朋友的下落。我们告诉他，马永刚结婚了，生了个儿子，每天幸福得不得了；孙婷婷从报社跳槽去了电视台，现在每天晚上看新闻都会看到她那张过度修饰的脸；烂人建新还是没有固定的女朋友，天天泡桑拿吃消夜喝啤酒，年纪轻轻就痛风住院了；最可怜的是小川，他买房闪婚了，背了一屁股债，没想到今年走大背运，单位裁员裁到他身上，丢了饭碗，接下来更大的悲剧发生了，老婆跑掉了，不满周岁的孩子却留给了他，为了苟延残喘下去，他不得不把房子低价卖掉了……大家叹着气，比起小川来，我们都堪称幸福了。

“你还记得阿华吗?”巴特尔露出诡异的笑容，问老虎。

“阿华……”老虎眉头皱了起来，在脑海里仔细爬梳起来，过了会儿他说，“是不是那个沉默寡言的眼镜校对啊?”

“没错!”

“他怎么啦?”

“他成了一名诗人!”

“诗人？真的啊?”

“千真万确！他还获了去年的诗歌年度大奖。”

老虎轻轻摇头微笑着，表示意想不到。我接过话茬儿说：“可惜阿华也没有好下场，年初被炒鱿鱼了。”

“怎么回事?”一连串峰回路转的事情，让老虎越来越诧异了。

“阿华这个家伙也真是大胆，他不是校对吗？可当他发现敏感的地方时，不仅没有处理，而且还写得更出格了……”

“哈哈！是真诗人自风流!”老虎大笑起来。我们陪着老虎一起笑。这绝对是一则经典逸闻了。

吃完饭，老虎问我们是怎么安排的，我们说去唱K，“钱柜”的包厢都已订好了，到时再叫一些老朋友，大家可以喝酒玩乐。

“然后玩到凌晨一两点出来，又满大街找消夜吃，对吧?”老虎叹口气，说，“你们真没有新意。”

我和巴特尔垂手站立，哑口无言。我们接待不同的人早已不费心思，只是在餐厅和KTV的档次与价位上做调整而已。我意识到自己对生活丧失了主动，某种固定的程序在代替我们活着。这让我感到迷茫不安。仿佛哪里有个看不见的伤口在流血，不知道什么时候血就会流得干干净净了。

“那你想……”

“我想去江边走走，听说亚运后广州变化很大，尤其是珠江两侧。”老虎说。

“没错，凡是马路两侧的建筑都穿衣戴帽了。”巴特尔做了个夸张的表情，在那一瞬间，他一定忘记了自己的痛苦。

“我喜欢那种淡黄色，我一直觉得广州的主体颜色就应该是淡黄色的，那和民国时期的老建筑一脉相承，看起来很舒服。”老虎望着马路对面一幢淡黄色的楼房说。我看着他静止下来的侧影，像一帧引而不发的凡·高式油画，蓄积着打动人心的能量。一个厌世者对世界侃侃而谈，正如生活本身一般，嘈杂热闹却暗含危机。

我们来到江边，凉风迎面而来，我看到老虎惬意地微笑了。他竟然能对世上最细微的美好事物做出反应，在那一瞬间，我有些忌妒他了。因为我自己早已麻木。这样说来，我暗暗叫他“厌世者”是很不恰当的，他比我更懂得这个世界的美。他厌恶的，究竟是什么？或许应该反过来想，正是他的这种敏锐，同时带给了他最致命的痛苦。

我们并排趴在江边的花岗岩护栏上，随意观望着，像无所事事的小青年。身披彩灯的游船在江里来回游弋，甲板上手持相机的游客胡乱拍摄着，不时有闪光灯朝我们的方向闪过来。朝远处望，大江浩荡奔流，强行分开那些火箭一样矗立的高楼，让这座城市终于有了开阔的视野。

不远处，广州塔像一只巨大的花瓶，腰身纤细，矗立在江边，闪烁着五颜六色的灯光。老虎指着那塔说："听说大家都把那玩意儿叫'小蛮腰'，是吗？"

"没错，你准确地叫出了塔的昵称。"巴特尔说。

"去看看吧。"老虎朝"小蛮腰"走去，我和巴特尔紧跟其后，像两个称职的保镖。

我们来到塔前，巨大的尺度让我有点儿眩晕。老虎仰起头来，静静站着看了会儿，那个架势像个伟人。然后，他又带领我们走进塔的底部，仿佛他才是导游。庞大的钢结构像是还没结束的工地。老虎说："我们上去吧？"我和巴特尔面面相觑。我调侃他，说："你不是恐高，连飞机都不敢坐吗？"老虎说："顾不得那么多了，我很想看看全广州的夜景。"

塔下设有卖票的专窗，登塔一次一人一百五十元。话说曾经我也想上去看看的，那时，小雪和我就像今天我们仨这样站在塔底，我对她说想上去看看，她用女人妩媚的方式化解了这个提议。她说："那有什么意思？多不划算呀。"我想想也对，诗人韩东不就写过登大雁塔的诗吗？"有关大雁塔/我们又能知道什么/我们爬上去/看看四周的风景/然后再下来"。这句诗不需要刻意背诵，就可以过目不忘。我觉得这诗就像是给老虎写的，或者说，就是老虎写的。那种冷冰冰的腔调与老虎如出一辙。

挤在登顶的观光电梯里，还有其他几位男女，大家小心翼翼地望着升高的地平线，时间显得非常漫长。我给老虎背诵了这几句诗，大家都笑了，包括那几位不认识的男女。老虎只是跟着笑了笑，没说半句话。

我们终于站在观景台前了，透过结实的钢化玻璃，灯火辉煌的广州城呈现在面前，令人目眩神迷。老虎站在窗前，双手扶着玻璃，看着那一大片灯火，一动不动，像一座雕塑。当我想到他此刻的内心也如这夜景一般浩瀚与迷蒙时，竟然有些莫名的感动。同样的生命，总有些人活得更投入……结果却过犹不及。

巴特尔突然对老虎说："兄弟，看到这夜景，我觉得活着真好。"

老虎说："是啊，真好。小崔是个好女孩，但你得走出来。"

巴特尔说："我的危机没你严重，我只是感情危机，而你是生命危机。"我赶紧点头称是。这是我听到巴特尔说过的最有深度和概括性的一句话。

老虎对巴特尔的话不置可否，停了一会儿，他突然直率地谈论起他的自杀来。他说："我最大的一次自杀行动是去地震后的汶川。当时我揽了报社前线报道的所有活儿，哪里有余震，哪里有泥石流，我就去哪里。我想葬在那里。我目睹好多人的死亡，可偏偏我却总是苟活下来。你们不觉得奇怪吗？好像老天爷和我开起了玩笑，就要让我活着。"

"大难不死，必有后福。老虎，好好活着，别再干傻事了。"巴特尔说。

我搭着老虎的肩膀，也说道："巴特尔说的没错，好兄弟你别再犯傻了。你看看这美妙的夜景，死了就看不到了。"

老虎感慨地喃喃自语道："是啊，是得多看几眼……"

从"小蛮腰"下来，我有种恍然若失的感觉，仿佛从另一个世界归来。看来，登塔和不登塔差别还是非常大的，这个过程并没有那么冷漠：上去看看又下来了。尽管看上去差不多是这样。也许，这就和活着一样。活着，就是要登塔的。

但我不知道该怎么和老虎说。很多时候，思想变成一句话说出来的时候，它的力量也就消失了。既然如此，那就不说了。我们继续沿着江边散步，走到了猎德大桥。在江水的反衬下，大桥显得气势雄浑。这里原来有个猎德村，我们刚来广州那会儿，兜里没钱，在这里简陋的村屋里落过脚。由于亚运重新规划，整体搬迁，往昔的记忆已经了无痕迹。别说对老虎了，即便对我和巴特尔这样常年待在广州的人来说，这里也已成异乡。

我们在昔日的地头默默凭吊了一会儿，老虎突然问："你们有小娴的消息吗？"

这问题真把我们难住了，小娴是老虎曾经的女朋友，老虎去北京后他们就分手了。我们一直没有提她还真不是为了避讳什么，而是确实对她一无所知。自从他们分手后，小娴就换了电话号码，我们的QQ号码也被她拖进"黑名单"了。她对我们来说已经不存在了，就像是无处寻觅的传说一般。

"不想说就算了。"老虎看到我们为难的样子，淡淡地说。

"不是不想说，而是我们真不知道。你们也一直没有再联系吗？"我说。

老虎摇摇头，突然笑了，他说：“在这年头能弄丢一个人，也不是一件容易的事。”

“再找其他朋友打听下?”

“不必了。”

这时，我们走到了大桥中间。我们停下来，站在桥边的护栏前，向下望着被夜幕染黑的江水。江水不知疲倦地流着，让我产生了后退的错觉，我觉得江心这个位置离虚无很近。看久了江水，头有些发晕，我不得不抬起头来。我看到一艘周身闪耀着蓝光的游船向我们缓缓驶来。当船离桥越来越近的时候，船上的游客一齐发出了欢呼声。这些热情的游客令人迷惑，同时，也令人兴奋。巴特尔立马吹起了口哨，像在家乡草场上赶羊一般。我鼓掌大笑起来。突然间，老虎纵身一跃跳到了护栏的另一侧，我和巴特尔当场就吓傻了，嘴里连一个字都说不出来，只是伸直了手臂去拽他。老虎转过脸来，朝我们诡异地笑了一下，然后便朝着船上欢呼的人群跳了下去，像一只在暗夜飞翔的蝙蝠。

“老虎！老虎!”我和巴特尔声嘶力竭地叫着。

人群的欢呼变成了惊呼。我们没有看清老虎落在哪里了，船已经驶进了桥洞。我们不顾来往的车流，朝马路对面跑去。我们趴在栏杆上，尽力伸长脑袋向桥底望去，等待船从这边开出来。奇怪的是，船却一直没有出来，仿佛桥下的路程变得无限漫长。人群的惊呼声也逐渐听不真切，直至变得无声无息，像被黑洞吞噬了。

“快下去看看吧!”

我和巴特尔拼命往桥下跑去，还没跑到桥头的楼梯，突然猎德桥上、珠江两侧以及“小蛮腰”的灯都熄灭了，眼前的道路变得晦暗不明。午夜即将来临，城市实行灯火管制了。抬头四望，周围炫目的夜景一下子消失了，露出了钢筋混凝土那种呆滞的灰色，“小蛮腰”看上去和一个巨大的脚手架毫无区别，机械而冰冷，这种陌生让人害怕。

“老虎你他妈的就是个疯子！”

巴特尔恶狠狠地骂道，骂完之后他却哭了起来，声音很响亮，像是旷野上的民歌。我没有哭，脑袋像石头一样沉重，完全没法思考。那个蝙蝠样的身影像梦魇里的毒蛇撕咬着我，我攥紧拳头，掌心全是汗。巴特尔越跑越快，我大口喘着气，用尽全力追赶着。我感到自己的身体也随之变得越来越轻，越来越稀薄，仿佛周围这些坚硬的灰色正在进入自己、驱散自己，让自己渐渐变成一个谁都无法认识的陌生人。

看着我

我写诗，但不是个诗人。倒不是因为诗人的名义被滥用得太厉害，只是因为我觉得诗人是那种以诗歌为人生理想的人，他的善良与丑恶、伟大与猥琐都会被不自觉地转化为一种语言上的审美。我渴望那样的人生，可是却抵达不了，我还为此苦恼了一段时间。也许是因为我的起点太低了，我只是个图书仓库管理员，终日与一些滞销书为伍，这使我的思想也变得落伍，与这个时代格格不入。当然，并不是我故作清高与时代格格不入，恰恰相反，是时代的筛孔太小，而我太大（也许不是体积大，只是形状古怪？比如，有斜逸而出的突起……），我被卡在了一个古怪的位置上，不能上也不能下，比较尴尬。

其实，我写诗的时间并不久，一个月而已。至于为什么开始写诗，说起来很简单：我失恋了。我和樱谈了三年恋爱，最终还是分开了。她卖服装，我守仓库，我们都被关在狭窄的空间内，和物品终日厮守。我们有着相似的困境却无力突围，更没有能力去抚慰对方，所以，分开是注定的。

分手的那天，我喝醉了，待在仓库的昏黑里脑袋胀痛不已。为了摆脱痛苦，我拿起了笔，在一本旧书的封底胡乱涂写起来。我写下了这样的句子：在废墟里等待幸福就像一场覆盖万物的大雪君临天下。我看了好几遍，觉得句子很美，挺有意象和气势，可以揣摩良久。这时，我的同事萍姐一把夺过了书，嘟囔道："让我看看你在写什么。"她把那本书捧在手中，眉头紧皱，像在检查她儿子的家庭作业。她把我写的那句话一字一顿地读出声来，而且还读了两遍，我以为她会笑出声来，因为她的文化程度不高，高中毕业就出来打工了。没想到她一脸认真，惊叹道：

"你还会写诗啊！"

哦，原来这种句子就叫诗啊，我沉睡的诗情被激发了。一下班，我就去超市买了一本银灰色的硬壳笔记本，我要用它来写诗。

某些突如其来的时刻，那些费解却优美的句子像开水的气泡一样迅速诞生、升起、聚集，然后变成稀薄的雾气，充满我的颅腔。这时，我就赶紧打开笔记本，把那些稀薄的雾气变成纸上的词语。由于思绪跳跃得太快，书写的速度老是追不上，往往会错过一些精彩的话语，为了追赶思绪的步伐，我的字越写越快，最后，我的字像天书一般横七竖八，有些连自己也看不懂了。

我写诗的事情很快被传播出去了，一连好几天，都有年轻人来问我写诗的事。那些年轻人都坐在敞亮的办公室里，只有在必要的时候才来我这里。我面对他们时总会不自觉地羞涩起来，好像内心的秘密随时都会泄露出去，遭到他们的嗤笑。不过，人们很快就对我写诗的事丧失了兴趣，就连萍姐也很少过问了。我的生活重新变得死寂。深夜，我躺在床上想到，人们所感兴趣的并不是诗歌，而是写诗的人——我，一只窝在仓库的“灰老鼠”，还写诗，不是印证了生活的奇妙吗？不是某种励志栏目的现场直播吗？

我为自己感到悲哀，我再也不写诗了。

可是，就在我决定不再写诗的时候，领导打电话给我，叫我去他的办公室。我还没来得及说句完整的话，嗓子眼里只是“啊”了一声，他就挂断了电话。领导一向很忙，肯定是有要事了。我起身去上了个厕所，然后洗了把脸，照了照镜子，看看脸上有没有灰尘（在仓库这种事情很常见），才向领导的办公室走去。

他的办公室在一座豪华的写字楼里，走路要十分钟。一路上我都很忐忑，像我这样的底层人员，怎么能得到他的直接召见呢？不是好事就是坏事。要么把我调到梦寐以求的编辑岗位上，要么告诉我，单位要裁员，对不起你要下岗了。想到这里，我的心抽紧了。

来到十五楼，门虚掩着，我轻轻敲门，领导雄壮的声音传了过来：

“进！”

我推门进去，领导看见是我，就继续低头批阅文件了，这令我非常慌乱。不过，如果他对我突然亲热起来，我会更加不习惯吧。

“坐。”

我坐在了他对面的沙发上，沙发很矮，我得仰起头来才能看到领导，因此，我不得不坚持昂着脑袋，像一只惊恐的土拨鼠。

这时，领导对着文件说："听说，你还写诗？"说完，他自顾自笑了起来，好像说了一个出彩的笑话。

我慌了，低下头，仿佛做了什么见不得人的事。我轻声说："写着玩，写得不好。"

领导手中的笔龙飞凤舞，像是高手的剑术。他说："我也写诗，把你写的诗给我看看。"

"我没带来，我不知道您要看我的诗。"我诚惶诚恐地说。

"哈哈，没事，那你看看我的吧。"他俯身拉开右下方的一个抽屉，从里边抽出一个黑色的笔记本，然后举在手中朝我晃了晃，示意我过去拿。事情突然间逆转，把我吓了一跳，我变得犹豫不决，不知是受宠若惊，还是诡异莫名，心中翻腾着一股奇怪的情绪。

"来，拿去。"

"这么珍贵的东西，我一定好好学习。"我突然像个小学生。

"嗯，小心别丢了，那可是我十余年的诗稿呢。"领导又看了我一眼，严肃认真，意味深长，我接过那小小的笔记本，觉得像烙铁似的炙热与沉重。

领导又开始伏案工作了，他真忙啊。我转身向门口走去，身后又冒出一句话："摸上去怎么样？"我停下脚步，回头看他，他依然没有看我，只是说："真牛皮的。"我愣了下，过了一小会儿才反应过来，他指的是笔记本的外皮。我双手来回仔细摩挲着黑色的牛皮，仿佛笔记本是一头缩小的牛，还健康地活着。

我说："手感很舒服，凉凉的。"

领导笑了，说："千万别丢了。"

我回到仓库，萍姐好奇地问我有什么好事，居然被领导亲自请去。我看了她一眼，朝她挥了挥手中的笔记本，然后趴在她耳边说："领导也写诗，他让我看看他写的诗。"萍姐震惊了，她拍拍我的肩膀说："看来，你的诗得到领导肯定了。"我摇着头说："不，他根本没看过我的诗，他只是想告诉我他才是个诗人。"萍姐还是摇摇脑袋说："不会这么简单的，领导做事，一举一动都有意图的。"我叹口气道："那你说他有什么意图？"萍姐想了想，抱歉地望着我，说："不知道。你知道我这人笨，哪里会猜到领导的心思？要不然，哼，我早做领导了。"

萍姐掩嘴而笑，声音很大，咯咯咯的，像快要下蛋的母鸡。众所周知，在这个国家每个人都有个隐秘的领导梦。

我回到座位上，打开笔记本，准备看看领导的诗。我内心深处其实是很抗拒去读这些诗的，就像抗拒着某种说不出的侵犯。可那是怎么样的侵犯？又针对了什么？我却答不上来。我的手摩挲着笔记本，像是摩挲着领导的意图。心中某种欲拒还迎的念头像羽毛一样令我发痒。

就在我刚看了第一首诗的题目《雨夜》的时候，萍姐和阿龙、阿强也围了过来，阿龙和阿强刚卸了一堆书，浓烈的汗臭味让我忍不住打了个喷嚏。

"你可小心了，别喷在领导的诗上了。"萍姐认真地说。

听了这话，我意犹未尽的喷嚏立刻偃旗息鼓了。

阿龙那鹅一样瘦小狭长的脑袋探过来，在我鼻子下方扫描着领导的诗，臭得我快要窒息了。几秒钟后，他得出结论说：“领导的字真漂亮!”

阿强侧着脑袋，从缝隙里看了一眼笔记本，煞有介事地说：“不但字漂亮，诗也写得好，领导就是领导呀!”

我知道，阿龙和阿强都是小学学历，他们对待书籍就和建筑工人对待砖头没什么两样，抬来抬去，丢来丢去，经常书被弄烂了也毫不惋惜。甚至，有一次我在卫生间的废纸篓里发现了被“用过”的书页，简直惨不忍睹。可他们现在却都成了品鉴文化的大师。

“雨夜里，和你共撑一把伞/啊，我能感到你的心儿颤抖……”萍姐读了起来，并说，“没想到领导的感情还这么细腻。”

我感到一阵不适，像是枯树杈在心底伸展开来，触碰着我敏感的内壁。我的手有些痉挛，我慌忙对自己暗暗说道：不要啊!可我的手不听话，还是失控了，它像发条狗一样弹跳了起来，执拗地合上了笔记本。

“哎呀哎呀，还没看完呢……”萍姐他们不干了。

我抬头盯着他们，说：“你们真想看?”

他们的眼神并不看我，而是继续看着我手中的笔记本，好像他们的目光被夹在里边，抽不出来了。他们异口同声地说：“当然想看了。”

“那好，你们先看吧。”我把笔记本递给了萍姐。他们诧异地望着我说：“你不看?”我解释道：“你们看完我再看。”

萍姐接过话茬儿说：“看来高手就是不一样，要在夜深人静的时候才拿出来看，就像武林高手看秘籍似的。”

她说完，大家哈哈大笑，我也跟着笑了。这还是我第一次听萍姐耍贫嘴，很奇怪，仿佛跟诗一沾边儿，就会起微妙的化学反应，产生出新的语言分子。可是，那笔记本里的都是些什么诗啊，流行歌词一般。这样的诗，也许正对萍姐他们的胃口？

他们站在一堆旧书旁边，兴致高昂地读着领导的诗。他们的身后是一扇巨大的窗户，阳光从窗外照了进来，使他们的身影都有了舞台剧般的效果。我坐在自己狭小的位子上，望着他们，像在观看一场生动的喜剧。

我终于和他们区别开来了。我感到内心有另外一个自己开始慢慢显山露水，他就像是一首还没写完的诗稿，要求着不断地修改。与此同时，他也在毫不客气地修改着我，让我体内幽暗而迟钝的部分开始有了昆虫触须般的敏锐与知觉。

这种知觉之于我，就像纯度很高的美酒之于从不喝酒的少年。我醉了。

看着阿龙光秃秃的脑袋，看着阿强那认真撅起的屁股，不知怎么回事，厕所里那用过的书页强行闯进了我的脑海。是的，我承认，这很恶心，但是当这种恶心与眼前的舞台喜剧并置在一起的时候，就有了一种难以抑制的滑稽。我感到胸口的位置痒得厉害，我不得不捂着嘴笑了起来，我知道我不该笑，于是拼命想控制，我把头贴在桌面上，全身剧烈起伏着，弄得桌子都瑟瑟发抖。突然，我听到周围安静下来了，我警觉地抬起脑袋，发现他们已经停止了读诗的热情，纳闷地看着我。

“你没事吧？”萍姐问我。

“呃，我，我喝水呛着了。”为了证明所言非虚，我使劲咳嗽了几声，脸憋得通红。

萍姐说：“你看你，还跟个孩子似的。”

我点头说是，脸上还挂着掩盖不住的笑容，左右手轮番抚摩着胸前，做出一副无可奈何的样子。

这时，阿强突然对阿龙说：“你看这句写得多好啊：春风吹来的时候，也吹来了你对我的思念……”

阿强念诗的时候，他的屁股还是那么认真而严肃地撅着，让我越来越确定他就是在卫生间“使用”书页的人，假设那本笔记本不是领导的，而是我不小心捡来的，想必阿强同志一定也会义无反顾地“使用”它吧，包括他所赞美的诗行……这些乱七八糟的想法聚合在一起，像是核聚变到了临界点，让我爆笑了出来——

“哈哈哈!”

平地起惊雷。

我笑得眼泪都流了出来，他们的热情这次真的被打断了，他们走了过来，萍姐还摸着我的背，说：“没事吧，怎么呛成这样?”

她这样说，我笑得更厉害了，我不得不弯着腰，挣扎着去了卫生间。

我拧大水龙头，用冷水使劲洗着脸，几分钟后，我终于平静下来了，我马上意识到糟了，这次捅大娄子了。一向小心谨慎、低调做人的我，怎么今天会犯这么大的错误呢？我思来想去，觉得还是坏在诗上了，要是我不写诗，我就会一直淡定下去，可是我写诗了，我就不那么淡定了，我对世界的感受也完全变了。这个世界哪里经得起诗句的探测啊，世界和诗歌很多时候是南辕北辙的。

怎么挽回？我想，只能装出一副不在意的样子，只有自己不在意，别人才能不在意。我走出卫生间，又摆出平日里小心谦卑的样子，却发现他们已经散开了，各回各的位置，低着头，都有事在忙的样子。我本想装傻问下是不是领导安排什么任务了，可当我发现领导那黑色的笔记本已经端端正正地摆放在了我的桌面上，我一下子什么都明白了。他们应该感觉到了我的嘲笑。无疑，这让他们受到了伤害。我该怎么办才好呢？

我和萍姐搭讪道："刚才你说我像个孩子，这句话笑死我了，你的母爱也太泛滥了。"说完之后我自己笑了几声，萍姐也笑了，她说："本来嘛，只有孩子才老是会呛到自己。"她说话很和气，很自然，没有破绽。也许真的没什么事，是我自己想太多了，那样的诗看多了谁都会感到无聊的吧。

可不知道为什么，我的心依然无法放下，总觉得事情不可能就这么过去，一定有什么蛛丝马迹被我忽略了。

我一边小心翼翼地观察着萍姐，一边寻找着症结，冥思苦想。忽然，脑海中灵光一闪，我暗自惊呼了起来：我发现了问题！

问题便是，她和我说话时并不看我。

我的目光试探着想和她对视，但我们的目光就像是跑在不同轨道上的地铁，总也撞不到。我在记忆里搜寻着过去和萍姐说话的情景，那时她是怎么看我的？那时我和她有目光的交流吗？我闭上眼睛使劲回想，一无所得。我这才意识到自己很少去观察别人，对别人展示出来的细枝末节通通视而不见。简直糟糕透顶，自己像个没有主动意识而仅仅是生存着的动物。我痛恨自己。现在只有两种可能性：一种是她过去是看我的，一种是她过去就不看我；如果是后者就没什么事，如果是前者，那么问题就大了。

想到这里，我的头有些痛，我怀疑自己的脑子不够用，不但算不出复杂的数学题，而且也解不开人与人之间的关系。

“下班了。”这时萍姐伸了个懒腰，打着哈欠，看着天花板说。

要在以往我肯定会呼应几句闲话，但今天，我决定不搭话，要看看她会不会看我。果然，我的沉默发挥了效力，她朝我看了过来，我赶紧把眼光迎了上去，她说：“你还不走？还要写诗?”说着，她自己笑了。我也笑了笑说：“看了领导的诗，我不敢再写了，今晚回去要好好研究一下。”萍姐说：“嗯，领导的水平还是高。那我先走了。”萍姐提着她那个用了多年的咖啡色皮包，头也不回地走了。

我心里堵得慌。刚才她是看我了，但奇怪的是，当我逆着她的目光看过去的时候，竟然没有看到她的眼神，只是看到她的眼睛。——我只能确定她在看我，仅此而已，没有其他任何的讯息。怎么会这样呢？看来这次真的栽了。他们一定会向领导告密，说我嘲笑他的诗，然后我就被扫地出门。

不过，还有更深一层的东西令我感到恐怖，这种恐怖比下岗失业的担忧要强烈很多倍：只要我一想起萍姐那种没有眼神的“看”，我就不寒而栗，那是一双非人和物化的眼睛啊！我还是在人类当中吗？我没有勇气和那样的眼睛对视第二次。

阿强和阿龙回来了，他们和以往一样发着牢骚，抱怨着工作的辛苦，大声地叹着气。我依然装作无所谓的样子和他们搭讪，他们也应和着我。要不是刚才在萍姐身上的发现，我还真以为一切都完好无损呢！可现在，我用全新的目光审视他们，发现他们和萍姐一样，说话时并不看我。有时当他们转过脸的时候，他们的眼睛也会面对着我，但依然谈不上“看”，只是眼睛恰好挪动到了那个位置而已。

我再说一遍，我无比惧怕这种眼睛。所以，我貌似平常地和他们告别了，实际上内心像逃犯一般狼狈。

接近黄昏的街道，盛满了拥挤的人群，毫无目标的我故作昂首挺胸状向前走着。自从和樱分开后，我就丧失了生活的目标，其实和她在一起的时候也没什么目标，但只要她有目标我就有目标了。（她的目标我已经忘记了，但可以肯定，其中并没有我的位置）现在她离开了我的生活，带走了她的目标，留给我的只有一个空洞，就像花盆里被移走了一束花，我也不知道该在那里种什么新物种。但我不能让别人看出我是个没有目标的人，我便设定一个位置，大踏步朝那里走去，等到了那个位置的时候，我会暂时停住，掏出手机来，似乎有什么人给我打电话或是发短信了。我按着手机的按键，食指欢快地忙碌着，可收件箱里除了一条房地产广告信息外再也没有什么别的了。

我脑海中一直盘旋着萍姐他们那物化的眼睛，挥之不去，心里压抑极了。下班的人越来越多，构成了汹涌的人流，我在其中像一粒碎屑似的被震荡着。我看着来来往往的人，可没人看我，即便偶尔有目光落在我身上，也只是和看到障碍物一样，轻松地便绕了过去。这时，我走到了公交车站，正好一辆公车停下了，我不管不顾，径直登了上去。整个动作一气呵成，毫不犹豫，对此我深感欣慰。

车上的座位坐满了人，我找了个靠近车尾的角落，抓紧吊环，刚站定，车就启动了，我来回摇摆着，像是货物，不知会被运向何方。我面前坐着一个接近四十岁的白领女性，她腰板笔直，身穿黑色的西装裙套装，脸上化了淡妆，眼睛望向窗外，脸上有种过度的矜持。当她察觉到我对她的打量之后，她的眼睛朝我这边斜睨了一下，便迅速弹开了，脸上矜持的意味愈加浓重了。

要是往常，我对这种人通常不会再看第二眼，但是今天，她的神情在我脆弱的内心雪上加霜，我有些执拗地继续盯着她看。萍姐和阿龙、阿强那样对我，只不过因为我们是同事，可眼前的女人与我毫无瓜葛，我就不相信她也会那样对我。

我凝视着她，希望能引起她的反应，即便是瞪我一眼甚至骂我一句都行，起码能让我感到我是她对等的存在。

可是，我又一次失望了。她在我的凝视下，脸上浓重的矜持已经变成了鄙夷，她的整个脸都扭向了车窗的一方，完完全全将我拒于千里之外，我的心里被揉进了一根针，刺痛不已。天渐渐黑了，路灯亮了，车窗变成了镜面，映照出公交车内的人们。她在车窗里的影子也是那么生硬，像刀刃一样切割着我的目光，让我越来越底气不足。不知道到了哪个站，女人起身了，她冷若冰霜的脸从我视线中滑了过去，我的目光紧锁着她，她下车后头也不回地走进了一座小区的大门，把我的目光杀死在那个地方。

我是一个老实人，所谓老实人就是很少去记恨别人，但这个素不相干的女人，有些激怒我，我的心底有了说不出的仇恨。仇恨真是个奇怪的东西，有时候骂你一句甚至抽你一巴掌你都不会产生仇恨，但是现在却仅仅因为人家不看你，你就产生了仇恨，这是怎么回事？仇恨的秘密究竟在哪里？

思来想去，太阳穴突突突地跳动着，涨痛。我抬起头来，环视公交车内其余的人，站着的人都望向窗外，坐着的人要么打盹儿睡觉，要么呆愣愣地望着前方，每个人仿佛都被看不见的时空给隔开了，眼前所见的全是假象。我暗暗惊奇世界怎么如此诡异？萍姐那没有内容的眼睛像是螺丝刀一般，强行给我拧开了世界的内部，一个我承受不了的内部。

我的呼吸变得粗重，我的本质面临着被取消的危险。什么是我的本质？就是我曾经认为我所是的那个人。那个人快离开我了，或是，我快离开那个人了。

车上的人渐渐少了，我在终点站下车了。我四处打量了一下，居然认得这个地方，以前我和樱来过，这里有个服装批发市场，她经常会来看看有没有什么新款式。陪她进完货，我们通常会去市场对面的沙县小吃里吃蒸饺，味道并不好，但因为便宜，我们还是每次都去吃。想到这里，饥饿感从腹部蹿了上来，凶猛地撕扯着我的意识。我决定去那家沙县小吃，重温往昔时光。

沙县小吃的老板还是那对福建夫妇，男的在厨房里忙活，女的在外边招呼客人。女老板一见我便热情地迎上来，招呼我坐下。我说要一笼蒸饺，她点头说好，还爽朗地笑了两声。她不可能记得我，她只是对每个顾客都这样，这就是日常生活的基本面貌。曾经，我和大多数人一样，天天就沉溺在这样的面貌当中，但现在，世界的内部像深渊一般向我呈现，逼迫我睁开内心之眼，我像野狼似的审视着每一个细枝末节。

刚才女老板招呼我的过程中，仅仅看了我一眼，我得承认那一眼中还有些内容，那是一种发现了顾客的确认。我是一个顾客，这没错，可是那脸上堆起的笑容分明是为了掩饰眼神中的冷漠，我捕捉到了那种冷漠，它和萍姐以及公交车白领的冷漠有着异曲同工之妙，都是视我为物，一个并不存在的物，或是一个可以成为任意存在的物。我盯着她看，她忙忙碌碌的，实际上也没干些什么，但是，她始终没再看过我一眼。

“该死的!”我在心里骂道，仇恨的火苗又烧了起来，这次比上次发生得更加迅疾。不过当我看到她佝偻的脊背与脏兮兮的头发时，又觉得自己不该生气。比起公交车白领来说，她更不容易，干吗要生这种人的气呢。

蒸饺端上来了，我夹了一只塞进嘴里，想象中的温情没有出现，不仅依然难吃，而且多了几分苦涩。自己与这蒸饺倒是有了本质上的相似——那些眼睛都希望我们尽快消失与转化掉。

几乎是挣扎着吃完的，十二只肉馅蒸饺才五块钱，非常廉价。记得新闻曾报道某些小贩拿纸箱子磨碎了做肉馅卖。我刚才吃下去的有纸屑吗？淋巴、大肠、肉碎等边角料是肯定有的……我绝不是抱怨，更不是批判，我有感而发的只是这种食物的空洞。这是毫无内容的食物，它们只是一种伪装物，就像那些人的眼睛似的。我感到一阵想要呕吐的恶心。

这时一只猫溜了进来，在桌子底下打转，寻找着人类不小心掉下的饭渣。桌面上有块我刚才吐出的肥肉，太难以下咽了，我便随手丢给它，它吃完后舔了舔嘴巴，目光炯炯地望着我。我们对视着。

“喵呜。”

我心里一震。我所期待的，我所认为正常的，不就是这样一种健康与自然的目光吗？

付完钱，我又来到街上。腹部有些不适，喉咙处也隐隐作呕。想不明白，以前是怎么咽下这些东西的。难道爱情真有一种魔法，可以变腐朽为神奇？在我远去经年的故乡里流传着这样的顺口溜：“你愿意，我愿意，住在牛棚里也愿意。”但，那时我和樱之间的感情称得上是爱情吗？我们总是太过平淡，就连最后的分手都波澜不惊，没有歇斯底里的哭泣。我们只是简单地交换了几句意见，就散伙了。

可是，再平淡的感情也能抵御空洞虚假的食物，我不禁怀念起过去的生活了。

当时樱看我的眼神是怎么样的呢？我们很少像电视上演的那样，彼此相拥，含情脉脉地注视着对方。我们很拘谨，拥抱的时候，我的头通常会低下来，放在她的肩膀上，然后什么也不看什么也不想，只是闻着她的气息。她也总是羞怯的，把头埋在我的怀里。

我想她了，想见见她，随便说点儿什么都好。

犹豫了许久，我还是大着胆子拨通了她的电话。我忘了客套，直接说："出来聊聊好吗？"她沉默着。我忍受着。就在我要挂机的时候，她说："那好吧。"

重新搭上公交车，这次目标明确，直奔樱所在的诗韵小区。据我所知，那里的房租很贵，看来她的经济条件有了大幅度的提升。

现在不堵车，很快就到了。樱已经把会面的详细地点用短信发给我了，是在小区正门左侧咖啡店的25号桌。她还是那么细腻（以前我觉得那是婆婆妈妈）。我很快找到了那家咖啡店，并且在进门的瞬间就看到了樱，我的心突然跳得很厉害，樱怎么那么漂亮！那是记忆中的樱吗？她看到我，朝我笑了笑，我看到了她的眼睛以及她的眼神——多么美丽多么自然啊，就像蝴蝶翅膀上的图案，就像刚刚退潮的大海，就像温暖的衣衫……我又变成诗人了，满脑子都是歌颂的诗句。

"你好像瘦了。"我刚坐下，樱便说道。

"是吗？"我伸手摸着耸立的颧骨，心中有些感动，没有人发现我瘦了，包括我自己，可樱一见面就发现了，她的确是会认认真真看我的人。

"你越来越漂亮了。"我诚恳地说，说完又有些难为情了，以前在一起的时候我从没有这样说过。

樱笑了一下，她只是淡淡地问道："现在还好吗？没换工作吧？"

以前她一直嫌弃我的工作，虽然她没直接说出口，但言语之间总鼓励我"走出去"，这种观点在她心里至今也没改变。

“我还在仓库里。”我如实相告，低头想了想，又补充了一句，“过得不大好。”

“哦？怎么了？发生什么事情了吗？”樱关切地问。

“呃……”千言万语，我又不知该如何说起，我只得说，“先说说你的情况吧。”

“我挺好的，近来生意不错，我还雇了一个店员。”

“祝贺你！这样……真好。”

“小店生意，还是那么无聊。快说说你吧，怎么不好了？”

我把分手后开始写诗又被领导知道的一系列情况对她说了。她的表情很丰富，先是得知我写诗变得惊讶，后来得知被领导叫去变得高兴，再后来得知领导的诗写得不怎么样变得无奈……可她自从第一眼看过我之后，就没有再认真地看着我，她时而低头喝口咖啡，时而望望窗外，要不是她丰富的表情，我肯定以为她没在听了。因此，讲到这里，我不知道该不该讲萍姐的眼睛以及接下来发生的那些。如果讲了，会不会造成对樱的冒犯呢？或者，压根儿也得不到她的理解？

“然后呢？”她喝了一口咖啡问我。

以前我们在外渴了最多买瓶饮料，从来没有去过咖啡店，一杯咖啡三十元对我们来说太奢侈了。可她现在那么熟练地用小勺搅着，用小口喝着，那么得体与优雅。不到一年时间，一个人竟然会发生脱胎换骨的变化，令我暗自惊心。

“然后……然后我在同事们欣赏领导诗歌的时候笑出声来了。”我说。

“晕，你怎么……怎么这么不懂掩饰自己啊？”樱捂着嘴巴，摇着头说，嘴角蓄满了笑意。

“我想掩饰来的，但没忍住。”我随即说了阿龙、阿强在厕所“使用”书页的事，樱这次真的被逗笑了。

“是很可笑吧？所以我当时就没忍住。”我欣赏着樱的笑容。

“没事啦，小事情，明天也许大家就忘了。”樱安慰道。

“不，不会的，他们肯定会告诉领导的，我们那里的风气就是这样。”

“这事传到领导那里就麻烦了……”

“嗯，我们领导很小气，很在乎自己作为单位一把手的尊严与威严，这下麻烦大了。”我朝樱投去深切的一瞥，希望得到她更多的关心。她感到了我的目光，低下头，局促起来，嘴巴紧紧抿在了一起，一副深思熟虑的模样。

墙上的钟表嘀嗒作响，时间像癌细胞一样不停地自我繁殖着，吞噬着我此刻的存在。看着樱的样子，我在这一刻里突然对永恒有了迫切的渴望。

“要不你写个读诗报告给领导看？证明你是真心喜爱并学习了他的诗的。”这时，樱打破了时间的冰面，缓缓说道。

“读诗报告……”我的嗓子发干发紧，我做梦也没想到樱会想出这么个主意。

“是的，读诗报告，反败为胜的一招啊，一定能让领导高兴起来的，如果你的文采足够好，打动了他，调你去编辑岗也不是不可能的事情呀！”樱说着高兴了起来，手舞足蹈的，好像梦想已经成真了。女人真是把梦想当作现实来过的啊。

“这样也太……”我犹豫。

“你就这样做吧，这是个好机会!”樱强调了“机会”这个词。

“嗯。”我还没决定是否真去做，但我得先答应她，好让她感到满意。

樱笑了，说：“虽然我们不在一起了，可我还是希望你好好的。”

原本我还想提出复合的意思，听她这么一说，我明白自己可以打住了，她的话证明她已经完全放下了。这时，樱掏出白色的苹果手机看看时间，说：“不早了，该回去了。”

“我送送你吧。”我站起身来。

她摇摇头，说：“我就住在这个小区里边，很近的。”

我和她一起走出咖啡店，她朝我挥动着手臂，说：“拜拜。”这声“拜拜”启动了我的伤感装置，我像个孩子似的突然贪恋起她来，顺势又跟着她继续走，嘴里说：“我还是再陪你走走吧，毕竟晚上不安全。”她没有看我，但我听见了她在黑暗中的叹息，我还没能理解这声叹息的含义，就发现有个男人的身影迎面出现了。

“小樱。”他叫道。

“你怎么来了?”

“太晚了，我不大放心你，就出来看看。”

我的心沉了下去，不知为什么，我的眼睛向上看了看天空，觉得自己正在加速坠落，要被南方星空的雾霾所吞噬……樱对那个男人介绍了我（看不清她的表情，但感觉她很自然），男人伸出手来，我也赶忙递了过去，他轻轻握了一下，轻如尘埃，我几乎毫无知觉。

“你好，听小樱说你是她很好的朋友，以后多联系哦。”男人说，他的眼睛隐藏在一片昏黑中，我无法看清楚，但我确信他的眼睛对我是黯淡无光的，比白天那些可怕的眼睛更加充满敌意。我在他眼里也是一个莫名其妙的物，需要被尽早归类（例如：很好的朋友）然后便于处理掉。

“好的，拜拜。”我看到自己的手臂在半空中孤独地划动着，像一辆旧车的刮雨器。他们的身影闪过小区的铁门便不见了。

他的胳膊一直搭在樱的肩膀上，樱没有再回头。

这种滋味不好受，疼痛与苦涩自不必多说，尤其噬心的是某种期待的破灭。我这才意识到这次见她并非仅仅源自想念，而是抱着期待乃至希望。现在，绝望莅临了，我那本就布满裂纹的感情门扉被撞得粉碎，一片无垠的荒原横陈在面前。没有任何救援，擦肩而过的人们都带着自身那被囚禁的眼光，他们看不到我，更不可能看到我的痛苦。我变成了隐身人。

“一个幽灵，共产主义的幽灵，在欧洲游荡。”不知怎么的，《共产党宣言》那个著名的开头浮现在我的心中，我自然不是共产主义（领导说我还不够入党的资格，具体哪里不够他也没说，只说要先和组织多亲近亲近），但我却成了真正的幽灵，一个看不见的幽灵，在南方的大街小巷中游荡着。

我想起樱刚才的建议：专门给领导写一个读诗报告。这个建议想来非常合理，但我仍然在犹豫和挣扎……一个隐身人开始溜须拍马，领导就会正眼看他吗？就会把他从一片幽暗中拯救出来吗?

也许真的可以，我的双腿已经自动朝单位走去。快走到单位的时候，我渴极了，沙县小吃的蒸饺放了太多的味精，后来和樱喝的咖啡又让嘴巴变得酸涩。路边正好有一个西瓜摊，一排排切好的西瓜牙放在三轮车的木板上。这是岭南人叫作“走鬼”的摊贩，他们是市场经济的“游击战士”，趁着月黑风高城管放松警惕之时才敢溜出来。

“一牙西瓜多少钱?”我紧盯着他的眼睛问。我变得偏执起来，就喜欢看别人的眼睛。

“一块钱。”他的眼睛乃至他的脸都晦暗不明，像一片活动着的黯淡色块，对外没有丝毫辐射。

我吃了一牙西瓜，又拿了一牙，这个模糊不清的走鬼勾着头，一言不发，一脸麻木。我给他钱，他也不看我，只是伸手随便一扯，钱便掉进了三轮车厢里。这个姿态一方面充满了不屑，一方面又充满了无奈的悲凉。一块钱，还能指望什么?但，一块钱就不是钱了?!我被内心的火苗又烫了一下，赶紧深深喘了口气。这时，我突然发现西瓜刀被胡乱丢在木板上，刀刃在街灯下闪烁着欢快的光泽。那光泽很美，很漂亮，简直难以描述。

十分钟后，我坐在仓库办公室的桌前，手持领导的诗稿开始细读。是的，我已经决定给领导写读诗报告了，说起来让我最终下定决心的，居然是那卖西瓜的走鬼。他让我想到自己在领导的眼中也是黯淡的一团吧，所以才导致了被视而不见的悲剧。看来问题是出在自己身上，怨不得别人。我一定得改变了，要摆脱那种黯淡的状态，要像刀刃一样闪闪发光，刺穿盔甲一般的冷漠，最终抵达夺人眼目的境界。那种境界，就是世俗以为的成功了吧。名利于我倒是无关紧要，只要能让人对我正眼相看，我便心满意足了。尽管这是个渺小的梦想，却让我有了伟大的热情。

面对领导那些煽情的诗句，我开始提笔颂扬了，我原以为这个过程会像走泥泞小道似的艰难，没想到真动起笔来却如滔滔江水连绵不绝，这才明白了为何现在都把“扯淡”改叫“吹水”了，原来是个非常准确的隐喻啊。我忘记了时间，完全投入到吹水的事业中去。吹水完毕，我抬头看看窗外，天已经麻麻亮了。我累极了，顺势趴在桌面上，酣睡了过去。

我被萍姐的开门声给吵醒了，她惊呼道：“你昨晚睡这儿了？”我赶紧辩解道：“没有，只不过今天来得早，刚才却又困了，就睡了会儿。”萍姐紧追不舍地问：“你今天来那么早干吗？”我说：“昨晚没睡好，早早就醒了。”萍姐那视而不见的眼睛望向我这边，我不敢对视，赶紧打着哈欠，望着天花板说：“还不是因为樱，她有人了。”萍姐知道我和樱的事情，她叹口气说：“你还管人家干啥，你赶紧管管自己吧。你放心，有合适的我会介绍给你的。”要不是我看穿了她的眼睛，她的热情一定会令我感动的，但现在，我觉得她虚伪、麻木和装腔作势。我相信，等到她下班的时候，她早就把她说过的话抛到九霄云外了，我之于她，只是特定时空中的一个黯淡的影子。

趁着萍姐去卫生间的空当，我拿着领导的诗稿和读诗报告溜了出去。在街边遇见了阿龙和阿强，和他们微笑着便擦肩而过了，我回头看他们，只看到他们的后脑勺，看不见他们的眼睛。

领导办公室的门虚掩着，证明他在，但不确定还有没有别人，读诗报告可千万不能让别人知道，它是我难以启齿的隐私。我感到紧张，手心都出汗了，因为我从未主动找过他，被动变主动我还无法适应。我机警地打量着四周，害怕有同事经过，可偏巧就有高跟鞋的脚步声在走廊拐角处响起，我这样鬼鬼祟祟的被人看到怎么办哪？我心一横，伸手敲了领导的门，领导雄壮的声音传了出来：

“进！”

我推门走了进去，发现里边就他一个人，不禁松了口气。

“你看完诗稿了？”

领导像有特异功能一般，并不抬头看我，却知道来者是我，我感到惊讶万分。

“是的，看完了，写得真好。”我说完后不知道自己的语气是否自然。

领导笑了笑，说：“你的诗呢？什么时候拿来给我看看？”

我说：“我写得不好，就不要浪费您的时间了……”

领导打断我的话说：“好不好，要我看过才知道嘛。”

我鼓足勇气说：“那好，我尽快整理好给您，现在我想请您看个另外的东西。”

“什么？”领导终于抬头了，但他只是望了一眼我的手，当他看到我手里拿的还是一沓纸的时候，头又低了下去。

我把读诗报告递了过去，说：“您的诗写得太好了，这是我读后的一些感受，我尝试着写了一篇评论。”

我以为他会非常诧异的，以为他会抬起头来睁大他的双眼，用一种意想不到的全新目光来打量我。但是，没有。他嘴里含混地说："是吗？"他略略欠身，伸手接过文稿，丢到了书桌旁边的地上。他的桌面上堆满了文件，书桌旁边的地上堆的是过期的报纸，我的稿子便和那些旧报纸躺在了一起。

"还有什么事情吗？"

"没有了。"

我转身朝门口走去，心里的失落仿佛一盆沸水放进了冰箱里。我不甘心，我觉得隐忍的道路已经走到了尽头，我不能再让一些低矮的篱笆封死我，是需要主动出击一次的时候了。体内涌出了连我自己也难以想象的勇气，也许是长期的抑郁与焦虑终于抵达了一个临界点。我停住脚步，转身往回走，在他面前站定说："请您看着我。"领导说："我忙完工作会看的。"我说："不是说那个文章，是请您看着我。"

"看着你？"领导面露愠色，抬起眼皮瞥了我一眼，说，"你有什么好看的？"

"请您正眼看着我。"

"你这么说什么意思？"

"没什么意思，只是希望和您有个比较正常的交流。"

"难道你的意思是我和别人交流一直不正常？"

"我不知道您和别人怎么交流的，反正您对我不正常。"

"我怎么不正常了？"

"看着我！"我突然吼道。

领导被我这声怒喝震慑了，他浑身哆嗦了一下，他做梦也没想到一个黯淡的身影会这么对他大呼小叫的吧，而且，为了微不足道甚至他都无法理解的琐事。我的心里夹杂着恐惧、愤怒以及破罐破摔的无赖之勇，当然，还有一丝恶作剧般的快感，这是我之前完全料想不到的。几秒钟之后，领导缓过劲儿了，他也带着愤怒吼道："你干什么呀？你疯了吗？！"

"正视我，再说话！"我坚持到底。

"出去，我不想再看到你！"他朝我使劲挥着手，仿佛驱散一阵呛人的灰尘。

这句话是一粒致命的子弹，击中了我的要害，它宣告了我的双重失败：自尊的破产和工作的下岗。我的眼睛湿润了，但那不是泪水，而是一层血雾样的东西。我必须反抗，我不要双重的失败，工作丢了我还可以再找，但自尊破产了，也许这辈子就废了，再也没有做人的勇气了。我看到桌面上放着一把裁纸刀，我一把拿起，几步上前，左手揪住他的衣领，右手握刀抵住他的肚子。猛然爆发的行动超出了我的控制，我的嘴唇在颤抖。

我一边颤抖，一边咬牙对他说："看着我！"

看到我害怕的样子，他的嘴角蓄满了轻蔑的笑意，他说："神经病！"

突然，我的右手又失控了，刀子像水蛭一样钻进了他的肚皮。然后，我的手被热乎乎的血给淹没了，像打翻了一杯咖啡。他的嘴巴张得大大的，却说不出任何话来，嗓子深处只有一些咕哝咕哝的含混杂音。

现在，他的眼睛像野马一般瞪大了，死死地盯着我。我也瞪大眼睛，用力和他对视，我看到他褐黄色的瞳孔渐渐放大，像莱卡相机的镜头在调整光圈似的。

我对他说："你的那些诗感情空洞，充满了装腔作势。你回避了自己最真实的情感，要不就是你压根儿没有能力去发现。你根本不是个诗人。”

我像个激情万丈的评论家那样演讲起来，他的眼里流露出恐惧、愤怒、悲哀以及绝望的目光，那样的目光让我感到满意。不过，我突然发现他只是个普普通通的中年男人而已。他的眼睛周围布满了皱纹，眉毛如稀疏的杂草，右眼的下方已经长出了黑黄色的老年斑。尽管他的眼光由于极度的痛苦变得熠熠生辉，但由于器质的老化，无论如何都谈不上清澈了。

我沮丧起来，叹口气说：“你应该早点儿看着我的。”

你的陌生人

这是他第二次来到这座城市，一座海边的城市。

他这次的行程很简单，就是在这座城市的购书中心做一次演讲。他出过几本书，但是今年一本书也没出，因此他可不是来做什么签名售书的，他纯粹就是来演讲的，面对日益减少的文学读者谈一谈写作，就像是一只珍稀动物，通过现身来证明自身的存在。主办方选择购书中心作为场地，据说是因为一时找不到更好的地方，而购书中心恰好有一个周年促销活动，主办方便趁机推荐了他，说他是一个很有名的作家，肯定能带来一些人气。他听对方这么说的时候，不免苦笑了一下，他和对方都知道，这是一个善意的谎言，他的名气可没那么大。

说心里话，他对这样的活动兴趣不是很大，要不是对方的格外热情，他一定就拒绝了。对方是个女的，很有礼貌地说她叫白小倩，是某个文化部门的负责人。他对那个部门不是特别了解，只是觉得她的声音很温婉，尽管有点儿职业化的腔调，但还是透着真诚的热情。

白小倩说她对他的作品是如何地喜欢，她甚至还说出了他小说中的一处细节，这让他的情绪也变得高涨起来。她是一个真正的读者，他这么想。他很快就答应了对方的请求，甚至还有了一种期待的心情。

挂断电话后，他独自坐在沙发上，发了会儿呆，情绪又慢慢平复了，觉得对方不一定真的看过自己的书，去网上搜搜资料，就可以在几分钟内得到很多的信息。那么，还去不去？他看着墙上停摆的挂钟，暗暗问自己。

为什么不去呢？心底有个声音说，难道你不是一直还想去那座城市看看的吗？

他这才意识到，他之前的兴奋情绪并不完全是因为遇到了一位“真正的读者”，而是掩饰了内心深处的某些东西。那是什么？他闭上了眼睛。哦，好多年了，像是梦境一样的恍惚了。他第一次来这座城市的情景像电影一般，在他脑海中晃动起来。那天下着大雨，虽然他打着伞，衣服还是湿透了。海边的雨水是没有水滴的，只是把水搬运过来，倾泻而出，他觉得自己要被大海吞没了。那天的心情，他还能记得起来吗？他闭上眼睛，仔细搜寻着，像是一只猎狗，试着要找到一星半点儿微弱的线索。但他所能找到的，是大雨之外的大风，从大海那边猛刮过来，紧紧盖住他的鼻子，让他艰于呼吸。

抵达的时候，是个晴天。阳光明媚得像到处都镶嵌着明晃晃的镜子。他的眼睛很不舒服，从机场出来后，他就赶紧戴上了墨镜，钻进了一辆出租车。他觉得自己像个形迹可疑的罪犯，或是一个张皇失措的漫游者。

他拒绝了对方派人来接站的好意，他告诉对方，他来过很多次了，对这里熟得很。他不知道自己从哪里得到的自信，但他现在要吞下这份自信的恶果了。他一下飞机，就被巨大的候机楼给弄晕了，问了三个人才找到打车的地方。然后，墨镜后的玻璃幕墙与汽车的洪流冷冰冰地包围了他，这完完全全是一座陌生的城市，他恐慌地发现自己对这里几乎没有半点儿熟悉的记忆。比如说，他明明记得离机场不远处有个雕塑，那是一个蓝色的长着翅膀的壮汉，浑身夸张的肌肉像是涌动的海浪，曾让他忍俊不禁。但现在，除了高楼和高楼之间的小块绿地，他什么都没找到。他在茫然中闭上了眼睛，里边干涩极了。是的，他太累了，长年累月的写作，让他患上了神经衰弱症。一次漫长的飞行，足以让他疲惫不堪。很快，他就睡着了。

等他醒来的时候，车已经开进了市中心，各式各样的广告牌带来了炫目的色彩，但是，那些商品的名称却大都相识，仿佛他已经坐在回家的车上了。他打了个哈欠，觉得自己应该振作起来。他开始想象和他联系的白小倩是个怎么样的人，是二十多岁还是三十多岁。听她的声音倒是蛮年轻的，也许会长得很漂亮？当然，对此他自然没有非分之想，他只是出自一个男性的本能，希望这次旅程能被一种温柔之美给点亮。

这时，电话响了，他一看是白小倩打来的。他想，她这个电话来得可太及时了。

“喂，小倩你好。”他面带微笑，声音沉稳。

但出乎意料的是，白小倩的声音却很激动，几乎带着颤抖：“李老师！你知道了吧？”

他紧张起来，不知道发生了什么事情。

白小倩说："李老师，难道你还不知道吗？"

"知道什么啊？"

"管先生获得诺贝尔文学奖了！"

"是吗？真的吗？"他一连问了好几遍，也抑制不住地激动起来，说，"他被提名了那么多年，终于修成正果了！"

"是啊，这真是中国文学的一件大事啊！"白小倩说，"看来我们这次演讲的主题，也要有所调整了。"

他笑着说："要怎么变呢？难道要让我来谈谈对管先生得诺奖有什么感想吗？"

白小倩像小女生那样发出了尖细的笑声，说："对啊！李老师你太聪明了，我们主办方的几位同事，都是这样想的。我想这肯定也是读者们的期待。"

他笑不出来了，他感到这突然间发生在自己身上的事像是一个玩笑，一个完全由巧合带来的玩笑。如果管先生早一点儿或晚一点儿得奖，就不关自己的事了。

他说："管先生得奖了，我自然非常高兴，但是，从根本上说，跟我，还是没有什么关系的吧？我并不认识他，他也许都不知道我的存在。"

"怎么能没有关系呢？"白小倩听他那么说，显得有些惊讶，"你们都是中国作家啊，就像是一个足球队，终于有人踢进球了，这荣誉是属于你们整支队伍的。所以，李老师，你还是谈一谈吧。结合管先生获诺奖的好消息，更生动地谈谈文学与我们这个时代的关系。"

他无法拒绝了。如果他还推三阻四，只会被看作是一种同行之间的轻视与忌妒。但实际上，他完全没有那样的情绪，他内心无比真诚地祝贺管先生。他只是一时不知道该说什么好。他并不善于在公众场合发言，他为了这次演讲准备了几个晚上，可现在突然间，这些工夫都白费了，新的话题等待着他去发言。他不喜欢这种仓促的变化，他可不是政府外交部的新闻发言人，无论何时何地，都可以随机应变，侃侃而谈。

白小倩说："题目我都帮你想好了，就叫'诺贝尔文学奖与中国当代文学'吧！"

"你这名字可够大气的。"他略作揶揄，便答应下来了，但他心里愈加感到，这次的演讲已经完全变样了。他本想结合自己的写作之路，回顾一下自己青少年的经历，但现在看来有点儿可笑了。他现在突然之间变成一个无足轻重的小人物。他在极短的时间里，从一个幸运的主角，变成了无足轻重的配角，但同时，却还要分享主角的荣耀，这是一种多么尴尬的处境！不过，他扪心自问，难道他之前真的把自己当成是一个主角吗？不，不，不是的，他深知，自己从一开始就是一个小人物，正是这种心态让他犹豫再三。那么，自己待会儿站在那个讲台上要说的，又有什么关系呢？他所要做的，就是在这则如海潮汹涌的消息面前，驾驭好脚下那块能够乘风破浪的冲浪板。这么一想，他的心里，一下子平静下来了。他开始仔细琢磨起中国当代文学与诺贝尔文学奖之间的关系。这是一种什么样的关系？它们之间真的有关系吗？反过来说，它们之间会没有关系吗？要说清楚这些问题，是很不容易的，要涉及到对方方面面的看法。他忽然想起自己小的时候，在父亲的教导下，开始写日记，描摹周围的事物，当他写的作文被老师选中，在全班宣读的时候，他在心里也曾暗暗幻想：自己今后要是能得诺贝尔文学奖该多好啊。这个梦想，他在大学毕业开始认真写作之后，已经完全忘记了。写作，变成了一项每日都需要面对的劳作。可此时此刻，这个梦想像是一条巨大的蓝鲸，驮着管先生向他游了过来，那巨大尾鳍掀起的巨浪只在瞬间就将他淹没。

白小倩穿着一袭白色的长裙，白色的高跟鞋，站在购书中心的门口等他。阳光把她的周身照得通亮，她看上去简直像天使一般了。说不清为什么，也许因为白小倩姓白，他对白小倩的想象就是一袭白色的长裙，然后被微风所撩动着。现在这个预感变成了现实。他感到既高兴又忧伤。高兴自不必说，而忧伤是因为这让他终于把对这座城市的情感落实在了一个人身上，那个让他第一次来这座城市的女人。

他付钱给司机，然后拿好发票，这些琐事让他下车的时候不免有点儿走神。他刚踏上购书中心门口的大理石台阶，白小倩就发现了他，立刻朝他挥着手，满脸笑容地跑了过来。虽然她的姿态很轻盈很优雅，但他还是担心她的鞋跟是不是过于纤细了。终于，他看清了她年轻的脸庞，那股青春的气息扑面而来，几乎将他给包围了。他甚至微微战栗了一下。她长得算不得漂亮，但是皮肤白皙，五官小巧，有着瓷器般的精致，暗暗蕴藏着一种动人心魄的韵味。那是由热情与纯真凝聚出来的一种独特的气质，让他在一瞬间就心生亲切，忘记了之前的各种忧虑。

"李老师，终于见到你的真身了!"白小倩笑着说。

真身？听她这么说，他也陡然间感到，自己从一堆无边无际的思绪变成了一个有血有肉的人。但是，随之而来的是一种孤零零的感觉。他觉得心底有个地方被触动了，他第一次来这座城市时的孤独，再一次闯进他的心门了。

"不好意思，我来晚了，"他赶紧微笑起来，说，"让你久等了吧？我在路上睡了一觉。"

白小倩笑了，说："这么兴奋的时候你还能睡得着吗？"

看来她的情绪还没有从管先生获奖的消息里边走出来。他看着她，笑着说："知道之后，就睡不着啦!"

白小倩被逗乐了，她的笑声更大了，说："我猜也是!"

他跟着白小倩，进了大厦的电梯。白小倩按了五楼。电梯里还站着一对情侣，他和白小倩便并排站着，并不说话，这种氛围让他感到慌张。在记忆中，那个年轻的女人也让他体验过这种慌张。终于，电梯门开了，他走出来，竟喘了口气，如释重负般。

"李老师，你没事吧？"白小倩关切地看着他。

"没事，"他没想到被她发现了，他指了指电梯说，"我不喜欢狭窄的空间。"

"其实，我也不喜欢狭窄的空间，别人都不理解我，看来我终于找到同道中人啦!"白小倩和他开起了玩笑，还没等他说些什么，她指着边上一家泰国餐厅继续说："我们赶快走吧，大家都在里边等你呢。"

他不确定里边都有谁，他只知道，一定有他不认识的人。他知道自己从来也不是一个擅长交际的人。

走进里面一间叫曼谷的包厢，他发现有满满一桌人在等他。他被吓了一跳。他一定露出了尴尬的微笑，只不过眼下他已无暇顾及这点了。好在，他看到了好几个熟悉的面孔，说是熟悉，但其实他和他们从来没见过面，只是在微博上聊天的时候，顺便看过他们的头像。

“我来引荐一下，”白小倩说，“这是北大的胡博士，这是城市大学的刘教授，这是《新传媒时报》的马记者……”

“终于见面了！”他走过去，他们站起身来，轻轻和他拥抱了下，然后再使劲和他握握手。这个举动让他心里感到非常亲切。现如今，很多朋友都是在网上认识的，并没有见过面，但这并不妨碍友情的积累。就像他至今还记得，有一天晚上，他和胡博士在网上聊了好几个小时，话题并不局限于文学，而是涉及到文化、经济、政治各方面，两个人纵论天下，好不快活。他再一次意识到，能和素未谋面却神交已久的朋友晤面，是出行的最大收获之一。他再一次确信自己此行不虚。

白小倩招呼他坐下来，她就坐在他的身边，给他倒茶、盛汤、夹菜，他心里暖烘烘的。不过，他刚刚喝了几口茶，吃了几口菜，有人便举起了酒杯，伸过来要敬他。他感到了为难，毕竟饥肠辘辘的感觉还在折磨着他。不过，也并不是不能喝，那就喝吧，他不想让别人感到为难，那就为难自己吧。他举起酒杯一饮而尽。幸好是红酒，还不至于非常痛苦。别人见他如此豪爽，都端着酒杯过来了，他一连喝下去数杯。喝过了酒，便是要说话的。尤其是今天中国文学有了天大的喜讯，他知道他们也和白小倩一样兴奋，憋了一肚子的想法与观点。

“李兄，你对这次管先生获诺奖怎么看?”不出所料，胡博士率先发问了。

“当然是大好事啊，中国当代文学终于获得了世界的认可。”他喝了几杯酒，情绪开始高涨起来。白小倩说得对，他作为一个中国作家，得知这个消息怎么能不兴奋呢？的确是应该好好兴奋一下的。

“获得了世界的认可？你不会真的这样想吧?”胡博士抬手扶了扶眼镜，眼镜后细眯眯的眼睛散发出一丝不羁的光芒。他知道自己刚才的话要遭遇反驳了。一场话语的战斗就要爆发。

“难道不是吗?”他看着胡博士，笑了笑。他当然知道诺贝尔奖是一个西方的奖项，难免有着意识形态上的偏好，但是，这毕竟是它第一次授给中国籍的作家，意义非同寻常。

马记者非常灵敏，他立刻有了职业化的举动：拿出一个黑色封皮的小本子来，准备记下他和胡博士即将展开的辩论。他内心涌动的各种思绪忽然变得凝滞了，他喝了一口茶，想让自己清醒下。他可不想一句随意说出的话，变成明天的报纸头条。

胡博士看到马记者的举动，也陷入了迟疑之中，他抿了抿嘴巴，慢条斯理地说：“当然，我对管先生的获奖还是感到很高兴的。”

听到这句乏味异常的话，他暗自笑了笑，知道这场话语的战斗已经偃旗息鼓了。没人愿意在媒体面前肆意谈论自己的真实感受，一不小心，就会成为众矢之的。不过，这种心情很快变得沉重起来，因为他想到他吃完饭就要面对一群陌生人，来谈论诺贝尔文学奖与当代中国文学了。他要说的每一句话是否都要经过深思熟虑？他能否有这么好的口才，让自己的话语一直处在理性的控制之中？他是否太过谨慎小心，从而失去了一个作家应有的从容甚至文化的责任？

饭桌上的气氛有些凝滞，马记者似乎意识到自己的行为有些夸张，把小本子收了回去，但是气氛还是接续不上了，大家开始埋头吃饭。白小倩一个劲儿地给他夹菜，他很快就吃饱了。他很感激身边有这么好的佳人相伴，便举起酒杯，敬了白小倩一杯。白小倩用嘴唇碰了碰酒，然后把酒杯拿在手中说："李老师最近写了什么新作品？我一直是您的忠实读者，我读您的作品，比读管先生的还多呢！"

大家听了白小倩这番话，一下子活跃了起来，都说他真有福气，有这样的美女读者，比得诺贝尔奖还令人高兴云云。他听了不免有些尴尬，干脆说出了自己心中的疑虑："我今天能来这里和大家相聚，我很高兴，但让我等会儿演讲，还讲那么大的主题，我的心里真的很没底。"

"其实，我真的很想听听你怎么看管先生的作品，因为你也是写作的人，可以从写作的内部来谈谈看法。"胡博士重新洋溢起了热情，说，"其实，我私下里并不喜欢阅读管先生那种风格的作品，但我作为一个批评家，却觉得他的作品是可以阐释出新意来的，所以我很早之前就写过关于他的评论。"

"你的那篇评论我看过，写得很好，说管先生的作品体现了奔流不息的民间精神，我对这点非常认同。"沉默许久的刘教授终于开口了。他是个年近六十的长者，头发花白，戴着黑色的眼镜，看上去非常慈祥。

“对，民间精神，这点我也认可，这是管先生作品中最让我欣赏的部分。”他接过话头说道。胡博士的坦率感染了他，他觉得自己也有话要说了，虽然他怕自己会说过头话，但他还是如鲠在喉，不吐不快了。他接着说出了自己心里的犹疑：

“不过，不知道是时代变了，还是我个人的原因，我似乎无法把握住那种民间的精神，那些生机勃勃的众生相，我在太多的新闻里看到了相似的场景，我有时候也会在那里得到写作的灵感，但我觉得这样并不能让自己满意了，在我的写作中，一种理性的激情好像代替了那种本能的激情，从这点上说，我既羡慕管先生，又看到了他的局限性。呵呵，我希望我等会儿这样说，不会让兴奋赶来的读者们扫兴。但我们得承认，毕竟每个人都有他的局限性，就像我的局限性更加明显……”

“嗯，李兄说得对，我们很需要那种能够穿越喧嚣的智慧。管先生已经完成了他的大业，接下来该怎么走，需要每一个作家和批评家去思考。所以，你要说出一个作家的局限性，尤其是一个重要作家的局限性，可以让我们看到更大层面的东西，那些真正限制我们的东西。你就放开说吧！”胡博士举起酒杯来，和他碰了碰。他看着胡博士的眼睛，心里想，他说的那些“真正限制我们的东西”究竟是什么东西呢？它可以被表述出来吗？如果可以的话，他倒特别想听听他具体的表述。

这时，白小倩站起身来，微笑着面对大家，晃晃手腕上的表，说：“时间差不多了，我们慢慢走到演讲厅去吧，还得准备一下。”

他们走出餐厅，来到五楼扶梯边的平台上。他发现这里装修得非常豪华，有各种名牌服装店，还有麦当劳、寿司料理和游戏机厅，明明是一个嘈杂的商业购物中心，哪里像个购书中心呢？他纳闷地问白小倩："我们这里不是书城吗？为什么我一本书都没看到呢？"白小倩说："说起来也好笑，购物中心总共有七层，可一楼租给了几家公司商用，四、五、六层招商引资，做成了购物娱乐中心，七楼是他们的办公室，只有二、三层是书店，所以你刚才上来的时候没看到。"

"为什么他们要这么设置呢？"他心里一动，忽然想到了一个答案，但他想知道白小倩是怎么看的。

"我觉得吧，"白小倩抬手理了理额前的头发说，"他们把四、五、六层设置成商场，是为了更好地吸引顾客，当电梯拥挤的时候，他们会去走楼梯，这样便会来到书店了，说不定他们会因此而买几本书带回家看。你知道的，现在读书的人越来越少了，他们肯定是被逼无奈才这样做的。李老师你怎么看？"

"你站在商家的角度那么看问题，自然非常合情合理，"他对她微微笑了笑，他甚至觉得自己笑得都有些诡异，他继续说，"但是，我们为什么一定要站在商家的角度来看问题呢？比如说，我们为什么就不能简单地站在读者的角度去看问题呢？或是一个知识分子和艺术家的角度？知识分子为什么在今天会成为一个贬义词，难道不是因为他们——干脆说我们——难道不是因为我们总是站在商家或是别的什么人的立场上，去思考问题并给民众答案的吗？可这样的答案，恐怕民众也并不买账。"

他看到白小倩的脸一下子红了，像是做错了什么事情。这让他异常尴尬，而且追悔莫及，自己又多嘴多舌了。他赶紧朝后边看看，发现胡博士和马记者他们还站在餐厅的门口。刘教授去卫生间了，还没出来，大家都在等。这让他舒了一口气，刚才的话题要是被他们听到，不知道又会招惹出什么样的争论。他感到心倦了，不想争论，只想说说话，而白小倩正是最好的说话对象。她彬彬有礼，优雅有度，不会轻易反驳别人。他想，要是自己能具备那样的美德该有多好！

“李老师，我承认你刚才的话触动了我，我感到难为情，的确，我不由自主地站在商家的角度考虑问题，其实这和我半点利益关系都没有。你说说你的看法吧，我想听。”白小倩把脸转过来，直视着他，她精致的脸庞几乎让他想把眼神挪开。他记得，他就是在和那个女人对视的时刻，心里边涌起了万丈波澜。

“我说了你可别笑，”他把手轻轻搭在扶栏上，做出轻松的姿势，说，“我觉得，他们是想把书籍隐藏起来。尽管，书籍已经非常商业化了，可他们觉得还远远不够，在他们那里，书籍和文化，是唯一能够令他们羞耻的东西，所以他们必须要用各种光鲜的商品把这种羞耻厚厚地包起来。”

他以为白小倩会笑，或是会觉得他说得有些过分，可是她没有，她轻轻地点了点头，叹了口气，一句话都没有说。

“你没事吧？”他有些紧张，他怕冒犯了她，毕竟他们认识才几个小时。

白小倩转过脸来看着他，说：“李老师，你的话让我心里很难过。”

“我也是，说出口增加了我的难过。”他觉得自己像是一只猫头鹰，在夜晚的时候变得很讨厌。

刘教授终于从卫生间走出来了，他们一起走了过来。他和白小倩的对话就此打住。他当着他们的面可说不出这样的话来，这里面有太多的情绪与比喻。对刘教授、胡博士他们来说，这些应该是需要被理性的筛网给过滤掉的。但对他来说，假如把这些东西都给过滤掉了，那就什么都没剩下了。

他们一起走楼梯，来到了第三层。果然，他看到了一排排摆满书的书架。他想，他们终于穿透了商业的外壳，来到了文化的核心。白小倩指着不远处的茶座说："李老师，等会儿我们就去那里演讲。"他这才看到这里只有一半是书架，另一半是由书架围成的茶园。看来这个核心地带也被拦腰截断了。

茶园的门口居然张贴着他和管先生的照片，仿佛他和管先生分享了此次诺贝尔奖。在照片的上方挂着红色的横幅，写着本次演讲的主题：中国当代文学与诺贝尔奖。

白小倩说："李老师，本来我们还给你做了一幅海报，可现在这临时情况，只能这么凑合下了，请你见谅呀。"

"没关系，就这样吧。"他走进茶园，发现这里边称得上别有洞天。有一条小溪从桌椅之间流过，上边铺着厚厚的玻璃，两侧还装饰着蓝色的灯光。站在玻璃上，可以看见水面上漂过彩色的小树叶，如梦似幻。有几个工作人员还在忙碌着，他们把桌椅像教室那样摆放整齐，并在最里边的高台上摆放了一套设计独特的桌椅，好像是用树根制成的，看上去有君临天下的威严。他知道，等会儿他就要独自坐在那里了。他终于发觉自己不是来演讲的，而是来展示孤独的。一个狐假虎威的孤独者。

随着演讲时间的临近，真的有三三两两的人走了进来。他一直在想，如果没有人来该怎么办才好？这样的想法，让他意识到自己变得信心不足了，不管是对自己，还是对别人。他好奇地盯着那些人，想知道都是些什么样的人，或说在今天什么样的人还在关心文学。不过，他失望了，那些人没有什么共同的特征，任凭他用尽小说家的想象力，也想不出他们在身份上的共性。他们中有的人还点了很贵的茶，那种消费足以让他汗颜。但同时，他也感到了一种踏实：他们花在他身上的钱并不是一种浪费，起码他也为他们带来了一些收益。

他安静地坐在那里，看上去像是在构思等会儿的演讲。别人都去帮忙了，白小倩像个尽职的女管家，指挥他们跑来跑去的。他也想去帮帮忙，但被白小倩严厉的手势制止了。他只能重新坐端正，扮演好一个客人的角色。他开始仔细、缓慢地审视起周围的装修与摆设，第一次觉得这个挤占了书店空间的茶园，其实开得蛮成功的，当然是那种商业意义上的成功。

其实，他的父母都是生意人，直到今天他们还是。他的父亲经营着一家木材厂，他的母亲经营着一个家具厂，所以他很清楚，他们不是小打小闹的小商小贩，而是那种深谋远虑的企业家。他们联手创业，左右逢源，赚得越来越多，家里的房子也越来越大。他从童年、少年到如今，衣食无忧自不必说，但他觉得自己并不比一同长大的同学朋友更幸福。他所能感到的就是越来越深的孤独。因为父母都太忙了，没时间陪他，他只有一个人读书，然后独自幻想。这样做的结果，便是他成为了一名作家。他为此感到庆幸，因为只有写作，能够将阅读与幻想结合起来。

父母对他的选择并不忧虑。他以为当他说他想成为一名作家时，会遭到剧烈的反对，就像电视里演的那样，资本家都要儿子继承家业。为此他精心准备了许多振振有词的话。可事实上，当他说这件事的时候，父母一点儿反应都没有。他的话像是投进大海的小石子。父母已经赚了足够多的钱，对他完全没有了要求，他们觉得他做什么都行，只要他喜欢。不违法、不违背道德，就没什么不可以的。他本应该感谢父母的这种宽容的，但他反而感到受了伤害，因为他所感到的并不是宽容，而是一种漠然。他气愤地想，如果说某些没钱的父母让子女拼命赚钱是一种刻薄，那么与此对应的便是某些有钱人对子女人生选择的漠然。他觉得自己的人生在父母眼里是没有价值的，或说是价值不大的，他的人生在最亲的人那里，反而被闲置了。

争吵，哭泣，他一直忘不了那些场景。当他对父母表达出自己的愤怒，父母反而被吓到了，脸上的表情完全变了形。他们不知道他在为什么而伤心和申辩。他所说的，他们真的无法理解。他们也伤心了，他们觉得他们辛辛苦苦了大半辈子，不就是希望自己的下一代能够不这么辛苦，可以过几天舒服的日子嘛！可现在，儿子竟然不领情，这让他们有多伤心，多年来的用心良苦算是白费了。那时的他血气方刚，不会顾忌太多，第二天便收拾行李去了北京。从此，他和父母的关系越来越疏远，有时一连几个月他都不给他们打电话。他并不是一个硬心肠的人，所以他的歉疚与痛苦也在与日俱增。这些说不明白的情感都变成了他的小说。他开始小有名气，并出版了第一本小说集。书出来的时候，他丝毫不打算把书寄回家给父母看看，他只是给父母打了一个电话，一个很久的电话，他哭了，因为父母老了，仅仅从声音就能听出来……

他坐在高台边的椅子上，抑制不住地想起这些事情，这些对他的写作和作品至关重要的事情，心情变得潮乎乎的，都可以拧出水来。这些事情像苦涩的杏仁，藏在他的心间，携带着让他的写作不断再生的力量。可是，等会儿他却无法对大家说起这些事情，只能说遥远的诺贝尔奖和素未谋面的管先生。想到这点，他的心里不由感到了苦涩。一种新的挫败感如乌云压境，他觉得无法自由地表达自己，再一次加重着他对父母的歉疚。但是，如果真的让他把这种歉疚公布在大庭广众之下，他是否有这个胆量呢？他是否能把这种歉疚讲得清楚明白呢？他反复问自己，这才发现自己也毫无把握。

“李兄，管先生的书你读过几本？”他这才留意到胡博士坐在自己身边了。他们自从离开饭桌之后，就一直很少单独说话了。陌生人之间的谨慎与拘束依然在他们之间浮动着，看来，网络中的相识与现实中的相识还是不同的，虚拟的真实还没有打败传统的真实。

“嗯，让我想想……”他的手撑在了下巴上。等会儿他就要谈到这些了，可他竟然还在想别的东西，这让他有些紧张了，他在记忆里仔细搜寻着。“大概有两三本吧，其中一本还是他的散文集，当时随意翻了翻，看到了他对一些苦日子的追忆，写得很动情。”

“我不敢说读过管先生的全集，”胡博士看着他说，“但管先生迄今为止的全部小说我都读过。”

“唉，那你才是最适合今天这个演讲的人。”他端起手边紫砂做的小茶杯，一饮而尽，然后握着茶杯一动不动，感受着紫砂那种既粗糙又细腻的表面，觉得与自己此刻的心情是一致的。

“不，不，我还是想听你讲，作家的角度会很特别。”胡博士微笑了起来。

“我还没有找到我的角度呢，”他说，“其实，这是我第二次来你们这儿，但好像变化特别大，我觉得很陌生。”他不知道为什么突然聊起了这个，也许这是他一直想找人聊聊的话题。

“你第一次是什么时候来的?”胡博士问。

“大约四年前吧，”他补充说，“那是一个有台风的夏天。”

“四年时间，在中国不算短了，我记得我上完四年大学，家乡的县城已经面目全非了。”胡博士也补充说，“对了，这个城市的每个夏天，都有台风。”

“但是，那次的台风最强烈。”他不假思索地说。

“哈哈，作家的自信，”胡博士笑着问，“你那次来这里是做什么的?”

他忽然就大笑了起来，手臂抖动着把茶杯放回了桌面，说：“这是一个秘密。”说完后，他觉得那个人的身影恍然间就在眼前，他的舌苔几乎立刻就涌现出了她的味道。他没有撒谎，在她之后，他再也没有经历过那样强烈的台风。那样的台风令他眩晕和心碎。

“没想到你在这座城市还有秘密，那你以后可要多来哦!”胡博士还是挺有幽默感的。

“那要看缘分了。”他笑着说。

演讲开始了。他坐在树根雕成的座椅上，觉得自己像是一名山大王。这个联想很滑稽，却也缓解了他的紧张。他看到底下黑压压坐满了人，就连茶园的门口都晃动着几个人影。他并没有受宠若惊的感觉，他知道那些人大多是因为诺贝尔奖和管先生而来的。他喘了口气，定定神，已经想好了演讲的角度。白小倩站起来，用甜美的声音介绍他，一阵稀稀拉拉的掌声蹿进了他的耳朵，他站起来微笑鞠躬，然后坐下，不紧不慢地说出了开头：

“朋友们，大家晚上好。这是我第二次因为文学的缘故来到你们的城市，我第一次来，也是因为文学，只不过那时我还称不上是个作家，只是个文学青年。那次，我遭遇到了一场非常猛烈的台风，就是在那种恶劣的天气下，我居然结识了一个女孩子。仅仅因为她一个天真无邪的笑容，我就喜欢上了她。她非常爱好文学，于是我便写情诗给她。我的情诗写得很煽情，煽情到了烂俗的地步，不仅没有打动她，反而把她给逗笑了。她觉得我需要多看点儿书，补补课。是啊，说起来，我那时号称文学青年，走南闯北，随手记下了很多文字，但并没有认真投入地读过几本经典。于是，我就叫她带我去书店，正是在那里，她向我推荐了管先生的小说。我毫不犹豫，一口气买下了管先生好几本书。感谢台风，尽管那天的台风已成了强弩之末，但突然间又下起的暴雨，让我和她只得坐在书店靠窗的位置上，安静地读起了书。我可以告诉你们一个秘密，当那阵暴雨变小后，我们一起走出书店的时候，我和她之间的感觉发生了很奇妙的变化……后来，后来，当我坐上火车重新北上的时候，我发现只要望向窗外的风景，我就会忍不住流下眼泪。不得已，我再次拿出管先生的书来看，这一次，我看得非常认真，非常入迷，一下子顿悟到了：原来真正的创作是这样的！我掏出一个小本子便开始写了起来，她的影子一直站在我的意识身边，我知道我要写下的，都是要向她倾诉的话。这就是我文学生涯的开端。”

他以沉稳的语调讲这个故事的时候，台下的听众们完全被吸引了，他们一会儿笑，一会儿叹息。他知道自己做对了。他不是布道者，而是一个说书人。他端起茶杯，小小地抿了一口，定睛看了看前方的观众席。他看到门口处有一位穿白裙子的女士，那一定不是白小倩，因为白小倩正坐在第一排，仰脸望着他，准备随时给他倒茶什么的。他眯起眼睛，又看了过去。光线是从门外照射进来的，那女士被一道逆光包裹着，完全看不清她的脸庞。但他全身微微颤抖起来了，他觉得那一定就是她，除了她还能是谁呢？他感到嗓子里一阵哽咽，双手掩面咳嗽了起来。

“对不起……”他站起身从侧门跑了出去。白小倩追了过来，但他已经像泥鳅一般溜进了男厕。一个念头在他的脑海里掠过：那只不过是个陌生人罢了。但他还是无法自制地饮泣了起来，他抬起头，看到镜子里的自己苍老不堪，比任何人都陌生，陌生极了。

佩索阿的爱情

他的头发还很短，远没有到理发的时候，但他此刻正陷在理发店的椅子里，面前是一面巨大的镜子，可以看见自己日渐消瘦的脸，以及身后烫着金发、穿着粉红色制服的男理发师。这个场景，让他想起了佩索阿的一段话。佩索阿，读起来有点儿怪，这个家伙是个葡萄牙人，生前和他一样，是个不折不扣的小职员，死后却被誉为葡萄牙最伟大的作家。他读书不少，但也不能算多，他能有幸知道佩索阿，全是因为阿丽的推荐。说来奇怪的是，阿丽是个基本上不读书的人，她只是有一次坐火车，为了打发时间买了本《读者文摘》，在上面看到了佩索阿的文章，然后觉得他会喜欢，就拿回来跟他分享。他打开皱巴巴的杂志，拧着眉头看了两段话，就彻底崇拜上了这个来自葡萄牙的家伙。从此，他觉得自己和阿丽在精神层面上终于有了一个共同的爱好。

他在心底把这个葡萄牙人叫作佩老师，嘴上却只是叫老佩。他不知道阿丽为什么会喜欢老佩，他也没问过她，因为他知道即使问了，阿丽也是说不上为什么的。他喜欢老佩的原因却是很简单：并不是因为老佩是个伟大的作家，而是因为老佩写的文字里充满了小职员的气息，让他读起来亲切极了。他工作疲惫不堪的时候，常常会跑去厕所的小隔间，不脱裤子就那么蹲下去，只想着闭上眼睛休息一会儿。这时，他就会一声一声地叫着“老佩、老佩”，声音不大却很用力，就好像老佩蹲在隔壁的隔间里，能回应他的呼唤似的。这里边的亲切滋味只有他自己才能品咂得出来。在他心里，老佩的地位步步攀升，已经比阿丽低不了多少了。因为阿丽带给他的总是无尽的压力，她总要他想方设法超越一个小职员的限度；但老佩完全不同，老佩带着一脸不朽的表情，有力地支撑着他萎缩的灵魂，要他把小职员的事业顽强地进行到底。

但现在，阿丽消失了。

仅仅三天，他的眼窝不但变黑变紫，而且深深凹了下去，像个吸毒成瘾的家伙。但实际上，他平时连烟都不吸，闻到别人吸烟都要咳嗽几下。这让他明白，自己还是很爱阿丽的。尽管他们只有一个共同的精神爱好，但并不妨碍他爱她。他爱她，连他自己也说不清楚是为什么。也许这种爱在平时没有表现得非常迫切，但是现在，迫切得要命，像利刃一般扎人。他的心脏由于疼痛，无花果样地缩成了一团。他坐在理发店的软皮椅子上，根本不是在享受，而是在受刑。那个镜中的自己努力用表情的冷漠掩饰着内心的悲伤，那个样子让他不忍多看第二眼，他只得闭上了眼睛，暂时从这个残忍的时刻中逃离出去。

好了，闭上眼睛，外面的世界消失了，他内心的世界开始活跃。他仔细琢磨着老佩的一段话，自然，那段话他不可能一字不落地记下来，他只能记起一个大概：那天老佩去理发，嗯，和他现在一样，然后老佩发现一位年老的理发师死了。老佩感到非常痛苦，因为这让他真切地意识到了他自己也注定会死亡，会消失。老佩进一步想到，一个人的死亡，不仅仅是肉身的衰败，还是一个特定世界的消失。而我们生活的这个世界之所以存在，正是依赖于无数个特定世界的重叠。

他不知道自己的理解是否准确，但他觉得老佩这段话无疑就是写给他的。

“老佩啊老佩，你终于回应我了，在我最残酷的时刻。”坐在这家名叫“国际美发中心”的理发店里，他心里默默想着这些话，忍受着阿丽消失了的现实。

当然，阿丽的情况和老佩笔下的老理发师是极为不同的，阿丽并没有死，她还活着，她只是消失了，隐藏在了世界的某个角落里。但阿丽这种一言不发的消失，对另外一个人，尤其对他来说，和死亡是没什么区别的，都是一个特定的世界消失了。这还不算，连带着，他的一部分世界也消失了，他的世界受损了，就像经历了一次核大战。他感到自己置身在废墟的中央，完全不知道该如何继续下去。

阿丽是前天离开的，从那个时候一直到现在，他都无法摆脱对这件事情的深深质疑。阿丽真的走了吗？阿丽为什么要走？他想不到一个十分确定的理由……更可怕的是，他开始质问自己：阿丽究竟是谁？阿丽存在过吗？她不会是自己臆想出来的一个人吧？他没有酗酒，却显得比醉汉还恍惚。他的这种恍惚并非空穴来风，因为阿丽带走了她的全部东西，不用说那些显眼的衣物、书籍，就连一根细小的发夹都没留下。此外，也没有写着离别

“赠言”的碎纸片，或是别的什么告别方式。什么都没有，她真的是消失了。

他唯一能够确定的是，阿丽是在前天黄昏的时候消失的。那时，他们刚吃完晚饭，他想去公园里散步，阿丽嘲笑地看看他，摇摇头。的确，这让他像个步入晚年的老头，但他就是喜欢，内心也很想和她一起出去走走。他本想厚着脸皮再邀请下她的，但他闭嘴了，因为他发现她的眼睛不看他，而是看着他身后的某处。那眼光像是会拐弯一般。他不知道她是如何做到的，这让他感到痛苦，如此一来，他便想独自去公园里排遣这种痛苦了。一个人的时候，这种痛苦会弱化下来的，就像伤口远离了盐。当然，他心知肚明，这样的处理方式是完全错误的，他现在最应该做的，是哪里都不去，坐下来和她好好谈谈，谈谈他们之间的问题，以及解决的方式。

他犹疑不定，最终，他还是退缩了，因为他预感到这个过程将会把痛苦打磨得越发尖锐起来，他怕自己承受不了那种血流成河的惨淡局面。

“要去你自己去吧，我不去。”阿丽看他良久都没反应，没有了耐心，干脆直白地说了出来。

“好吧，那我去走走，很快就回来了。”他细声细气地说，不敢看她，低着头从她身边侧身而过。当房间的门在他身后关闭的时候，他并不觉得自己是怯懦的。因为，只有一个原因就足够说服自己：他觉得自己是爱她的。

他在家附近的公园里溜达了一个多小时，漫无目的地走着。后来，他真的像老头那样，先是前后拍着手掌，然后上下拍打着自己的肩膀。他不止一次想到过自己的晚年，如果幸运的话，肯定就是这样的吧。所以，现在预热一下幸运的晚年也没什么不好的。从终点往回看，很多事情都是微不足道的。他绕着花园的小径走了三圈，看到一只蜻蜓一直停在同一朵花上面，最后一圈的时候，他才发现那只蜻蜓是假的。这个发现让他不自觉地笑出声来，虽然有点儿神经质，但心里的烦闷一下子消减了许多。他觉得是到了回家的时候了。

当他往回走的时候，心里忽然焦虑了，他品味了一会儿那种焦虑，才明白了那是一种思念。天哪，才分开了这么一会儿，他就思念她了，他能不爱她吗？他加快了步伐，后来干脆慢跑了起来，但是他打开家门，却发现阿丽不在。他气喘吁吁的，心里满是失落。要在以往，他不会急着打电话给她，他不习惯做一个看管严苛的男友。但今天，很奇怪，有种发自内心的迫切让他不得不打电话给她。糟糕，她的电话关机了。这下他感到慌张了，这么晚了，她能跑去哪里呢？他们的感情关系也许一天不如一天，但从来没有出现过这种情况。

——这种情况？这是一种什么样的情况呢？背叛？出轨？这个念头令他作呕，他抑制着这个念头，开始了更加细致的寻找。他打开衣柜的门看了看，仿佛阿丽会藏在里边和他捉迷藏。他们有玩过这样的游戏吗？好像没有，他的这种想法一定来自于童年的黯淡回忆。

狭小的衣柜呈现在他的面前，阿丽肯定不可能在里边，但是，阿丽的衣服也不在里边了。

他的脑袋里有一道白光闪过，心脏一阵绞痛。他这才认清了眼前的残酷现实：阿丽不是出门会友，而是出走了，消失了，像一滴水那样蒸发了。

他一屁股坐在了衣柜前的地板上，震惊让他短暂地忘记了所有的事情，只是觉得全身发冷，完全没有了力气。五分钟后，他长长地嘘了一口气，大脑的思维又活过来了，他开始扪心自问：这个结局真的是无法想象的吗？难道这不是依据事物的发展规律所必然注定的吗？甚至可以说，难道这不是他暗自期待的结局吗？没有谈话，没有争吵，没有泪水，只有一个简洁明快的结局。他所惧怕的痛苦就像是一把刺向心脏的刀子，别无旁骛，直接带来了死亡。如果死亡是注定的，那么谁都会说，这是最好的方式。

阿丽为这次出走准备了多久？一个月？一个礼拜？还是仅仅一瞬间的突发奇想？就在前一天晚上，他们还做爱了。他仔细回忆着，发现那仿佛是一种预兆似的。那次做爱没有给他带来多少愉悦，恰恰相反，他感到了很大的不适，快感像高原的空气一样稀薄。他没办法全身心投入进去，总觉得有种力量把他从阿丽身上推远，他只得更加努力地前行，才能把自己召唤回来。努力，努力……直到阿丽叫了起来，他才回过神来，发现自己粗暴得像一头猛兽。阿丽皱着眉，看着他，发出了那种低沉压抑的叫喊，表达着她没有说出口的不满。

过了一会儿，他们并排躺在床上喘息的时候，阿丽说："我害怕你这样。"

"你是指什么呢？"他明知故问道，"我有什么让你害怕的？"

"唉，睡吧，我困了。"阿丽翻过身说。

“好的，晚安。”他轻声说。

阿丽没有回应他，仿佛已经进入了梦乡。

现在想来，责任在他，是他回避了一次可以交谈下去的机会。他本来可以说：“亲爱的，对不起，我应该温柔点儿的。”但他什么也没有说。

他看着衣柜里自己的衣服都被小心翼翼地放在原地，在那些衣服的边上，只有黄色的木板，像是一片肆虐蔓延的腾格里沙漠。他把脑袋伸进了衣柜，阿丽的气息还弥漫在里边，但是他很清楚，过不了一个月，那气息就会消失得干干净净。绿洲终将被遗忘，沙漠会统治一切。他看着自己的那些衣服，置放在那里，像是生了根一般，他不敢再去翻动一根指头。他只剩下最后一个疑问：阿丽的气息在他的心里，也会像在衣柜里一般，消失得干干净净的吗？

等他缓过劲儿来的时候，就开始了对阿丽的寻找。他足足用了三天时间，不吃不喝，才获得了寻找的勇气。尽管他知道这是徒劳无功的，但是为了爱，或说为了曾经的爱，他觉得必须去寻找，哪怕只是履行一种虚拟的责任都好。这就是他为何在还没到理发的时候，来到这家“国际美发中心”理发的原因。不如直说了吧，阿丽在这里上班，他就是在这里认识阿丽的。他深深地记得那一天，他坐在椅子上，一个穿着红色工装、扎着马尾的朴素女孩走过来，给他洗头。他感到女孩的手指像海草一样柔滑，在他脑海里拂动着。他觉得自己整个人都被那样柔弱的手掌揽入怀中，不禁物我皆忘。他忍不住夸起女孩的手法来，就这样，他们攀谈了起来。他叫她阿丽，一直到她消失前他都这么叫，不曾改变，即使他后来知道了这个名字只是个假名。那又有什么所谓呢，这就像作家需要笔名，演员需要艺名，而洗头妹需要的只是一个假名。

以前，他去理发店是很规律的，每个月只去一次，理发兼洗头；遇见阿丽后，他变成了一个月去两次：一次理发兼洗头，一次专门的洗头；再到后来，变成了一周就去一次，都是专门洗头。这样过了两个月，他终于在一次洗完头后，约她出来吃饭。

“啊？我们……”她一脸吃惊的样子，好像压根儿没想到。

这种局面同样让他感到惊讶，他以为他这么频繁地来找她，她早就明白他的意图了，以及他的一片诚意。

她看到他失望的样子，脸忽然绯红了，点点头，答应了。就在这天晚上，他们一起去绿茵阁西餐厅吃饭了。

这里的环境还算不错，阿丽显得心情很好。他小心翼翼地问及，之前有没有留意过他。阿丽笑着说：“当然有啦。”

“但是为什么我约你出来吃饭，你还那么吃惊呢？”他忍不住问道。

“因为……因为我没往那方面想过，我一直把你当成一个顾客，一个老顾客，心里是谢谢你的。”她尴尬地笑了笑，低下头喝水了。

听她这样说，他心里忌妒起来了，她每天得接触多少客人啊，自己只是其中微不足道的一位。

阿丽似乎看穿了他的心思，说：“但我觉得你是与众不同的。”

“是吗？有什么不同呢？”他迫切希望她说下去，他想知道那个答案，也就是自己的魅力究竟在哪里。

阿丽微笑着说：“说了你可不许生气呀。就是……你的眼神看上去像在做梦……”

他的希望破灭了，而且他小心翼翼掩饰的问题也被逼近了。

“当然，不仅仅是这个啦，”阿丽解释说，“我觉得你和很多轻浮的男人不一样，有自己的个性，虽然我没办法完全说出那种感觉，但我心里知道。”

“好吧，”他勉强笑了笑，说，“你尝尝这块牛排。”他切了一小块牛排，用叉子叉起来，轻轻放在她的碟子里。

她笑了笑，没有拒绝。

这是他们第一次吃西餐的场景，也是最后一次。他们接下来的约会都是简单吃个快餐，然后去公园走走，或是去商场看看，只是看看。他有好几次想给她买衣服，她看了看价钱，都拒绝了。尽管她看价钱的眼神只是一扫而过，但他看在眼里，心里感到很温暖。毫无疑问，这是个好女孩。他下定决心，一定要追到这个女孩，和她一起生活。

除此之外，他还有着更隐秘的私心。

他觉得这个女孩一定会改变自己那种奇怪的状态的，那种状态已经折磨他好几年了，好像自从他来这座城市工作的第二年就开始了。

尽管说来话长，但他记得很清楚，那种状态是从一天早上开始的。那天早上他醒来后，迷迷糊糊中记得自己做梦了，但是总感到那个梦境还没有消散，还在持续着。那个梦境的内容任凭他绞尽脑汁，也无法记起来。也就是说梦早都结束了，只是梦的阴影还笼罩着他，让他变得恍恍惚惚的。他也没太在意，也许是睡眠不足的缘故吧。他吃过早餐，来到街上，那梦境的影子依然没有变弱的趋势，依然和他如影随形。整整一天，他在公司里忙来忙去，都觉得是另一个人在忙，而自己还停留在一个内容不详的梦境里。他努力掩饰着自己，很怕别人看出他的异样。还好，和往常一样，没有人多看他一眼。他坐在办公室的隔间里，做着一个小文员的工作，虽然不断打着哈欠，但也安全地度过了这一天。

这天晚上他早早就上床了，他觉得自己只要好好睡一觉，明天就不会这样了。但是由于上床过早，生物钟还没开始工作，他失眠了。早上的时候，他看着自己的黑眼圈，心想完了，今天一定会困死的。但奇怪的是，上班的时候他也不是特别困，还是和昨天一样，另一个人在忙这忙那，而自己像是被推远了，和这个世界之间有了越来越远的距离。这种距离的遥远，是看不见摸不着的，因为无法找到相应的参照物，那只能是一种感觉，一种真实无比的感觉。对他来说，这个世界都因此而改变了，愈加露出了枯燥和聒噪的那一面。

第三天他倒是睡着了，睡得很沉，很死，像是被人打晕了一般。但是早上醒来的时候，他沮丧地发现，那种被梦的阴影控制的状态依然故我。另一个自己还是按部就班地上班，即使需要随机应变的时候，居然也能对付。他感到迷惑，究竟哪个才是自己呢？是那个被世界推远如在梦中的家伙，还是那个在奔波劳累的家伙？他倾向于认为自己是梦中的家伙，但是那个忙碌的家伙又是谁呢？他曾经在上大专的时候，听说过弗洛伊德，知道这个家伙对梦很有研究，他便跑去书店，打算找弗洛伊德的书来研究下，也许能找到治疗的方法。他发现老弗还真有一本书就叫《梦的解释》，他赶紧翻了翻，很遗憾，没在里边发现自己的这种情况。他疑惑地发现，这个老弗把梦的大部分原因都归结为性。他仔细想了想，自己自从第一次恋爱失败后，就一直没有和女人做过爱了，虽然手淫倒是挺频繁，但那毕竟不是真正的性嘛，按照老弗的观点，也许手淫越多，才会造成越大的欲望困境吧。因此，他觉得，自己应该找一个女朋友，过上正常的生活，尤其是性生活，梦的阴影就会离开了。

在这个时候，阿丽适时出现了，他感谢上苍，让阿丽出现得这么及时。

就在阿丽给他洗头的时候，他发现另一个忙碌的人不在了，只剩下那个被梦的阴影控制的人了，他紧紧闭着眼睛，在阿丽手指的抚摩下，几乎就要沉入到那个梦境里边去了。他忽然很想知道那究竟是一个怎样的梦，在梦里究竟发生了什么，居然会产生如此大的威力，像一辆失控的高速火车，沿着惯性继续疯狂行驶……但是，除了沉浸下去的那股欲念，并没有梦的内容出现。尽管有点儿遗憾，但这足以慰藉他了，这种安详让他久违了。当阿丽叫他冲水的时候，他满心遗憾。果然，当流水冲干净了头发上的泡沫，那种分裂感立马就出现了，而且由于对比的鲜明，那种感觉甚至更加强烈了。他差点儿就要失控喊出声来。

后来，他如愿以偿，追到了阿丽。

当他第一次和阿丽吃饭时，阿丽说他的眼神像是在做梦，他被吓了一大跳，背上都沁出了一层冷汗，以为自己的秘密暴露了，被发现了，但是他看阿丽的神情却是愉悦的，并且，她把这点当成是他的迷人之处，他这才放下心来。

他和阿丽一起散步的时候，他总是尽可能地呵护她，那种呵护在外人看来也许都有些肉麻了。他之所以能够做到这种地步，是因为他不经意间会觉得是另一个人在呵护面前这个可爱羞涩的女孩，他要比那个人做得更好。这样一来，实际上等于两个人比赛谁对阿丽更好了。好在女孩子都喜欢男士的殷勤，阿丽也不例外。他的呵护让阿丽感动，一个月后，阿丽从宿舍搬出来，和他同居了。

阿丽和他在一起多久了？他像小学生那样，认真掰着指头来算。算了许久，他才得到结果：他们在一起有一千两百二十三天。三年多。这是一个不算太久但绝对不短的时间。这三年多来，在他的身上，梦的阴影从未抽身离去，哪怕一天。他每天都在这种分裂当中度过，自然会有焦虑，以及无法忍受的时刻，但大部分时间他都能够忍受，尤其是疲惫、痛苦、失落、无助的时候，他所感到的哪里是忍受，简直是庆幸了。那个被梦的阴影推远的自己，幸灾乐祸地看着那个在现实的沼泽中挣扎的自己，觉得那个人多么可怜啊。是的，那个人多么可怜，而不是他自己，这让他多多少少得到了安慰。即使有时候，他意识到那个受苦受难的家伙也是自己，他也会安慰自己：你起码只有一半在受罪嘛。

他从来都没把这种古怪的状态告诉阿丽，即便在两个人最亲密的热恋期，他也没有对她倾诉一番的念头。因为，他怕她觉得他有病，一种无法治愈的精神病。当然，客观地说，他觉得自己的这种状况的确是有病的，但他心底深处从来也不曾接受“病”的说法。他不止一次对自己说，这只是一种奇怪的感受罢了。在这个光怪陆离的世界上生活，谁还没有点儿与众不同的奇怪感受呢？就像老佩，他的文字之所以那么击中人心，还不就是因为他的感受与众不同，更加细致入微、更加直达本质吗？

“国际美发中心”的人，并不知道阿丽是他的女朋友，这是阿丽的决定，她说不想让那些同事们知道。他问她为什么，她说：“你知道我们这个行当，里边的人都很乱的，做什么的都有，吸毒的都有！”

“没有那么夸张吧。”他不大相信。

“真的！”她说，“而且人员的流动性也很大，你刚和新来的人做了朋友，没几天，那人就走了，而且不知道去哪儿了，再也没有了联系。这是很伤人的嘛。所以，我和那些同事是做不了朋友的，那自然也没必要把我们的事情告诉他们。”

他觉得阿丽这番话说得很有道理，因为他以前去理发，如果碰见好的理发师总会记住人家的名字，塞姆、保罗、麦克……还想下次继续来找。但是，一般来说，少则一两个月，多则五六个月，他的“专属”发型师就找不到了，问起来，有的回了老家，有的去了别的店，有的干脆一无所知，像是从来都没来过。

从这点来说，阿丽应该是个专情的人。他和阿丽谈了那么久，阿丽从来也没换过地方，一直在“国际美发中心”上班，从洗头妹做到了客服经理。她不用再给客人洗头了，而是穿着黑色制服和高跟鞋，在店里走来走去，处理各种突发情况。阿丽对自己的新工作很满意，他表面上也蛮高兴的，但心里却觉得遗憾，他不能再去享受阿丽为他洗头了。他在家里，对阿丽提出洗头的要求，刚开始的几次阿丽都尽量满足他，可是最后阿丽不耐烦了，怒气冲冲地说："我好不容易不当洗头妹，怎么回到家了还要当洗头妹啊！"他解释说："不是的，我们在家，就是情人之间的事情了。"阿丽叹口气，说："不行，我原来给太多人洗头了，我在家对着自己喜欢的人洗头，以前的很多事情都会想起来，心里很不舒服。"他知道以她的立场来说，洗头的确不是什么好玩的事情，从此以后，他再也没要她洗过头。

这天下午，他走进"国际美发中心"，问前台的女孩子："阿梅，你知道阿丽去哪里了吗？"

"阿丽？"阿梅看上去像个稚气未退的中学生，婴儿肥的脸蛋儿上涂了淡淡的胭脂，红扑扑的。她抬头看了看他，说："她走了，不在这里上班了。"

"她去哪里了？"

"她没有说哦，你不知道吗？你不是经常来找她聊天的吗？"她的语气中有点儿嘲弄。

"是的，但她也没有告诉我。"他尴尬地笑笑。

"那没办法了，她是打电话来说辞工的，还有几天就发工资了，她这个时候辞职就一分钱都拿不到了。"

"啊？那你没劝劝她？"

"劝了啊，很多人都劝了，但她一定要走，我有什么办法。"

这时候来了几个客人结账，他只得让开位置。他站在那里，别人用异样的眼神看着他。“这个人舍不得一个洗头妹啊，嘻嘻。”他知道他们会这么去想。他变得局促不安，又不甘心这么抽身离去。他像猎犬一样闻到阿丽的气息还弥漫在这里，他要在这里待久一些，多呼吸一下阿丽的气息。他向里边走去，表示自己要理发。理发师麦克见到他，很惊讶，说：“你不是一个礼拜前才理过吗?”他摸着脑袋说：“我还想再理理，剪短些，利索。”

“再短？还能怎么短啊?”

“我头痒，你帮我剃成光头吧。”他脱口而出道。

“你是说真的吗?”麦克笑着说，“Really?”

“真的，剃吧。”他想对这个满头金发的麦克笑笑，但他看到自己龇牙咧嘴的样子像是要哭了。

麦克当真剃了起来。

他通过面前镜子的反射，可以看到整个大厅的情景。阿丽穿着黑色西装制服，踩着黑色高跟鞋，在这里边走来走去、笑容可掬的样子，重新出现在他的脑海里。他的心感到了刺痛，他清晰地体验到了爱情消散后的幻灭，以及物是人非的悲凉。他收回了眼神，不经意间，看到了自己此刻剃发的样子，像极了一个看破红尘、出家为僧的失败者。他赶紧闭上了眼睛，就在此时，我们知道，老佩的词句适时出现在他的脑海里，他得到了一定程度的安慰。

十分钟后，他睁开了眼睛，看到镜中人的头皮在灯光的照耀下闪闪发亮，像是刚剥皮的鸡蛋。他再看镜中人的脸，竟然完全认不出了。他意识当中的分裂感已经变成了一头凶猛的怪兽，朝他狞笑怪叫着。

看到他惊恐的样子，麦克停下了手中的活计，问他：“能接受吧？”

“没关系，能接受。”他说。

麦克用剃刀刮了刮后脖颈残存的几根头发，嘘了一口气，说：“不能接受也没办法啦！OK，搞定！”

他起身去前台买单，可以再一次面对阿梅了。

阿梅看到他的样子，忍不住笑了起来，说：“你怎么成光头了？！”

他讪笑着，伸手摸摸光溜溜的脑袋，说：“阿梅，你……你今晚有空吗？”

阿梅愣了下。

“晚上我们一起吃个饭好吗？”他轻声说。

“你约我吃饭？没和我开玩笑吧？”阿梅咯咯笑了起来，像只广场上受惊的鸽子。

“哪能呢，一起吃个饭，随便聊聊天，好吗？”他的脸上堆着笑容。

“那到时再电话联系吧，不知道有没有时间。”阿梅说着，她递过来一张卡片，上面印着“国际美发中心”的标志，那是一双灵巧的手，在手的下边，印着阿梅的名字和电话。

“嗯，不见不散，我就在对面的绿茵阁里等你。”他指了指马路对面。

阿梅轻轻摇了摇头，说：“我服了你。”

晚上的时候，他和阿梅坐在了绿茵阁里。他装出不经意的样子环视四周，这里的一切都没什么变化，还是三年多以前的样子。时间仿佛重新开始了，交给他了一个新的开始，他可以重复而循环地活着。

不过，真的是这样吗？在一瞬间，他心间涌起了一阵刺痛心扉的伤感，那种分裂的精神病症竟然暂时痊愈了。他深吸一口气，对阿梅说："不好意思，我去上个洗手间。"在洗手间的隔间里，他捂着前胸，好像有一把匕首已经插进去了。三年多以来，他第一次感到这个世界是如此真切，但遗憾的是，这个世界呈现出来的本质是痛苦的，是难以承受的。"老佩……"他暗暗呼喊，就在这时，他记起了老佩的一句话：我今天头脑清醒，好像我已经完全死去。他感到这就是老佩对他呼唤的应答。他闭上眼睛，阿丽的脸浮现出来了，然后一点点淡化了，像是雪在消融。三分钟后，阿丽的脸消失不见了。他睁开眼睛，再闭上，然后竭尽全力，脑海里自始至终什么都没有，只有一片静止的黑暗。

他松开了捂着前胸的双手，那股痛苦逐渐消散了，随之而来的，是那种分裂感在一点点恢复。他像木偶一样走出隔间，在卫生间的洗手池前使劲洗着脸，然后，没有照镜子就转身离开了。他看到阿梅静静坐在那里，玩着手机，并没有烦躁的样子。他心里对阿梅突然间有了不少好感。

饭菜上来了，他们开始正襟危坐地吃饭，几乎一言不发。等饭吃得差不多的时候，他再也忍不住了，终于开始问起那个最关心的问题："阿梅啊阿梅，你是个好姑娘，阿丽究竟去哪里了，你是她最好的姐妹，你一定知道的，告诉我吧，好不好？"

阿梅舔了舔嘴唇，看了他一眼，幽幽说道："我就知道，你约我来吃饭，是为了阿丽。我真是笨啊，还跟你出来。”

“是的，我是为了阿丽。”他无奈地笑道，“我是她的男朋友，你不知道吧？”

他说出这句话，以为阿梅会大吃一惊的，但是，阿梅细小的鼻翼翕动了一下，不屑地说：“知道啊，怎么不知道。但现在阿丽都走了，我还以为你是专门约我出来的呢。”

“你知道？不是吧，阿丽不让我跟你们说啊。”他喊了起来，有些失态。

“哈哈，”阿梅笑了起来，“谁不知道啊，谁都知道，就你以为我们不知道罢了。这是一个公开的秘密。”

“啊，怎么会这样……”他心里不但感到疼痛，而且觉得荒谬，他不明白阿丽为什么要这样对他。

“阿丽也有苦衷的吧。”阿梅说。

他沉默不语了，这是否预示着阿丽根本不爱自己呢？难道自己多年来沉浸其中的爱只是一种心造的幻境吗？

阿梅看了看他，伸出肉乎乎的小手拍了拍他的胳膊，说：“你还真是个痴情的家伙，这年头像你这号人不多了。我可以告诉你阿丽为什么出走的。但问题是……你能否接受呢？”

他听阿梅这么说，瞪大了眼睛，吞咽着恐慌的口水，说：“你说吧，说吧，我可以的。”

“真的吗？”

“真的！”

“唉，我实在不想告诉你的，因为，那真是一件糟糕透顶的事情。”阿梅双手支在桌子上，用手指轻轻揉了揉眉骨，讲了起来。

“你知道，我们的员工宿舍是在赤岗街那边的握手楼里。那一栋楼里边住的全是女孩子，除了洗头的、理发的，还有端碟子的、洗碗的、卖服装的、跑推销的、超市和药店的售货员，反正都是出来打工的女孩子，都不容易。老板们表面上是好心，让女孩子住在一起，方便生活，实际上老板们是有私心的，怕这些年轻的女孩子和男同事乱搞关系，影响工作，或是出什么岔子。

“你远远看那栋楼，每个阳台上挂着的都是女孩子的内衣，即使你是个路过的陌生人，也一眼就知道那里边住的全是女人。既然是握手楼，那周围免不了有很多窗口，说来都可笑，不论白天晚上，到处都有人拿望远镜往这边偷窥，烦透了。大楼当然有保安，呵呵，可那个所谓的保安嘛，是个色眯眯的老头，一天到晚就盯着来往的女孩子看，大楼内经常发生内衣裤丢失的事情，我猜和他应该很有关系。

“那时候，阿丽和我，还有小春、阿花等人住一间宿舍，房间很小，只有两个那种铁架子支撑的高低床，上铺只要一翻身，整个床都会夸张地叫起来。我睡上铺，阿丽睡在我的下面，我一翻身，阿丽总会和我开玩笑，说：‘阿梅，你的手指累不累啊?’我一开始还不明白她的意思，她接着说：‘用不用我们给你介绍男朋友啊?’我这才知道她在暗示什么，我便躺在床上使劲摇晃，让整个床变得摇摇欲坠，阿丽吓得大笑大喊说：‘你这个小贱人，床快塌啦！快去找男朋友去吧。’我们那时候很单纯，很快乐，几乎无话不谈。

“有一天晚上，大概十一点半了，小春说她饿了，想吃夜宵，阿花说是不是你请啊，小春说我请就我请，我们去吃烧烤吧。大家很高兴，但是阿丽说她累了，不想出去。我们劝她一起去，到时喝点儿啤酒，回来更好睡。但她坚持说不去了，真的快困死了。那段时间她很努力，在认真学理发，想转行，想发展，那我们就让她睡觉。我们吃饱喝足回到宿舍大约凌晨两点了，我看到阿丽躺在床上，眼睛紧闭着，应该是睡着了。但你知道，女孩子聚在一起肯定是叽叽喳喳的，要是以前，她一定会被吵醒的，但那天她一动不动的，我们都以为她太困了，睡得很死。我洗漱完毕，往上铺爬的时候，看了她一眼，总觉得哪里不对劲，但又说不出来。我躺在床上，熄了灯，但是翻来覆去睡不着。因为是夏天，热啊，宿舍没装空调，只有吊扇。这么一想，我突然觉得不对啊，这么热的天，阿丽为什么还盖着被子，捂得严严实实的，难道病了吗？我打开灯，把头探出去，叫她：‘阿丽！阿丽！’她不出声，我赶紧下床，喊了起来：‘阿丽应该病了！’小春和阿花也下床，我们轻轻晃了晃阿丽，她睁开了眼睛，她的眼神里满是忧伤与绝望。‘阿丽，你哪里不舒服？’我们慌慌张张地问她。可是她不说话，眼睛又闭上了，然后，眼泪流出来了。我伸手摸摸她的额头，还好，应该没发烧。‘阿丽你不热吗？’我说着把挡在她嘴前的被子往下拽了拽，我们都惊叫了起来，我们看到，她的双手被绑在床的铁架子上。小春赶紧去解绳子，阿花害怕了，说：‘身子没事吧？’赶紧把整个被子都掀了起来，我们看到阿丽身上一丝不挂，她的两只脚也被绑在床上，整个人被绑成了一个‘大’字，一动也不能动。忽然，阿丽放声大哭起来。我们这才醒悟过来：阿丽被人玷污了。”

“你没事吧？”阿梅望着他。

他抑制着喉头的颤抖，摆摆手，说：“没事……”

怎么能没事呢，他感到的是巨大的震惊，是劈头盖脸把他连根拔起的狂风暴雨。他的心脏都战栗起来，他无法想象阿丽曾经遭受过的这些。但是，但是啊，那种震惊就像是天边的一声惊雷，转瞬即逝，留不下什么长久的印痕。他的分裂感像旗帜冉冉升起，把他和这个悲惨的世界温柔地隔开了。他看着阿梅的眼睛，那里边充满了关切的神情，他透过那神情忽然间看到了那天晚上阿丽的样子，她赤身裸体被绳子绑在床上，因为耻辱和恐惧而一动不动，忍受着有生以来最痛苦的时刻……那个时刻犹如一根锋利的长矛，从分裂的旗帜背后刺穿了过来，他闭上眼睛，发出了低沉的吼叫。阿梅被吓了一跳，她像个富有经验的母亲一样，伸过手来轻轻摸着他的脑袋，一言不发，安慰着他。

“那是什么时候的事情？”他抬起头来，两眼通红，问道。

“三年多以前，”阿梅犹疑着说，“怎么了？”

“也就是遇见我之前？”他的嘴巴和眼睛都张得大大的，看上去有些滑稽。

“是的，遇见你之前。”阿梅看着他，仿佛想知道他在想些什么。

他沉重地叹了口气，沉默了一会儿说：“我和她相处了三年多，从来没觉得她有什么秘密瞒着我……我反而觉得她比我更加活泼开朗。”

“是吗?”阿梅居然笑了笑，说，“那到底是你的观察能力太差，还是阿丽掩饰得好呢?”

“我不知道，真的。”他用无辜的眼神注视着阿梅。

“那你真的爱她吗?”阿梅扭头看着邻桌一对卿卿我我的小情侣，问他。

“爱，当然爱啦!”他声音大了许多，仿佛在提醒那个冷漠的自己。

阿梅像小猫一样有点儿受惊，肥嘟嘟的脸蛋儿颤抖了一下。她没想到他的反应会这么大，她低头说了句对不起，然后接着说:“那天晚上之后，我们没人再提这件事，好像什么都没发生过一样。但我们一直知道，阿丽心里是不快乐的。她怎么能快乐起来呢?没多久，小春和阿花就离开这里，去别的地方打工了，我想，要不是她们的离开，阿丽早就走了吧，不会等到现在的。我这个人，阿丽很了解的，我的嘴巴特别严。你看，要不是你诚意这么足，我也不会告诉你的。”

“谢谢你，阿梅。”他对眼前这个胖乎乎的女孩子充满了好感，但不是爱情，也许只是一种温暖的亲切感。他忽然心中一动，问道:“当时为什么没报警?”

“报警?你别开玩笑了，”阿梅说，“那样的话，阿丽以后还怎么做人啊。在大庭广众被人逼问强暴的细节，那比被强暴还可怕吧!”

“那岂不是……让那个畜生逃脱了?”他咬牙切齿地说。

“这种人渣，自然会有天收他。”阿梅脱口而出。

“你真的相信吗?”他小心翼翼地表达着质疑，他希望那种仇恨能落在实处，在他能够看得见的地方。

“相信，”阿梅说，“真的，我相信。难道你不相信吗？”

“我也相信，我像相信老天爷一样相信。”他笑了两声，听到自己的声音很沙哑，难听得要命，他喝口水，清了清嗓子说：“那三年多以前的事情和现在的出走到底有什么关系呢？三年多以前的事情，为什么现在突然发作了，一定是有了新的情况，阿梅，你告诉我吧。”

“这个……”阿梅的脸变得紫红，结巴起来，说，“这个，我，我真的不知道了，因为她一直和你住在一起，我们上班的时候都很忙，很少坐下来一起聊天。我所能想到的原因，也只有刚才和你说的那件事儿了，我觉得没有比那个更让阿丽痛苦的事情了吧。但是，你现在这么问我，我认真一想，觉得自己之前的想法也是有问题的，为什么一定是因为那件事，而不是别的事情呢？这个世界太复杂了，不是广告词都在说，一切皆有可能吗？那我刚才说的原因未必就是她出走的原因。况且，况且你们之间的感情不是也在一直变淡吗？”

他看到阿梅吞吞吐吐的样子，本以为她有什么大事瞒着他，但等到她说出口后，才明白她所说的原因是出于一厢情愿的猜测，一个人最深处的羞耻居然被这样轻易展现了出来，他深感震惊。他觉得自己好像置身在一部电影当中，观众席上的每个观众都有权利对剧情做出猜测，甚至阐释。他再次被推远了，另一个冷漠的自己觉得事情的真相正在变得不再重要，似乎可以随心所欲地去塑造……不过，当阿梅提及他和阿丽的感情时，他一下子又揪心起来，追问道：“阿丽和你说了我们的感情？”

阿梅迟疑了一下，点点头，说：“前不久我曾听她说‘好想换个地方，换个心情’这样的话，当时我也没在意，因为这种情绪每个人都会有的吧，也说不上有多奇怪，谁会说换就换呢。”

“为什么她在我面前，什么都没说过呢，就连你说的那种话都没有。”他仔细回忆着，的确找不到什么异常的话。

“我不相信，真的没有吗？”阿梅盯着他。

“真的没有。”他说。

“感情的事情，肯定不是一天两天的事情，你问问你的内心，也许答案就在那里，而不需要总是一个劲儿地反问别人。”

他说不出话来了，的确，在阿丽出走后，他的内心不也曾有过“终于发生了”这样的感受吗？现在回头来看，也许预感是一直存在的，而这预感肯定是基于那种趋向破败的现实。他想起阿丽绕过他的眼神，想起自己孤独的公园散步，就像是重返了如同月球环形山那样的伤口断面上，是什么样的陨石击中了这里？他能像个地质学家那样推断出来吗？一种爱情的地质学？

阿梅见他沉默不语，有些慌张，说：“对不起，我说的让你不高兴了？”

“没有，没有啊。”他摇摇头。想起了老佩，老佩说，我们从来没有爱过什么人，我们只是爱着我们自己关于何许人可爱的观念。

真的是这样的吗？他开始想，他到底爱过阿丽没有？如果说没有，为什么他记忆中爱的感觉还是那么真实？如果说有，为什么他还能忍受阿丽不在的世界，居然和她的朋友悠闲地坐在这里，谈论着她那刺骨的苦难与心情？他究竟是怎么了，他是把谈论阿丽变成通往阿丽的一条道路吗？也许是的，尽管永远也不会抵达，但至少还是在途中的，就像是无限接近的微积分。他变得确定起来：这种感觉成了一个温柔的保险柜，可以安全地锁住他，而把世界的险恶与苦痛屏蔽在外。

他们走出绿茵阁的时候，阿梅的手轻轻挽住了他的胳膊。他几乎不假思索就接受了这个现实。时间开始了循环，曾经的事情持续发生着，并不在意记忆在时间的旅程上留下的路标。他那个陌生的自己都感到了一点儿久违的兴奋。然后，他和阿梅一起回家。他没有选择，而是顺从着命运。何谓命运？他问自己，然后迅速给出了答案：那无非就是顺从本身。

进门，还没有开灯，阿梅就搂住了他的脖子，用嘴唇封住了他尚未说出口的话。他刚开始还有些抗拒，但随后，他就屈从了，再后来，他就主动了。他抱起阿梅，两个人摔倒在了床上。有一会儿他想起了阿丽，但随后，那种分裂感涌了起来，他感到自己身边的这个人是阿丽还是阿梅似乎区别不是太大了。他这么想的时候，高潮来临了，他觉得另一个人终于消失了，所有的人都消失了，只剩下那个沉溺在梦境里注视着世界的自己，孤零零地站在雪原上。所谓的快感，对他来说难道就是对自己的发现吗？那平日里的孤独又为何是极其惨痛的折磨？

“我们是不是发展得太快了？”阿梅依偎着他说。

他有些尴尬，因为在他这里，毫无“发展”可言，只是“发生”了。当然，他也觉得奇怪，事情怎么会变成这个样子？他本来是去寻找阿丽的，但是找回来的却是阿梅。这能视作一种补偿吗？这能够补偿吗？他需要这样的补偿吗？

“喂！”阿梅推推他。

“别说傻话了。”他笑笑。

“阿丽一定会后悔的，”阿梅忽然抱紧他说，“就算她以后回来找你，你也不要再和她好了。”

“她不会回来的……”他嗫嚅着说，心里感到刺痛。

“听见没有？忘了她吧。”阿梅轻轻摇晃着他，跟他撒娇。

“嗯。”他听到自己这么说了。

“你怎么可能找到一个故意离开你的人呢？”阿梅说，“其实，我也曾这么做过，离开了一个人。那个人曾伤透了我的心，我不希望他找到我，我再也没有见过他。”

真的会找不到吗？他不信。他相信借助这个时代发达的技术，找到阿丽并不是什么困难的事情。但是，一方面他自己是个小角色，没有办法启动那样庞大的技术网络；另一方面，他自己实际上已经放弃了寻找。阿梅说得对，对于故意离开的人，寻找的意义已经消解掉了。他知道阿丽一定会好好活着的，生活在这个世界的某个角落，和他一起，默默忍受着，然后重新开始。

“喂，你怎么不说话？”阿梅吻着他的耳朵。

“我们不提这些事情了。”他闭上了眼睛。

“那你聊点儿别的给我好吗？”阿梅说。

他觉得女人真是不可思议，这么快就要他履行恋爱中的责任了。他打起精神说：“你知道葡萄牙有个诗人叫佩索阿吗？”

“不知道，他怎么了？”

“他……他用七十多个笔名写东西。”

“那么多啊！他是个逃犯吗？还是写了什么见不得人的事情？”阿梅来兴趣了。

“哈，他可不是个猥琐的家伙，别忘了，他可是个诗人呢。当然，他的实际职业只是个小会计，一辈子基本上只待在里斯本的几条街道上。”

阿梅笑了起来，说：“一个写诗的小会计，好像蛮可爱的。”

“是的，可爱。”他觉得用这个词形容老佩很滑稽，不过老佩要是知道了倒也会感到欣慰的吧。他继续说：“阿梅，你可不要小看他的笔名，他的每一个笔名，都有不同的性格，甚至不同的性别。有一次他迟到了，他说对不起，佩索阿那家伙放鸽子了，我是他的一个好朋友。”

“他有病吧？”阿梅尖声说道，“人格分裂症？”

他没想到阿梅还知道人格分裂症，他只得解释说：“他没病，他是故意的，他让自己变成一群人，生命变充实了。”

“也是，要不然他该闷死了，他没有老婆孩子吧？”

“没有，他一生只谈过一次恋爱，对象是公司的一个打字员。后来，他们分手了，因为打字员要和他结婚，他怕了，就逃跑了。”

“啊，这个胆小鬼！”阿梅拧了拧他的胳膊说，“你以后可不准逃跑啊，我对感情很认真的，我们要结婚，然后生好多孩子。”

他差点儿笑出声来，幸好忍住了。两个人躺在一起的时间还不到一整夜，她就提及结婚生孩子了，这个速度也太快了。他想起曾经和阿丽在一起的时候，阿丽好像很少提到结婚，他也没兴趣，这样说来，他和阿丽还是同一类人呢。要不然他们怎么会都喜欢老佩呢？也许，有一天他也会像阿丽那样出走吧？他觉得自己的想法太恶毒了，不由亲了亲阿梅，作为预先支付的补偿。

阿梅变得很快乐，她趴到他的脸前，两眼发光地看着他，说：“你一定读过好多书，我以前就观察过你，觉得你是个很优雅的人。”

“我读的书不多。”他真诚地说，“真不多。”

“还不多，不多怎么会知道什么葡萄牙的佩索阿？这样的怪人有几个人知道。”阿梅大声笑了起来。

“他不是怪人，他是个诗人。”他认真地说。

阿梅笑得更厉害了。

“你知道我为什么喜欢他吗？”他感到脑海里许多画面在翻腾，一些毫无关联的片段，一些没有意义的笑声与哭喊，以及远处一双凝望自己的眼睛。

“为什么呀？”阿梅问。

“因为，”他深呼吸着，像是积攒着力气，说，“我就是佩索阿。”

“啊哈哈，”阿梅的笑声喷薄而出，“你，你太搞笑了，我好喜欢你。”

他也跟着她，哈哈大笑起来，笑得眼泪都出来了。

阿丽回来了。她穿着他最后一次见到她时的衣服：蓝色的连衣裙，脚上随意穿着一双黑色的夹趾拖鞋。他一时间有些恍惚了，难道阿丽从未出走过？她只是去菜市场闲逛了一圈？

“你去哪里了？”他走上前问道，他以为自己会变得很急切，但实际上他竟然会显得有些胆怯，就连走上前去的步伐都充满了迟疑。

阿丽站在那里，没有什么特别的表情，真的没有。他的目光在她脸上仔细抚摩着，没有找到预想中的那些尴尬、悲伤、无奈，或是相反的东西：和解、快乐、幸福。这让他深感意外。但是只过了几秒钟，他便感到释然了。他想，也许理应如此，因为事情已经过去了，已经风平浪静了。

就在他想对她微笑一下的时候，阿丽忽然开口说话了，而且毫无铺垫，直奔他心底最深层的话题："我在上班路上看到那个对我施暴的畜生了，他穿着一身牛仔衣，戴着墨镜，但我还是一眼就认出了他。我赶紧转身，想走进一家士多店里避开他，但是他已经看到了我。我看到了他嘴角的狞笑。我害怕极了，他一定会像饿狼一样跟着我，毁了我的生活，毁了我的一切的！我一定要逃出去，于是我就去辞职，然后回家收拾行李，匆匆忙忙离开了。"

"那你为什么不告诉我呢?"他握紧了拳头，仿佛那罪犯就在附近，他声嘶力竭地吼道，"你告诉我，我才能帮你啊！只有我才能帮你!"

"我没法告诉你，我说不出口。"阿丽冷冷地说。

"这到底是为什么啊?"他问，感到胸腔里憋闷得厉害，终于把郁积已久的问题抛了出来，"阿丽！你告诉我，难道你不是因为我们的感情才离开的?"

阿丽迟疑了一下，说："也许，我离开是对的，你看你现在生活得很幸福。"

"哈哈，说什么匆匆忙忙就离开了，你连一个发卡都没留下!"他完全失态了，像头激动的公马，有着浓重的鼻息，他吼道，"我现在幸福吗？况且，现在是现在，那时是那时……"

"我觉得你并不需要我。我一直有这种感觉，但我不确定。直到你告诉我，你非常喜欢老佩之后，我才确定了。"阿丽也大声嚷嚷道。

"你在说什么呀？难道你不喜欢老佩吗？他还是你介绍给我的。"他说。

"我没说过我喜欢老佩，那都是你一厢情愿罢了。我把老佩介绍给你，是因为我发现，你的确不需要我。"

"啊，这是什么话?"

"你和老佩一样，需要的是别的什么东西。"阿丽冷笑了起来。

"我……我需要的是什么东西呢?"

"这个我怎么知道呢，你问问你自己，或者，你去问老佩吧。"

"问老佩？怎么问啊？你这玩笑开大了，他都死了八十年了!"他明白这是阿丽在故意折磨他，因而他变得焦躁起来，无法控制自己的情绪了，他几乎带着哭腔喊道："阿丽，亲爱的，别这样对我!"

他伸出了双臂，想把阿丽抱在怀中。可阿丽很轻盈，很灵活，几乎轻轻一闪就躲到了很远的地方，他一个趔趄摔倒在了地上。他没有感到摔伤的痛，心里却感到了出自绝望的极度疼痛，他不由自主地发出了轻微的呻吟。但奇怪的是，那呻吟声显得异常遥远，仿佛在地平线以外的某个地方。他在头脑里集中意识，朝那里发出了求救的呼喊。终于，他睁开了眼睛，看到窗帘被外边明亮的阳光照射成了一块近乎透明的巨大晶体。

原来只是南柯一梦，他长嘘了一口气，重新闭上了眼睛。

这个梦让他对一个想法坚信不疑了，那就是在他的生命中，再也不会有阿丽的消息了。至于为什么会得出这样的结论，他也弄不清楚，那种感觉就像是黄昏时分一个人坐在教堂里突然得到的启示一样，是无法追究的。他停止了分析与思考，重新回味着刚才的梦境，他忽然觉得，让这个梦作为阿丽出走的答案是非常恰当的，也许它比真实发生的更加值得相信。当然，他明白这种相信是自己一厢情愿的，而不像刚才的那个相信是来自于神启。

他睁开眼睛，一成不变的房顶和墙壁像凝固的时间，只有那些受潮后形成的黄色水渍在继续生长，从一张中国地图变成了亚洲地图。他没有动，连一个懒腰也没有伸，像是被无形的绳索绑紧了。终于，他动了动指头，他的手活了过来，像只小动物。他伸手摸了摸身边，只有空荡荡的床，看来阿梅已经去上班了。但他突然疑惑起来，他和阿梅之间的事情究竟是现实还是梦境呢？他使劲回忆着，分析着，思考着，却发现自己无法确证这件简单到无以复加的事情。他不得不从枕边拿起手机，找到了阿梅的号码，准备打过去问一问。如果阿梅说她和自己并无关系，他觉得自己并不会感到多么痛苦，他已经想好了接下来所要做的了。

那就是翻身背对着窗户，再好好地睡上一觉。那个没做完的梦最好能重新回来。他觉得那个梦很有意思，阿丽说的那些话很有意思，他想再听一听。

后记：从“随物赋形”到“随心造物”

——我对短篇小说艺术的一点想法

短篇小说通常被认为是最难写的散文文体，但实际上却是每位中国作家涉猎最多的文体。这和我们文学作品的生产机制有关：几乎所有文学杂志的大量版面都留给了中短篇小说，尤其是短篇小说。因此，短篇小说虽然难写，却成了最容易发表的一种文体。我也未能免俗，在我迄今为止发表的作品中，短篇小说也占了很大的比重。我并不认为自己的短篇写得足够好了，因此我在这里只能简单谈谈我的一点儿想法。

我一开始写作的时候，除了写诗就是写中篇小说，我觉得中篇小说的文体难度要比短篇小说弱很多。我是在写了三部中篇，又写了三部短篇之后，才对短篇小说的艺术有了点儿感觉。个人以为，中篇小说和短篇小说最大的区别就在于前者可以完整讲述一个故事（一个有前因后果的事件），而后者并不需要，后者以一种看似随意的方式，用语言工具剖开世界的侧面，或是在世界身上凿穿几个孔洞，就能呈现出诗性的意味来。我一直认为，诗性，是文学作品的最高旨归。诗性，并不独属于诗歌这种体裁，而是存在于一切艺术作品当中，能够击中人类精神与灵魂的那种创造性的元素和形式。正是因为和诗性的关系，文学作品才被分成了两大类：一类是诗歌，试图用语言直接“道出”诗性；一类是散文（再细分成叙述性的小说与非叙述性的随笔等）。散文与我们日常生活的世界有着紧密的联系，试着用语言呈现生活，再继而发掘出一种更为复杂的诗性。散文的这种日常性，往往使得很多散文作品止步于生活世界，没有抵达诗性世界，有的甚至忘却了对诗性世界的探寻。诗人布罗茨基在诺贝尔奖演说中曾说了一句很有名的话："诗句，按阿赫马托娃的说法，的确是从垃圾中生长出来的：散文之根——也并不更高贵些。"这虽然表现了一个诗人对日常性的蔑视，但也从反面提醒了我们，包括了短篇小说的散文作品也需要从"垃圾"中生长出来，而不是停留在"垃圾"的位置上。

就叙述性作品来说，长篇小说因为体量巨大，涉及曲折的故事情节、广阔的社会历史、繁杂的生活细节，即使缺乏诗性，也能让人抱着猎奇的心理读下去，这也是通俗小说、网络小说大行其道的原因。同理，中篇小说因为可以讲述一个相对完整的故事，有头有尾有肚量，只要这个故事还算精巧有趣，也能读上一读。也许有人会说，那小小说呢？字数岂不是更少、更难写？我不这样看，恰恰相反，觉得小小说因为字数过短，与散文的日常生活性是相悖的，这成了一种天生的缺陷。因此，我们可以看到许多小小说经常不得不使用各种意外、转折、暗示，但总是显得唐突生硬，意味不足，欠缺诗性。至此，我们通过排除法，已经锁定了短篇小说：它不得不承担起生活世界与诗性世界的平衡交会。好的短篇小说，一定有着丰富的生活具象，在这生活具象之外，也一定有着丰富的诗性意味。所以，写作的技艺在这种体裁中能得到最好的训练。

对短篇小说来说，最重要的技艺应该首推控制力。控制力涉及的就是张弛有序、详略得当的节奏，作家要把在开篇奠定的基调与风格保持到最后一句话、最后一个词、最后一个标点符号。长篇小说中的精彩部分有时会来自突发的灵感闪光，一段旁逸斜出的话语让人惊喜连连；但短篇小说最惧怕的就是旁逸斜出，一点点的走神，就会使得生活世界与诗性世界有了罅隙。短篇小说的目标太明确了，就是调动起全部的艺术感觉，屏气凝神地找到这个素材当中生活世界与诗性世界的连接点，从一点一滴的焊接，直到最终完成了从生活世界到诗性世界的飞跃。这个需要一气呵成的过程残酷地考验着作家的控制力。

因此，假如有人问我特别喜欢的短篇小说有哪些，我可能会首先说出辛格的《傻瓜吉姆佩尔》，他用短篇小说写出了人的一生，这需要怎样的控制力！余华是个很优秀的作家，他消化了这部《傻瓜吉姆佩尔》之后，写出了自己的短篇小说《我没有自己的名字》，读后也令人印象深刻，念念不忘。短篇小说的写作没有捷径，首先需要反复研读大师的作品，找出作品中的诗性所在，以及抵达诗性的路径，这个学习的过程也是开悟的过程。只有悟到了诗性意味着什么，才能超越身边俗世生活中那些美好与丑陋、高尚与卑贱、生机勃勃与鱼龙混杂等等的道德划分，把生活视为一个不得不如此的整体结构，然后以恰切的语言形式去接近或窥视那个结构当中的秘密。

也就是说，短篇小说不仅要有“随物赋形”的能力，更得有“随心造物”的能力。

王威廉

图书在版编目（CIP）数据

倒立生活 / 王威廉著. — 北京 : 北京十月文艺出版社，2017.9

ISBN 978-7-5302-1721-4

Ⅰ. ①倒… Ⅱ. ①王… Ⅲ. ①短篇小说—小说集—中国—当代 Ⅳ. ①I247.5

中国版本图书馆 CIP 数据核字（2017）第 194522 号

倒立生活
DAOLI SHENGHUO
王威廉 著

出　　版　北京出版集团公司
　　　　　北京十月文艺出版社
地　　址　北京北三环中路 6 号
邮　　编　100120
网　　址　www.bph.com.cn
发　　行　新经典发行有限公司
　　　　　电话（010）68423599
经　　销　新华书店
印　　刷　北京盛通印刷股份有限公司
版　　次　2017 年 9 月第 1 版
　　　　　2017 年 9 月第 1 次印刷
开　　本　880 毫米 ×1230 毫米　1/32
印　　张　10.125
字　　数　213 千字
书　　号　ISBN 978-7-5302-1721-4
定　　价　36.00 元
质量监督电话　010-58572393
如有印装质量问题，由本社负责调换。